Ó ROS MUC GO ROSTOV

A

CRIOSTÓIR MAC AONGHUSA

◆

Ó Ros Muc go Rostov

AN CLÓCHOMHAR TTA
Baile Átha Cliath

An Chéad Chló

7171 0510 5

Clólann Uí Mhathúna, Baile Átha Cliath

AN CLÁR

GRIANGHRAFANNA

Teanga agus Teanga Eile

◆

NÍL COMAOIN AG SHAKESPEARE ORAINN

NUAIR a bhí Shakespeare á chomóradh cúpla bliain ó shin, bhí orainn bheith ag éisteacht leis na seanchlichés faoi—daoine á rá nár scríobh sé líne riamh ina shaol agus daoine eile á rá nár sáraíodh ina fhile agus ina dhrámadóir riamh é. Ach táimid cleachtach ar nithe den sórt sin.

Deir an Francach gurb é Racine an file is fearr dár mhair riamh agus deir an tIodáileach nach ea, gur ag Dante tá an chraobh. Áitíonn an Rúiseach orainn gurb é Dostoevsky is rí ar scríbhneoirí na cruinne; maíonn Rómhánaigh gurbh é Virgil a scríobh Clasaic da hEorpa go léir agus gur uaidh a fuaireamar oidhreacht na Gréige. Dearbhaíonn Gréagaigh gurbh é Hóiméar a thúsaigh an litríocht agus faigh fear a bharrtha más féidir leat!

Céard is cóir don Éireannach a rá? Iad go léir a mheas do réir mar a thiocfas siad agus do ghaisneas a bhaint astu ar fad? Cinnte. Nuair a chloisim féin an gaisce a bhíos ag ár gcomharsana thaobh thall de Mhuir Meann tagann rann filíochta i mo bhéal a rinne fear as Béal Feirste aon chéad déag de bhlianta ó shin, rann a d'fhéadfadh Gaeilgeoir ar bith a thuiscint:

Int én bec
ro-léic feit
do rinn guip
glanbhuidi;
fo-cheird faíd
ós Loch Laíg
Lon de chraíbh
charnbhuí.

Ach is maith ann Shakespeare agus is iomaí Éireannach a bhain sásamh as a chuid drámaí agus filíochta. Ina dhiaidh sin is uile, ar fhág sé aon lorg fiú trácht air ar scríbhneoireacht Éireannach i nGaeilge ná i mBéarla ? Is beag é agus is iontach leat sin agus é i gceist sa tír moch mall. Is móide d'iontas gur fear é Shakespeare a raibh stór seanfhocal agus nathanna cainte aige nach bhfuil ag mórán. Tá an Ghaeilge—dála na Spáinnise—lán de sheanfhocail agus má tá is beag díobh a tháinig chugainn as béal Shakespeare. An chuid is mó den roinn choimhthíoch atá againn is ón mBíobla, ón Laidin, ón nGréigis, ón bhFraincis, ón Spáinnis agus ó scríbhneoirí Béarla nach Shakespeare, a fuaireamar iad. Seo roinnt bheag díobh :

An té atá saor caitheadh sé cloch—*an Bíobla.*
Fan go bhfeicfir cé mar léimfeas an cat—*Scott.*
Ní fiú an tairbhe an trioblóid—*Montaigne.*
An té bhuailfeadh mo ghadhar bhuailfeadh sé mé féin—*Bernard Naofa.*
Ná scrúdaigh fiacla an eich a bhronntar—*San Iaróm.*
Isteach ar chluais agus amach ar an gceann eile —*Quintilian.*
An citeal ag tabhairt tóin dubh ar an bpota—*Cervantes.*
Is maith le Dia cúnamh fháil—i ngach teanga.
Scadán as sáile—*Sozamen.*
Cara sa chúirt—*Chaucer.*
Ní fada ón toit an tine—*Plautus.*
Lom na fírinne—*Hórás.*
An bhróg ag luí ort—*Plutarc.*
Ní théann cuileog sa bhéal a bhíos dúnta—*Cervantes.*
Tá cead ag an gcat breathnú ar an rí—*John Heywood.*
Banbh i sac—*Heywood.*
Chomh bocht le luich chille—*Molière.*

Tá péire eile ag imeacht i Ros Muc nár chualas in aon áit eile agus is spéisiúil liom iad. ' Chomh hard le buinneán an choillteora.' Tá an focal céanna ag Cervantes in *Don Quixote*, focal ar fhocal. B'fhéidir nach cás iontais é ina dhiaidh sin.

Daoine a bhfuil an fhealsúnacht chéanna acu agus a chónaíonn sa tuaith ní haisteach leat na cainteanna céanna a bheith acu nó cuid díobh a bheith cosúil le chéile. Ach cén míniú atá ar an dara focal atá thiar i Ros Muc? Nuair a ghlaonn fear ar a tharbh, sé deir sé:

'Tóró tóró tóró' an focal céanna atá ag Spáinneach ar tharbh. . . .

Sea, níor bhronn Shakespeare aon ní ar an nGaeilge. Ach bhronn an teanga sin dhá ní ar a laghad airsean, dhá fhocal atá ina chuid drámaí. Ainm poirt sea ceann acu: 'Cailín ó chois tSiúire mé.' Focal i rann an ceann eile. Tá sé le léamh in *As You Like It*. 'Tiocfaidh mé, tiocfaidh mé.'

NA CANÚINTÍ SEO

GAEILGEOIR as Cúige Mumhan a casadh liom roinnt bhliain ó shin dúirt sé go mb'iontach leis an píosa Gaeilge a d'fhoilsíos ar nuachtán tamall roimhe sin. 'Níl fear ar bith nach dtuigfeadh é,' dúirt sé. Aodh Mac Aingil as Contae an Dúin a scríobh é, fear a rugadh taca ceithre chéad bliain ó shin. Ach níor cheart go mba ábhar iontais ar bith é seo. Aon Ghaeilge amháin atá sa tír agus ba ea riamh. Aon Ghaeilge amháin a scríobhadh in Albain agus in Éirinn go dtí deireadh an seachtú céad déag. Dála gach tír eile bhí canúintí in Éirinn riamh agus tá go fóill. Níl de dhifir idir Éirinn agus tíortha eile ach gur lú i bhfad atá anseo díobh ná i dtír bheag fearacht na hEilbhéise. Trí cinn atá againne: trí cinn déag is trí fichead i nGearmáinis na hEilbhéise!

Ba bhéas riamh le Gaeilgeoirí bheith ag dul ó Chúige go Cúige, agus thugaidís scéalta agus seanchas agus amhráin leo a d'fhan i bhfad ina ndiaidh. Tá amhráin agus dánta le Muimhnigh i gConnachta go fóill. Chloisfeá 'Seán Ó Duibhir an Ghleanna' coitianta agus amhráin le Eoghan Rua Ó Súileabháin agus 'An Siota is a Mháthair'. Tá amhráin as Cúige Uladh le clos chomh maith céanna, 'An Bunnán Buí' le Cathal Buí as an gCabhán agus 'Mo

Chaoin-Róis ' leis an Dall Mac Cuarta. Céad bliain go ham seo chuaigh Mícheál Mac Cordáin as Ciarraí go Tír Chonaill agus d'fhág sé scéalta ina dhiaidh agus amhrán iomráiteach amháin ar a laghad. ' Dá dtagaidís na Fearachoin bhí tamall uainn sa Spáinn. . . .' Ceithre scór bliain ó shin théadh seanfhear as Cill Chainnigh siar go Conamara agus blianta fada ina dhiaidh chloisinn caint air in Inis Treabhair i gCuan na Gaillimhe. ' Céard é cíos Chluain Meala ? ' adeireadh Tomás. Agus an freagra. ' Dhá dheich bpighne chúns bheas uisce ag rith agus féar ag fás.'

Is maith a bhí na daoine seo in ann a chéile a thuiscint. Cén fáth nach mbeadh ? Níl aon duine lenár linne is fearr a thuigfeá ná athair Sheosaimh Mhic Ghrianna i Rann na Feirste. Chaithfeá lá fada go n-oíche ag éisteacht leis ag caint is ag comhrá. B'as Tír Chonaill freisin an seanchaí ba éasca a thuiscint ag an Oireachtas cúpla bliain ó shin. Bean de na Dochartaigh í as Gleann Colmcille. Tá iontas agat anseo ! Má tá, léigh leat an píosa seo a scríobh fear as Tír Chonaill a rugadh taca trí chéad bliain ó shin. Sé Séamas Ó Gallchobhair easpag é.

' Léann sinn ins an Scriptiúr Diadha go ndeachaigh an Fáidh fallsa Bálam ag mallú pobail Dé, agus go ndeachaigh aingeal ina aircis agus claidheamh nocht ina láimh chun díoltas a dhéanamh air. Ach an bhfuil fhios agat cár thárla an t-aingeal ar an bhfáidh tubaisteach seo ? Tá, léimid ins an áit chéanna—i gcasán chaol idir dhá bhalla. Do thárla sé air san áit nárbh fhéidir leis teicheadh ná imeacht. Níorbh fhéidir leis a dhul ar aghaidh de bhrí go raibh an t-aingeal ina shlí le claidheamh os a chionn; ní raibh imeacht aige ar thaobh ar bith, agus gan fear a chúnta le fáil. An ní céanna, a d'éirigh do Bhálam, éiríonn sé go laethúil don pheacach i bpunc an bháis; óir bíonn sé ag siúl i slí na beatha mar Bhálam in aghaidh tola Dé, go dtige faoi dheireadh ins an phunc chaol chumhang úd atá idir an aimsir agus an tsíorraíocht. Do chí ansin claidheamh an chirt neamhtha os a chionn agus a rinn agus a fhaobhar in éineacht ag bagairt air fón bpeaca. Cad é a dhéanfas tú ansin a pheacaigh mhallaithe, níl imeacht agat i dtaobh ar bith.'

Sé an Bráthair Bocht Mícheál Ó Cléirigh a scríobh an dara píosa agus é ag tiomsú beatha Dhéaglán an Aird Mhóir dó. I dTír Chonaill a rugadh é cheithre chéad bliain ó shin.

‘ Ins an aimsir sin tháinig plá ghránna ins an Mumhain i gCaiseal ní ba mhó ná in aon ionad eile. Agus is amhlaidh a níodh leis na daoine a ndath a chlaochló i mbuíocht ar dtús agus a marú ansin. Agus bhíodar mórsheisear Braighde uaisle ag Aonghus i gCaiseal, san áit re n-abraítear Rath na nIrlann, agus thárla dóibh an oíche sin go bhfuaireadar bás den phlá adúramar. Agus b’olc leis an Rí a mbás agus dúirt a cheilt d’eagla go n-éireodh scannal nó cogadh thríothu óir bhíodar ina gclainn do na daoine ba threise agus ba neartmhaire do bhí sa Mhumhain. Agus tháinig Déaglán go Caiseal ar na mhárach agus do labhair le hAonghus. Dob fháilí an rí roimhe agus do ghoir chuige é agus dúirt leis i bhfianaise druinge dá cháirde féin. ‘ Guím thú a Dhéaglán, a shearbhónta Dé, go dtíghe díot in ainm Chríost an mórsheisear Brághad do bhí agam i mbraighdeanas ó thiarnaí Mumhan a n-athbheoú dom.’

Bhfuil duine nach dtuigfeadh ?

BÉARLA NA hÉIREANN — DO CHAINT FÉIN

TÁ roinnt á scríobh agus cuid mhór á rá na laethe seo faoin gcaint a labhraíonn formhór an phobail in Éirinn. Ní hiondúil leis an Éireannach féin aon suntas a thabhairt di tá sé chomh cleachtach sin uirthi. Dar leis-sean is í a chaint dhílis féin í, an chaint a fuair sé óna mhuintir agus óna chomharsana Gael. Chítear dó gurb í is nádúrtha faoin saol, agus b’iontach leis dá ndéarfadh aon duine go bhfuil ‘ coimhthíos ’ ar bith inti.

Ach tá fios a mhalairt aige nuair a fhágann sé Éire. Níl uair dá n-osclaíonn sé a bhéal nach bhfógraíonn sé don saol gur Éireannach é. Déarfaidh an Sasanach leis : ‘ I love to hear you talk Irish ’. Dar leis-sean is Gaeilge an cineál

Béarla a labhraímid. Deir an tEorpach oilte nach ionann é agus Béarla ainneoin gur beag atá a fhios aige faoin stair atá leis. Tá an chaint sin againn agus sí bheas againn go ceann i bhfad cuma céard déarfas tú faoi bhlas Shasana agus faoin tuin atá acu. An té a labhródh Béarla mar níos an Sasanach chuirfeadh sé a ghléasanna cainte as a riocht, nó bheadh sé i gcontúirt a dhéanta ! Sin é déarfadh na comharsana !

Is díol spéise an Gael-Bhéarla a labhraítear sa tír seo. Níl gaol ná dáimh aige leis na canúintí a labhraítear in aon pháirt de Shasana. Is canúint iad sin den Bhéarla. Is ' earraí ' dúchasacha Sasanacha iad, mar a déarfá. Ní ionann cúis don Ghael-Béarla a labhraímidne in Éirinn óir tá riar mór den Ghaeilge ina horlaí tríd. Go deimhin is í an Ghaeilge an snofach inti. Ionann é sin agus a rá gur focail Bhéarla is mó atá againn agus leagnacha cainte nach bhfuil iontu ó cheart ach aistriúcháin ón nGaeilge. Tá an chaint sin is gach páirt den tír, sa Tuaisceart chomh maith leis an Deisceart. Tá sé go háirithe i gContae Luimnigh ainneoin a ndeir *snobs* gan tuiscint. (I gceantar an Ospaidéil chruinníos dhá chéad leagan den tsórt sin as caint na ndaoine san áit agus ceithre chéad focal Gaeilge.)

Sea, tá an Ghaeilge go tréan i mBéarla na hÉireann. Sin fáth amháin, agus ní fáth beag é, nach ionann é agus Béarla Shasana. Ach tá údair thairis sin. An Béarla labhraímid nochtann sé intinn an Éireannaigh. Ní hionann a intinnsean agus intinn Ghall : is éadomhain an duine a déarfadh gurb ionann. Siad an creideamh Críostaí, talamh na tíre, agus an stair ar leith atá ag Éire a mhúnlaigh intinn an Éireannaigh le míle go leith bliain. Is fear é a bhí ag cosaint a oidhreachta leis na céadta bliain. Tá sé bunoscionn leis an Sasanach ar gach aon saghas cuma ach amháin gur oileánaigh an bheirt acu.

Malairt fealsúnachta atá ag an Sasanach. Dúirt Sasanach an-chéimiúil—Newman—gur teanga Phrotastúnach í an Béarla agus do cheann fine nach ndéanfadh rud ar bith eile de. Is fear é an Sasanach a thréig an talamh agus a chuaigh le tionscal agus fágann sin go bhfuil na céadta focal a bhaineas le talmhaíocht nach bhfuil aige anois.

Ina cheann sin, is fear é nár sheas arm coimhthíoch ar fhód a thíre le naoi gcéad bliain. Le trí chéad bliain bhí sé ag creachadh agus ag bradaíl agus ag cruinniú cumhachta. D'athraigh sin a chaint cuid mhór. An chaint atá aige feileann sí dá shaol agus dá fhealsúnacht féin. Ach níl aon tuiscint aige ar fhocail Bhéarla atá ag imeacht in Éirinn.

Is furasta na céadta acu a chur i gceann a chéile, focail nach bhfuil aon déanamh dá n-uireasa ag an Éireannach. Cén Sasanach—mura mbeadh oiliúint ar leith air—a thuigfeadh focail den sórt seo — *harrow*, *scutchgrass*, *after-grass*, *headland*, *wines*, *handcocks*, *Yeos*, *Redcoats*, *Black and Tan*, *Home Rule*, *stations*, *indulgence*, *Rogation days*, *abstinence*, *Easter Duty*, *Easter dues*, *oats money*, agus na céadta eile mar iad ?

Anois, b'furasta cúpla céad ceist simplí a chumadh as na focail seo agus iad a chur ar mhalraigh in Éirinn. D'fhreagródh siad 90 faoin gcéad díobh iad. Dá gcuirtí na ceisteanna céanna ar mhalraigh Londain ar éigin a d'fhreagróidís 30 faoin gcéad díobh. An mbeadh sin le tógáil ar mhalraigh Londain ? Agus céard déarfá faoin bhfear a d'áiteodh ort gur fearr faoi thrí an Béarla a bhí ag malraigh na hÉireann ná ag malraigh Londain ? Déarfá gur malrach in aois fir é. Ach sin díreach atá ' eolaithe ' ag sárú orainn i láthair na huaire.

Ceisteanna a chum Sasanaigh dá malraigh féin táthar á gcur ar mhalraigh na hÉireann. Nuair nach dtugann siad na freagraí a thabharfadh Sasanach óg táthar á rá go bhfuil an malrach seo againne an oiread seo míonna chun deiridh i gcúrsaí Béarla. Obair éargnúil a bheir siad ar an obair sin. Ach ní obair éargnúil í. Ní théann an éargna in aghaidh na céille agus na fírinne.

◆

MÚINEADH AN BHÉARLA I SASANA

Ní FADA ó léas cuntas ar mhúineadh an Bhéarla i mionscoileanna agus i meánscoileanna na tíre. De réir mar a thuigeas is dona mar níthear sin i gcuid mhaith díobh nó ar aon nós, is dona a chruthaíonn cuid mhór scoláirí uathu a théann ar an Ollscoil Náisiúnta. Loiceann ar 40% díobh an chéad bhliain. Ní nach ionadh thosaigh foireann ag fógairt gurb í an Ghaeilge ba chúis leis sin. Is beag aird a bheirim orthu sin óir is dona mar a scríobhann cuid mhaith acu féin an Béarla.

Agus rud eile na scoileanna ina múintear an Ghaeilge go maith is iondúil leo gach ní a mhúineadh go maith. Tá údar eile leis. Ar an gcéad iarraidh téann daoine chuig ollscoileanna nach ceart a ligean isteach iontu. Daoine thug an eang leo ar éigin. Ansin tá an mhuintir a chaitheann saol leath-dhreabhlásach ag rancás agus ag rince, ag cúinneáil is ag ceol. Is beag a dhéanaid an chéad bhliain agus loiceann siad go gránna lá an ghleo. Tá buíon eile fós atá millte ag popcheol sula dté siad don ollscoil. Sé sin le rá go bhfuil a gcuid cainte millte. Duine ar bith a chaith tamall in ollscoil is maith is eol dó faoin gcineál sin duine. Chaitheas féin ceithre bliana ar ollscoil.

Ach ní mheasaim go bhfuil iomlán an scéil ansin. De réir mar a thuigim is airde i bhfad na caighdeáin scrúdaithe sna forais sin anois ná mar a bhíodh.

Taobh amuigh de sin arís is dona mar atá Béarla á mhúineadh in áiteanna eile seachas sa tír seo. I Sasana, cuirim i gcás. Tá tuarascáil os mo chomhair anois a foilsíodh faoi choimirce *Her Majesty's Stationery Office*, tuarascáil a chuir coimisiún le chéile thall faoi oideachas malraigh idir 13 bliana and 16 bliana. Is fiú d'aon duine a bhfuil ann faoi chaighdeáin an Bhéarla thall a léamh. Cuimhnigh freisin, nach bhfuil aon teanga iasachta ag cur as don Bhéarla sa tír sin. Deir an tuarascáil (Alt 488) nach múintear teanga iasachta ach sa tríú cuid de na scoileanna agus ansin ní fhoghlamaíonn ach na malraigh is fearr í.

Deir Alt 50.

> Because the forms of speech which are all they ever require for daily use in their homes and the neighbourhoods in which they live are restricted, some boys and girls never acquire the basic means of learning. . . . Perhaps the boy who said ' By the time I reached the secondary school it was all Chinese to me ' was nearer the mark than he realised.

Alt 346.

> The boys and girls of this report are, however, at their worst in written work.

Ag caint ar mhí-chumas na malrach chun cainte deir siad (Alt 467): ' Inability to speak fluently is a worse handicap than inability to read or write. Any definition of literacy must include an improved command of spoken English.'

Is cosúil nach bhfuil maith ar bith le formhór na múinteoirí Sasanacha le Béarla a mhúineadh. Cé mar a dhéanann siad a gcuid oibre ? Tá an freagra ar leathanach 152 :

> Some teachers, including many who have never been trained for teaching English, give them (pupils) a watered down version of what they remember from their own grammar school experiences. . . . Free composition produces a shapeless mess in which the memory of many televised Westerns often seems to be still riding the range of the pupil's mind. Poetry is ' done '; drama may occur on Friday afternoon and towards Christmas.

Deir siad (544) go múineann oide amháin ' filíocht ', duine eile ' ceapadóireacht ' agus dá réir sin, d'aon rang amháin !

Creid é nó ná creid é, deir an Tuarascáil nach bhfuil 80 p.c. de na hoidí oilte chun Béarla a mhúineadh (534). ' Only a quarter of their graduate teachers have their qualifications in English.' Sin 20 p.c. den iomlán :

> There are almost as many history graduates as English graduates teaching in modern schools although more than three times as many periods are given to English than to history. The truism that every teacher is a teacher of English is in practice so perverted that it might often as well read ' anybody can teach English ' (542).

Is millteach mar táthar acu agus tuigeann siad féin sin. Deir siad (487): ' *The quality of English teaching threatens to become worse. . . . We face a crisis, then, a crisis which is even now not sufficiently recognized because it is a crisis of quality as much as of quantity.*' Tá cuid mhór eile sa tuarascáil seo an Roinn Oideachais Shasanaigh ab fhiú dúinn a léamh.

Admhaíonn siad nach dtig leis na mílte dá scoláirí Béarla a léamh ná é a scríobh mar is ceart agus níl múinteoirí acu lena múineadh. Cuimhnigh freisin nach bhfuil aon teanga eile acu ach an Béarla. Ní thig le Seoiníní a rá gur ' Compulsory Irish ' is ciontach leis.

◆

PARLEZ VOUS FRANGLAIS ?

CARA liom in Ollscoil Strasbourg chuir sé leabhar Fraincise chugam a bhfuil dlúthbhaint aige leis na haistí a scríobh Madame Brooks faoin nGaeilge. Dúirt an bhean uasal sin nach Gaeilge scríobhtar ar an saol seo ach *Non-English*. Ar ndóigh, tá sí ag dul amú agus solas aici.

Mar a fheicimid ar ball is beag a d'athraigh an Béarla agus an Mheiriceánais an Ghaeilge mar d'athraigh siad an Fhraincis ó aimsir an chogaidh. Is mór mar a chuaigh an dá dhúil ghallda sin i bhfeidhm ar an bhFrainc le fiche bliain anall. Go deimhin ar léamh an leabhair seo dom is beag an t-ionadh go raibh de Gaulle ag cur chomh tréan in aghaidh na Meiriceánach is bhí. Is meascán de dhá fhocal Franglais, Français agus Anglais, óir an mhuintir labhraíonn agus scríobhann an t-uafás sin ní Fraincis ná Béarla atá acu. Monsieur Etiemble a scríobh an leabhar, tá suas agus anuas le cheithre chéad leathanach ann agus scrúdaíonn sé an fhadhb is díol contúirte don Fhrainc i láthair na huaire.

Scéal gearr magúil atá sa chéad chaibidil sa ' bhFranglais '.

' Dear Joséphine,

' Je t'écris d'un *snack*, oú je viens de me tasser un *hot dog* en vitesse, tandis que Charlie, á coté de moi, achéve son *Hamburger*.

' Charlie, c'est Charlie Dupont, mon nouveau *flirt*. Un vrai, *play boy*, tu sais ! En *football* un *crack*. On le donne comme futur *coach* des *Young* Cats, *leader* des *clubs* série F. C'est te dire si j'entends parler de *goals* et de *penalties*.

'Je me suis lassée de Johnny Dunand, trop *beatnik* avec ses *blue-jeans* et son, etc.

'Paris *I love you* t'as du *suspense* et t'es sexy.'

Tá ranntaí sa 'teanga' nua chomh maith.

C'est une *barmaid* qu'est ma *darling* . . .
C'est une barmaid qu'est . . .
J'en suis son *parking*, son *one man show.*
Son *Jules*, son *king*, son *sleep* au *chaud.*
Je paie toujours *cash*. . . .

Scríobh René Georgin aor faoi na focail agus na leaganacha gallda seo atá ag truailliú na teanga. Is spóirtiúil mar a scríobhann:

Mais cest l'afflux des noms *english* et *amerloques*.
Qui donne á notre langue un aspect si baroque
Car Albion et l'Amerique
Sont nos fournisseurs de mots chics
(Nous tenons et non y tenons)

La divine *relaxation*
Ainsi que la *rèservation*,
Le *debating* et le *parking*,
Public relations et *footing*
Le *Living-room* et le *pressing*
Le lunch, le *match* et le *building*,
Leadership, *suspense* et *camping*,
Business, *label* et *standing*,
Le *fair-play*, le *pool*, le *planning*,
Le *rush*, le *score*, et le *meeting*,
Steamer, *record*, *boxe* et *pudding*,
Le *garden-party* et le *swing*.

Níl sa mhéid sin ach tús an phota mar a déarfá. Tá daoine eile ag scríobh faoi Iodáilliú na Fraincise, daoine ag cur a gcraicinn díobh faoi Fhrancú na Spáinnise, daoine eile ag cur díobh faoi Fhrancú an Bhéarla, daoine fós fiáin faoi Ghalldú Fraincise Chanada. . . .

Deir Madame Brooks nach féidir léi úrscéal ar bith Gaeilge a léamh faoi láthair tá an chaint chomh gallda sin iontu (is dóiche). *Non-English* atáthar a scríobh.

Cuimhním ar na daoine atá ag scríobh le deich mbliana—Máirtín Ó Cadhain, Máirtín Ó Direáin, Liam Ó Flaithearta,

Seán Ó Ruadháin, Donnchadh Ó Céileachair, Pádraig de Brún, Seán Ó Coisdeala, Seán Ó hÉigearta, Síle Ní Chéilleachair, Seosamh Ó Duibhginn, Donnchadh Ó Cróinín, Pádraig Ó Súileabháin, Éamonn Ó Dubhlinn agus Donnchadh Ó Floinn (sagart), Máire Mhac an tSaoi, Seán Ó Ríordáin, Pádraig Ó Maoileoin, Niall Ó Domhnaill, Mairéad Nic Mhaicín, Leon Ó Broin, Seán Ó Cuirrín, Seán Ó Cinnéide.

Níl leath na scríbhneoirí sa liosta sin. Níl duine díobh nach dtig leis an teanga a scríobh. Ní *Non-English* a scríobhann siad. Thuigfeadh an dea-Ghaeilgeoir iad gan stró ar bith. Fúbún faoi lucht a gcáinte! Ná bímis chomh cáinteach sin ar ár scríbhneoirí féin. Agus tugaimis súilfhéachaint thart ar a bhfuil ag titim amach sa saol mór. Ní hé mo mheas go bhfuil fear ar bith sa tír seo chomh haineolach chomh caol-aigeanta leis an mBéarlóir.

Scríbhneoirí Béarla

◆

FEALSÚNACHT NA BHFILÍ

TAMALL ó shin léas píosaí ar nuachtán faoi fhealsúnacht an fhile úd as Sligeach, W. B. Yeats. Ag cáineadh a chuid fealsúnachta a bhí na daoine seo agus lena scéal a dhearbhú thug duine acu píosa ó Æ Ó Ruiséal, an tUltach iontach nár ghéill don Chríostaíocht ach a thugadh adhradh do na ' seacht n-áiteanna beannaithe atá in Éirinn.'

Asal de dhuine a bhí in Yeats, má b'fhíor do Æ. Níl aon locht agam ar aon tsliocht dár tugadh ó dhánta Yeats. Bhíodar go léir ceart. Ach ar leor iad chun a chuid fealsúnachta go léir a thaispeáint ? Cár fágadh píosaí mar seo a chum sé do bhean a ndeachaigh an saol go léir ina haghaidh ?

Now all the truth is out,
Be secret and take defeat
From any brazen throat.
For how can you compete,
Being honour bred, with one
Who, were it proved he lies,
Were neither ashamed in his own
Nor in his neighbours' eyes ?

Dá mbeadh an spás agam d'fhéadfainn céad píosa de chuid Yeats a aithris ina bhfuil fealsúnacht chomh breá is tá sa phíosa sin thuas. Ach ní hé siúd ach é seo.

Dhúisigh na scríbhneoirí ceist ghleoite. An bhfuil file i gclé na fealsúnachta mar tá na fealsaimh ? Sé sin más maith í a chuid fealsúnachta bhfuil a chuid filíochta ar fheabhas, per se ? Más dona í a chuid fealsúnachta an amhlaidh freisin dá chuid filíochta? Is féidir teacht ar réiteach na gceisteanna sin ach dearcadh ar fhilíocht na bhfilí mór, sílim. Dearcaimis, mar sin, ar an gcéad fhile mór a bhí againn san Eoraip, ar Hóiméar féin, agus, chímid go bhfuilimid i bhfianaise duine nár laghdaigh a loinnir le haois ná le haimsir. Dá mhinicí a léann tú é sea is mó do ghreann air. Níor sáraíodh riamh é agus ní móide go sárófar go deo é. San am céanna is eol dúinn go mba phágánach é agus dá réir sin nach mbeidh aon ghlacadh ag Críostaithe lena chuid fealsúnachta.

Dhá mhíle bliain i ndiaidh Hóiméir rugadh Dante na hAislinge Móire. Chum an fear sin dán filíochta a chuir draíocht ar gach duine den Adhaimhchloinn a raibh sé den ádh air an dán a léamh. Ina cheann sin is duine é Dante a fáisceadh amach as fealsúnacht gan cháim. Tá idir fhilíocht agus fhealsúnacht ar fheabhas aige. Chíonn tú sin i línte den sórt seo:

> La Sua Voluntade E Nostra Pace (A Thoil Seisean Is Síoth Dúinne).

Cúig céad bliain ina dhiaidh sin arís rugadh an file is feidhmiúla a thug an Sasanach dúinn, Shakespeare. Léimid línte áille den sórt seo aige:

> As flies to wanton boys, are we to the gods;
> They kill us for their sport.

Is filíocht ar fheabhas atá ansin. Níl séanadh ina chionn. Ach cé deir tú faoin bhfealsúnacht atá inti? Níl ach an t-aon rud amháin le rá. Níl sí le moladh. Ach ní chuireann an fhealsúnacht lochtach as don fhilíocht; i gcúrsaí mothúcháin tá oiread de cheart, den fhiúntas agus den fhírinne ann agus tá i líne álainn Dante, an méid a mbaineann fírinne agus fiúntas le filíocht.

Tá filíocht agus fealsúnacht Dante ag freagairt dá chéile mar a fhreagraíonn an bhróg don chois. Bhí an Dochtúir Ainglí agus Abelard ina seasamh gualainn ar ghualainn ar a chúl agus is iad a rinne machnamh dó. Sé sin, is deas ordúil álainn an machnamh a bhí ann le linn Dante agus bhí an t-ádh air ar an gcaoi sin. Níorbh amhlaidh le linn Shakespeare. Bhí an saol Críostúil ag leá lena linn agus is daoine mar Montaigne, Machiavelli, agus Seneca a rinne machnamh dó, daoine ba lú réim i gcúrsaí na hintleachta ná San Tomás agus Abelard.

Ach ní thig linn a rá go ndearna Shakespeare nó Dante machnamh mar a rinne an Dochtúir Ainglí agus fealsaimh ba lú meabhair ná é. Ní dhearna agus ní hé sin ba chúram dóibh. Níl ach aon ní amháin ar chúram an fhile. Sé sin, filíocht a scríobh, filíocht a bhaint as a gcuid experientia. Más fealsúnacht atá uainn ní chuig na filí a rachaimid ach chuig na fealsaimh.

Agus bhí filí a raibh fealsúnacht ar fheabhas acu agus a scríobh drochfhilíocht. B'iontach go deo an fhealsúnacht a bhí ag Francis Thompson ach cé déarfadh go bhfuil filíocht ar fónamh sa *Hound of Heaven* ? Ní abródh ach an té nár fhás. Is breá an fhealsúnacht a bhí ag Manley Hopkins agus scríobh sé filíocht den chéad scoth.

Tig linn a rá faoi Yeats gur dona í a chuid fealsúnachta. Ach caithfimid a rá gur maith í a chuid filíochta. Sé sin, dála gach file ar fónamh go bhfuil an chuid is mó di ar fheabhas Éireann.

YEATS, FILE AGUS SEANADÓIR

NÍL aon amhras ná gurbh é Yeats an file Béarla is iomráití dá bhfaca solas an lae in Éirinn nó sna hoileáin seo le céad go leith bliain. Bhí comhairle aige ar gach uile dhuine dár lúb peann in Éirinn lena linn féin agus tar éis a bháis cé is moite do James Joyce.

Is eisceacht an-tábhachtach é an Seoigheach óir is scríbhneoir próis go príomha é agus dúirt sé focal le Yeats cothrom lae beirthe an fhile a insíonn cuid mhór dúinn faoin mbeirt.

Is amhlaidh a bhí cóisir ceaptha ag a chairde do Yeats nuair a shiúil an fear óg—an Seoigheach, isteach chucu.

' Cén aois anois thú ? ' d'fhiafraigh an fear óg den fhile.

' Dhá scór bliain ? ' arsa Yeats.

'Tá mé buartha dá bharr,' arsa an Seoigheach. 'Ní thig liom a dhath a dhéanamh duit. Tá tú ró-shean.'

Ní fhéadfadh Yeats an obair a bhí ina cheann ag an Seoigheach a dhéanamh. Níor dhual dó sin. File agus ní úrscéalaí a bhí ann agus ní raibh aon tuiscint aige ar rud eile is mór le rá—mar a mhúnlaíonn an creideamh Caitliceach duine. Thuig an Seoigheach é mar a thuig Balzac é agus sin é a thug bua dó mar úrscéalaí.

Ach scríobh Yeats cuid mhór próis agus cé go bhfuil sé leathdhearmadtha ag an bpobal léitheoireachta is prós deargsnach é. Is prós saothraithe é a d'fheil don mheabhair ar leith a bhí taobh thiar de. Faoi na nithe ba mhó aige a scríobhadh sé, Synge, cuirim i gcás :

> Those who accuse Synge of some basic motive are the great-grandchildren of those Dublin men who accused Smith O'Brien of being paid by the British Government to fail. It is of such as these Goethe thought when he said : 'The Irish always seem to be like a pack of hounds dragging down some noble stag '.

Bhí a thuairimí féin aige i dtaobh cúrsaí oideachais agus i dtaobh cad ba dhuine uasal ann.

> A gentleman is a man whose principal ideas are not connected with his personal needs and his personal success. In the old days he was a clerk or a noble, that is to say, he had freedom because of inherited wealth and position or because of a personal renunciation. The names are different today, and I would put the artist and the scholar in the position of the clerk. . . . without culture or holiness, which are always the gifts of a few, a man may renounce wealth or any other external thing, but he cannot renounce hatred, envy, jealousy, revenge. Culture is the sanctity of the intellect. . . .
>
> The education of our Irish secondary schools, especially the Catholic schools, substitutes pedantry for taste. Men learn the dates of writers, the external facts of masterpieces and not sense of style or feeling for life. I have met no young man out of these schools who has not been injured by the literature and the literary history they learned there. . . . Catholic secondary education destroys, I think, much that the Catholic religion gives. Provincialism destroys : he nobility of the Middle Ages.

Bhí suim mhór ag Yeats sa Ghaeilge agus dúirt sé sa Seanad go raibh súil aige go mbeadh Éire Gaelach ó chladach go cladach go fóill. Is maith an aithne bhí aige ar an bPiarsach agus ar Thomás Mac Donnchadha agus níorbh annamh é ag caint leo. Scríobh sé (Márta 23, 1909):

> MacDonagh called today. Very sad about Ireland. Says that he finds a barrier between himself and the Irish-speaking peasantry, who are 'cold, dark and reticent' and 'too polite'. He watches the Irish-speaking boys at his school and when nobody is looking, or when they are alone with the Irish-speaking gardener, they are merry, clever and talkative. When they meet an English-speaker who has learned Gaelic, they are stupid. They are in a different world. He then told me that the Bishop of Raphoe had forbidden anyone in his See to contribute to the Gaelic League because the secretary 'has blasphemed against the holy Adamnan'. The secretary had said: 'The Bishop is an enemy, like the founder of his See, S. Adamnan, who tried to injure the Gaelic language by writing in Latin'. MacDonagh says: Two old countrymen fell out, and one said 'I have a brother who will make you behave', meaning the Bishop of Raphoe, and the other said 'I have a son who will put sense into you', meaning Cardinal Logue.

◆

SEANCHAS FAOI YEATS

B'AIT liom an pictiúr a d'fhoilsigh *Dublin Opinion* roinnt bhliain ó shin de Yeats agus Æ ag tabhairt cuairte ar a chéile. Bhí cónaí orthu beirt ar aon sráid amháin, duine acu in uimhir 54 agus an duine eile in uimhir 56. D'fhág gach aon fhile acu a theach féin le dul ag triall ar an bhfile eile. Bhí a chloigeann in aer ag Yeats agus a cheann sa talamh ag an Ruiséalach agus ná raibh an séan orthu nach bhfaca a chéile ag dul thar uimhir a 55 dóibh!

Ach ní raibh na filí seo leath chomh bodhar agus shílfeá ón scéilín seo. Chaith Æ a shaol ag taisteal Éireann ar a rothar ag obair do na feirmeoirí agus ag caismirt le aos gaimbín. Ba é Yeats an duine deiridh de na filí rómánsúla, chaitheadh sé sealanna fada sna réigiúin uachtaracha, mar sin féin ba chríonna uaidh an Mhainistir a stiúradh agus súil a choinneáil ar bhosca an airgid. Níor dheacair leis saol na samhlaíochta agus an saol tadhaill a dhealú óna chéile.

Tá scéal ag Mícheál Mac Liammóir faoin gcéad uair a raibh sé féin ag caint leis. Shocraigh Lady Gregory an lá agus an tráth a bhfeicfeadh sé an file. Ar theacht ina láthair dúirt Yeats : ' Tá tú ag iarraidh mé fheiceáil le ceithre bliana déag agus siúd ceithre nóiméad déag go leith mall thú.' Is gearr a bhí an Mhainistir ar bun nuair a tharla Yeats i bPáras na Fraince agus casadh John M. Synge air don chéad uair. ' Féach,' ar seisean le Synge láithreach, ' tá Amharclann Náisiúnta bunaithe in Éirinn againn. Is tusa an fear a scríobhfas na drámaí móra a theastaíos uainn. Téirigh siar go hOileáin Árann agus fan thiar ann nó go mbí siad scríofa agat.' ' Ach,' arsa Synge, ' Chaillfí thiar ansin mé.' 'Cinnte, caillfear ann thú,' adeir Yeats, ' ach beidh na drámaí againn roimhe sin.'

Bhí sé ina sheanadóir ar feadh blianta agus ní béal marbh a bhí air lena linn. Go deimhin, bhí deis a labhartha go maith aige. Uair amháin bhí sé chomh binnbhriatharach gur chuir sé cill agus tuath ina aghaidh. Uair eile bhí rún os comhair an tSeanaid faoi oifigigh stáit a ligean isteach i dtithe. Chuir Yeats ina aghaidh. B'olc an rud a chead sin a bheith ag báille. Ar seisean :

> De réir mar tá an dlí anois, féadfaidh báille dul isteach in do theach más amhras leis clog na comharsan a bheith ar an mballa agat. Is gearr ó tháinig fear próiseanna chugam féin. Thugas cuireadh chun tae dó i dteannta mo mhná agus daoine a bhí ar cuairt againn. Ansin thóg mo bhean pictiúr den iomlán againn. Tamall ina dhiaidh sin tharla an báille céanna imeasc lucht fiacha nach bhfuil chomh flaithiúil liom féin. In áit tae agus cácaí milse a thabhairt dó is amhlaidh a chuireadar faoi deara dó a chuid páipéar go léir ithe. Bhí moll mór páipéar aige agus creidim nach éasca le duine páipéar a leá.

Ba mhinic é ag agairt ar an rialtas litríocht na Gaeilge a fhoilsiú. Dúirt sé uair :

> I dtús an chéid seo nuair a bhunaíomarne Gluaiseacht na Samhlaíochta a raibh baint aici, más le leas nó le léan,

> leis na nithe a tharla sa tír le goirid, b'é b'fhada linn go bhfeicfimís litríocht na Gaeilge i gcló. Ba mhaith í m'aithne ar D'Arbois de Jubainville, an scoláire Francach a chaith a shaol ag staidéar uirthi. Mar, dar leis, sin í an litríocht a d'inseodh duit cad é an sórt saoil a bhí san Eoraip sular rugadh Hóiméar. Tá filíocht álainn liriciúil sa Ghaeilge a tháinig i mbláth in aimsir Chaucer. . . . An rud a iarraim oraibh a dhéanamh is rud é a dhéanfadh aon rialtas sa domhan. . . . Is ar litríocht na Gaeilge atá an chuid is fearr de mo dhéantús féin bunaithe.

Lá eile dó agus bhí sé ag cur a chosa uaidh arís. Bhí paidir le rá ag na Seanadóirí agus theastaigh ó chuid acu í rá sa dá theanga ach dar leisean ní raibh ansin ach slogaíocht:

> Is mian liom cur in aghaidh na haisiléarachta atá ag teacht isteach in obair na Gaeilge le goirid. Tá daoine á ligean orthu féin í bheith acu agus gan aon eolas acu uirthi ná aon fhonn orthu í fhoghlaim. Dar liomsa is mí-mheasúil an mhaise dóibh é agus ní ceart dúinne aithris a dhéanamh orthu. Ná measadh aoinne gur in aghaidh na Gaeilge atáim. San oíche Dé Luain seo caite léiríodh dráma Gaeilge sa Mhainistir agus bhí an Amharclann lán ó chúl go doras. Bhí Gaeilge ag na dearcadóirí go léir agus thuigeadar an dráma. Ach an rud leanbaí seo níl ann ach go gcuirfidh sé daoine in aghaidh na Gaeilge. And I want to see this country Irish-speaking.

◆

AN SEOIGHEACH

'TÁ mé faoi dhraíocht aige,' dúirt duine liom. 'Tá mé faoi gheasa,' adeir duine eile. 'Níor thuigeas *Finnegan's Wake* riamh go dtí anois,' adeir an tríú duine. Mé in Amharclann an Bhusárais agus dráma á léiriú ansin a bunaíodh ar *Finnegan's Wake* leis an Seoigheach. Ní nach ionadh tá cosúlacht mhór aige le tórramh ach de dhéanta na fírinne ar éigean atá a fhios céard atá ar bun ar an stáitse. Chíonn tú pearsana ag teacht agus ag imeacht agus ag samhlú nithe le chéile, ag leá isteach ina chéile agus

mothaíonn tú an cheolmhaire bhrónach is brí dá n-imeachtaí. Amach sa dráma tagann litir chuig pearsa díobh. Níl a fhios cé scríobh í, cár seoladh í ná céard atá inti. Is samhail de shaol an duine í. Mothaíonn tú an méid sin. Sea, mothaíonn tú é. Ach gan bhuíochas díot féin fiafraíonn tú cá bhfuil an nithiúlacht a mhúin na Gréagaigh dúinn agus Corneille agus Racine agus Shakespeare agus Chekhov. Agus preabfaidh ceisteanna as éadan chugat.

Seo é an fear a scríobh *Dubliners* agus *The Portrait* agus *Ulysses*. Ní héasca leat teacht ar ghearrscéal chomh foirfe le ' The Dead '. Tá substaint ann. Tig leat é mheáchan agus é thomhas. Is féidir leat na pearsana atá ann a bharraíocht. An taithí atá agat ar an saol sé a dtaithí-sean é. Aithneoidh tú ar na sráideanna inniu iad. Ansin cuimhneoidh tú ar an *Portrait*. Leabhar tacúil é ina bhfuil cuid mhór de do chomhaoiseacha. Is leabhar é a chartaíos saol na hóige go glan gléineach. An chaint atá ann tá sí chomh cruinn go gcuireann sí uafás ort. Tá loinnir agus cruas buachloiche sna samhailtí ann dála filíochta na Gaeilge agus gan lorg ar bith de liriciúlacht an Bhéarla orthu. Síleann tú nach bhféadfadh an Seoigheach agus a dhícheall a dhéanamh teacht ar chaint is freagraí ná an chaint atá aige anseo. Féadfair an rud céanna a rá faoi *Ulysses* ainneoin gur facthas dom féin go minic gur éirigh sé tuirseach de amach ina lár.

Ach ní hionann dáil do *Finnegan's Wake*. Ceol rithimiúil cainte a chím ann, caitheamh i ndiaidh nithe gnéasúla agus saol scáiliúil na hintinne. An nithiúlacht is léir sna céad leabhair a scríobh Séamas Seoighe an nithiúlacht is léir i ngach leabhar ar fónamh ó aimsir Hóiméir anall tá sé uireasach sa leabhar seo. Agus cén fáth ? Tá fáth maith. Chaill an Seoigheach amharc a shúl sular scríobh sé *Finnegan's Wake* agus ar éigean a fuair sé ar ais riamh é. Fearacht a leithéid i gcónaí ní raibh feiceáil aige ar dhuine ná ar bheithíoch ná ar aon bhlas eile. Bhí sé i gclé na gcéadfaí eile agus dá réir sin bhí sé gearrtha amach ó leath an tsaoil.

B'ionann scéal dó agus don Dall Mac Cuarta, do Liam Dall Ó Hifearnáin, do Raifeartaigh agus do Mhilton. Na samhailtí súl a chum na filí sin tá siad gnásúil tacúil agus ní hannamh nach leamh iad. Nach mór idir samhailtí Mhilton agus na samhailtí tréana gléineacha a chum Dante agus Shakespeare, beirt fhile a raibh radharc a súl acu? An anachain a d'éirigh don Seoigheach d'fhág sí i gclé na cluaise é. Siúd é an fáth gur ceol cainte is mó in *Finnegan's Wake*. An saol teoranta a chaith sé dá bhíthin is cúis le gur saol scáiliúil a thug sé dúinn. Chúb sé chuige ón saol tadhaill a bhí ina thimpeall agus línigh sé an saol nua seo. Na línte a thiocfas beidh rudaí acu le rá faoin Seoigheach nach bhfuil a fhios againne tada fúthu. Ach is cinnte go labhróidh siad ar a dhaille.

Dar liomsa d'athraigh daille an scríbhneora seo a shaol bun barr agus thug air nós nua scríbhneoireachta a chleachtadh. An scríbhneoir a chailleann radharc a shúl tá sé fánach agat a bheith ag súil le tuarascáil ar nithe tadhaill uaidh mar a dhéanfadh scríbhneoir eile.

Ní fheiceann an dall tada agus má fhéachann sé le rudaí seachtaracha a léiriú le samhailtí súl bíodh geall go mbeidh siad (na samhailtí) lag ginearálta. Ní hamhlaidh bhéas má bhaineann sé leas as na céadfaí eile. Féach leat an giota seo a scríobh an Dall Milton:

While the ploughman near at hand,
Whistles o'er the furrowed land,
And the milkmaid singth blithe,
And the mower whets his scythe,
And every shepherd tells his tale,
Under the hawthorn in the vale.

Caint ghinearálta agus í roinnt tacair atá anseo. Ní haon treabhadóir ar leith atá i dtrácht ag an bhfile dall, ná aon spealadóir ar leith ná aon aodhaire ar leith. Cuir ina chomórtas an tsamhail súl a chum Dante leis an iontas a ghabh an t-aos damanta nuair a chonaic siad an duine ón saol seo ag faire orthu.

e si ver noi aguzzevan le ciglia,
Come vecchio sartor fa nella cruna.

Agus chaolaíodar na súile ár ndearcadh,
Dála seanтháilliúr ar chró a shnáthaide.

Mhol Matthew Arnold an tsamhail seo agus lom an chirt aige. Is samhail í a tarnaíodh caol díreach ónár saol laethúil ach is samhail í nach scríobhfadh aon duine ach an té a mbeadh amharc a shúl aige.

Chaill Juan Valera radharc a shúl ina sheanaois thall agus d'athraigh a bhealach scríbhneoireachta ar an bpointe. Ach níor athraigh chomh mór is d'athraigh obair an tSeoighigh. D'athraigh seisean idir ábhar agus chaint.

Sa bhliain 1923 agus na súile ag cur as dó go mór scríobh sé chuig cara leis san Fhrainc : ' Je suis au bout de l'anglais ' (Tá an Béarla spíonta agam). Chuir sé lena rún, mar in *Finnegan's Wake* tá meascán de gach teanga, idir bheo agus mharbh dá raibh ar eolas aige. Is leis an mí-ádh meabhair a bhaint as. Fuair sé teideal an leabhair ón mbailéad faoi Finnegan an Foirgneoir a leagadh de dhréimire agus ar síleadh bheith marbh nó gur dhúisigh an fuiscí ar a thórramh féin é.

Ach taobh thiar de sin tá Fionn Mac Cumhaill, gaiscíoch agus eagnaí. Shamhlaigh sé Fionn ina luí marbh ar bhruach na Life agus é ag aisling ar stair na hÉireann agus ar stair an domhain. Chonaic Fionn an t-iomlán sa saol a caitheadh agus sa saol a thiocfas mar ghiota de bhruth fá thír ar abhainn na beatha. Neachanna mí-naofa is pearsana ann, cách agus a bhean agus a chlann is a lucht leanúna. Preabann siad aníos an abhainn ó am go ham ar a mbealach tríd an stair, agus cloiseann tú gliogar i bhfoirm cainte uathu.

Amanna déanann sé tagairt dhiamhair do nithe a tharla lenár linn féin. Cuirim i gcás ar leathanach 268 tráchtann sé ar Dev agus ar a namhaid Kev.

> Can you nei do her, numb ? asks Dolph. Oikont, ken you ninny ? asks Kev, expecting the answer guess. Nor was the noer long disappointed for easiest of kisshams, he was made vicewise. Oc, tell it oui, do Sem ! Well, 'tis oil thusly. First mull a mugfull of mud, son, Oglores, the virtuoser prays, olorum ! What the D.V. would I do that for ? That's a goosey's ganswer you're for giving me, he is told, what the Deva would I do that for ? (Will you walk into my wave-trap ? said the spiter to the shy.)

T. S. Eliot

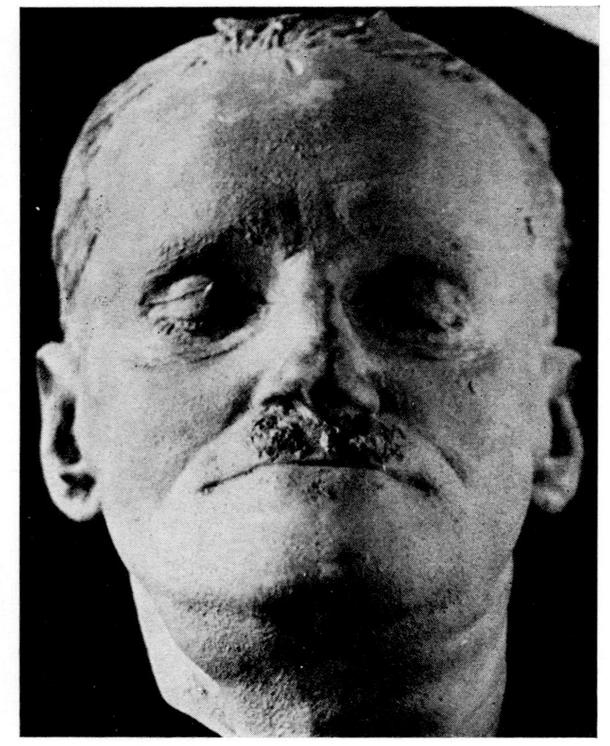

An Seoigheach
(*masc mairbh*)

Déanann sé de Valera den ghaiscíoch Shem sa ghiota seo, agus sé Caoimhín Ó hUiginn a namhaid. An *Treaty* atá i gceist. Tá Tadhg Ó hÉalaithe ann chomh maith, uncail leis an Uiginneach. Bhí an ghráin ag an Seoigheach ar Ó hÉalaithe, óir bhí sé ar dhuine de na daoine a mharaigh Parnell. 'I'll hound him to the grave.'

Sé Caoimhín Ó hUiginn a mhol do rialtas Fhine Gael Governor General a dhéanamh dá uncail Tadhg Ó hÉalaithe. 'He was made vicewise.' Ach is rí-dheacair meabhair cheart a bhaint as an gcúrsa.

◆

T. S. ELIOT, LÉIRMHEASTÓIR

MAR léirmheastóir, is cosúla T. S. Eliot le Dónall Ó Corcora ná aon scríbhneoir eile dár scríobh le mo linnse. Siad na Francaigh ba mháistrí dó, an chéad uair ar aon chaoi; is beag de bhia buacach na meastóireachta a bhí le fáil sna Stáit le linn óige Eliot. De Gourmont an measadóir Francach is mó a raibh aird ag Eliot air de réir cosúlachta. Ní hé amháin go molann sé é ach ar bhealach léiríonn sé teagasc De Gourmont ina shaothar meastóireachta féin.

'Foirfeacht Virgil a thug bás filíocht chlasagach na Laidne' a scríobh De Gourmont i ndeireadh an chéid seo caite. Fiche bliain ó shin, comhainm na bliana a cailleadh Virgil, mhínigh Eliot céard is clasaic ann agus dheimhnigh gurb é an Aeneid clasaic na hEorpa fré chéile. Chuir sé séala le focal De Gourmont óir scríobh sé má dhéanann file ar bith saothar deársnach in aon teanga nach féidir le file eile an obair chéanna a dhéanamh inti.

Sé éirim scéil Eliot gur oidhrí sinn go léir ar an gcultúr Gréigeach-Laidne agus gur ón Róimh a tháinig an cultúr sin chugainn. Is fiú a chuid cainte a scríobh:

> The blood-stream of European literature is Latin and Greek—not as two systems of circulation, but one, for it is through Rome that our parentage in Greece must be traced. What common measure of excellence have we in literature

> among our several languages, which is not the classical measure ? What mutual intelligibility can we hope to preserve, except in our common heritage of thought and feeling in these two languages, for the understanding of which, no European people is in any position of advantage over any other ? No modern language could aspire to the universality of Latin, even though it came to be read by millions more than ever spoke Latin, and even though it came to be the universal means of communication between peoples of all tongues and cultures. No modern language can hope to produce a classic, in the sense in which I have called Virgil a classic. Our classic, the classic of all Europe, is Virgil.

Chuireas-sa aithne ar Eliot deich mbliana fichead ó shin. Chaitheas seal gearr i Nua-Eabhrac san am agus cheannaíos trí cinn de leabhra atá ag gabháil liom go fóill — *Ulysses*, *Leaves of Grass*, agus na haistí leis féin a roghnaigh Eliot— *Selected Essays*. Tá aiste fhada dhomhain ar 'Tradition and Individual Talent' ina measc. Mhínigh sé nach ionann bheith traidisiúnta agus aithris a dhéanamh ar an líne a chuaigh romhat. Dá ndéanfá sin is gearr a rachfá. Is ionann bheith traidisiúnta agus filíocht do thíre féin agus filíocht na hEorpa ar fad bheith ag snámh ar fud na gcnámh agat.

Cléireach bainc a bhí san fhear seo ar feadh i bhfad. Sea, ach cléireach bainc a chaith téarma fada i scoileanna na Fraince. Tháinig sé go Sasana sa bhliain 1915 agus an chéad chogadh mór in a reacht seoil. Má bhí féin níor chuir sin gobán ann. Dheasaigh sé air ag tabhairt léachtaí ar ghnéithe áirithe den litríocht agus thagadh daoine ag éisteacht leis. Cuid acu, mar a déarfá, óir, deir Ethel Mannin liom, nach ag éisteacht leis ach ag magadh faoi a théadh cuid mhór scríbhneoirí. Ní thaitníodh a chaint faoi Mhilton leo. Deireadh sé nach file ró-iontach a bhí ann agus thagraíodh go háirithe don chaint a scríobhadh an file piúratánach sin.

Scríobh Eliot faoina lán cineálacha litríochta ach b'iontach liom gan aon bhlas a fheiceáil uaidh faoin litríocht is leithne scóip agus is doimhne dár scríobhadh san Eoraip le céad bliain, mar tá, litríocht na Rúise. Ar an taobh eile scríobh

Dónall Ó Corcora

sé cuid mhór faoi litríocht na hÉireann. Thug sé moladh mór do Mhangan. Dúirt sé gur fhág sé a lorg ar scoil mhór filí Francach. Ar dtús chuaigh sé i bhfeidhim ar Edgar Allan Poe agus dá bhíthin sin ar fhilí na Fraince.

Tháinig Eliot go Baile Átha Cliath (1936) agus dúirt gurbh é an Seoigheach an scríbhneoir ba ghaelaí, ba Chaitlicí, ba huilí dár scríobh riamh sa Bhéarla. Dúirt faoi Yeats: 'as soon as he became IRISH he became universal'. Agus labhair sé faoin nGaeilge féin sa leabhar breá sin leis, *Notes towards a definition of Culture.*

Dúirt sé ansin go raibh cách uile i Sasana i gcontúirt a bheith ar aon chaint agus ar aon chanúint amháin. Dá mbeadh, b'olc an scéal dóibh é. Ach bhí leigheas air. Bhí an Ghaeilge in Éirinn agus is aisti a thiocfadh na cainteanna a shaibhreodh an Béarla agus a chaomhnódh é. Dá bhrí sin, adeir Eliot, ní foláir an Ghaeilge a choinneáil beo agus ní hé amháin sin ach ní mór gach sórt scríbhneoireachta a dhéanamh inti, idir úrscéalta agus ghearrscéalta, idir aistí agus fhilíocht agus dhrámaíocht agus iriseoireacht. B'fhiú do dhaoine áirithe machnamh a dhéanamh ar chaint T. S. Eliot.

◆

FILÍOCHT NA hÉIREANN

Is FEAR ársanta go maith é Ezra Pound. Is fada ag cumadh filíochta é, ag aistriú dánta breátha ón tSínis agus ó theanga Provence. Bhí suim aige i ngluaiseachtaí móra an domhain agus bhíodh sé ag caint ar Radio Róma le linn an chogaidh dheiridh. Cuireadh príosún air ansin. Ba réabhlóidí ar a dhá chois é mar is dual d'fhile.

Ní hé amháin gur scríobh sé filíocht ach scríobh sé fúithi chomh maith. Uair dár scríobh dúirt go m'fhearr leis píosaí a thabhairt chun cruinnis a chuaigh i bhfeidhm go mór air ná leabhair agus irisleabhair a chuartú le teacht ar dhánta ar fónamh. Chuir sé ainm ar chuid díobh a bhí ar bharr a theanga aige.

An dá líne dhéag tosaigh den ' Drover ' le Pádraic Colum agus ' O Woman stately as a swan ' leis an bhfile céanna; ' I hear an army ' leis an Seoigheach; na línte le Yeats a bhodhraigh riamh mé féin agus fir óga mo linne, ' Breasal the Fisherman,' ' The fire that stirs about her when she stirs,' ' The scholars,' ' The faces of the Magi '. . . .

Is iontach leat gur filíocht na hÉireann is túisce a tháinig chuige ? Agus gurb í cuid Phádraic Coluim atá ar tosach ? Ach deir daoine gurb é Pádraic Colum is gaelaí den tseanlíne a scríobh i mBéarla. ' B'áil liom bheith chomh gaelach le Pádraic Colum ' arsa Monk Gibbon liom féin uair ! Seo cuid de na líntí as an ' Drover ' a chuir draíocht ar Phound :

To Meath of the pastures,
From wet hills by the sea,
Through Leitrim and Longford,
Go my cattle and me.

I hear in the darkness
Their slipping and breathing—
I name them the by-ways
They're to pass without heeding;

Then the wet winding roads,
Brown bogs with black water,
And my thoughts on white ships
And the king of Spain's daughter.

Dá fheabhas an dán sin is spéisiúla an dara ceann le Colum. Níl ann ach aistriú a rinne sé ar dhán as na Dánta Grá, dán a scríobhadh cúig chéad bliain ó shin. Tugaim faoi deara uair ar bith a bhfeiceann coimhthíoch saothúil dán Gaeilge a bhfuil leathaistriú féin air go n-aithníonn sé an fhilíocht ann. Is cuid de litríocht an domhain cuid mhaith de litríocht na tíre seo—Déirdre an Bhróin, Oidhe Chloinne Tuirinn, Aislinge Mhic Conglainne, Sean-fhilíocht na Dúlra, na Dánta Grá d'fhoilsigh Tomás Ó Rathaile, etc., etc.

Is litríocht iad sin nach n-éireofar tuirseach díobh go brách na breithe. Ina cheann sin tá filíocht a scríobh Éireannaigh sa Laidin a bhréagann an tsamhlaíocht agus a dhúisíonn an fhiosracht. Is dán acu sin ' Quis Est Deus ? '

Is dáinín é a scríobhadh taca 600, agus cé gur sa Laidin a scríobh Gael éigin é tá blas Gréagach air nach bhfaigheann tú ar gach uile dhán Gaeilge.

Is dán é a bhfuil ceisteanna go leor ann. Níl ann ach ceisteanna.

Quis est Deus
et ubi est Deus
et cius est Deus
et ubi habitaculum eius ?

(Cé hé Dia, agus cá bhfuil Dia, cé uaidh ar chin, cá háit A theach ?)

Si vivus semper,
si pulcher,
si filium eius
nutrierunt multi
si filiae eius
carae et pulchrae sunt
hominibus mundi ?

(An maireann go síoraí, an neach caomhálainn é, an raibh A mhac ar oiliúint ag a lán ? An ionúin álainn a chlann iníon dar le feara an tsaoil ?)

Ar neamh nó ar talamh dó ? Sa mhuir nó sna haibhneacha ? Sna cnoic nó sna gleannta ? Tabhair dúinn scéala faoi : Cé mar chífear É, cé mar charfar É, cé mar gheofar É ? Le linn óige, nó le linn aoise ?

Máirtín Ó Cadhain

◆

MÁIRTÍN Ó CADHAIN AGUS *AN tSRAITH AR LÁR**

1.

UAIR dá raibh T. S. Eliot ag scríobh faoi leabhair agus lucht a ndéanta dúirt sé nár chall duit iad a léamh dá mbeadh aithne mhaith agat ar na daoine a scríobh iad. Ón eolas a bheadh agat ar leagan a n-intinne bheadh fhios agat roimh ré céard a bheadh acu le rá. Gach uile sheans go bhfuil stiall mhór den cheart ag Eliot ach ní léir dom go mbaineann a chúis le Máirtín Ó Cadhain. Tá aithne agam ar an scríbhneoir seo le fada de bhlianta agus níl aon bhlas dá dtigeann óna pheann nach léim le fonn agus le flosc. A shaothar féin sé thugann orm sin a dhéanamh idir ábhar agus ionghabháil agus urlabhra. Is pearsanacht ar leith an fear agus é ag doimhniú le gach leabhar dá gcumann sé. Ní hé amháin gur scríbhneoir éifeachtach é—níl a shamhail in Éirinn—ach níl aon duine eile de lucht pinn na Gaeilge a bhfuil greim ar an teanga mar atá aigesean. Níl aon duine a d'fhéach ionús na teanga mar d'fhéach seisean. Mura bhfuil beirt ná triúr ann níl sa chuid eile againn inniu ach briotairí beaga nár thug cluas don chaint agus nár léigh an litríocht. Ina cheann sin, níor ionsaigh aon duine na hábhair scáfara a d'ionsaigh Ó Cadhain.

Tá sé dhá scór bliain ó d'fhoilsigh sé a chéad scéal, 'Siollántacht na Gaoithe'. Is éadomhain foclach an píosa

**An tSraith ar Lár* le Máirtín Ó Cadhain. (Sáirséal agus Dill, 30s. a luach.)

cumraíochta é ach tugann sé le taispeáint go raibh mianach scríbhneora san údar. Scaitheamh blianta ina dhiaidh sin scríobh sé ' Mada an Táilliúra ', scéal ina bhfuil síol gach ar chum sé ó shin. Ba scéal é a chuir iontas ar léitheoirí, a réadúlacht a bhí sé. Beithíoch brocach bréan stuithneach a bhí ann agus é chomh cloíte ag an ocras nárbh fhiú mórán é do dhuine ná do mhada. San am sin ba bheag é eolas Uí Chadhain ar na Rúisigh ná ar Freud, ar Nietzsche ná ar an Seoigheach. Bhíodar chomh fada uaidh is tá siad ó scríbhneoirí Gaeilge an lae inniu. Ach, má bhí, níorbh amhlaidh do nithe eile. Bhí Béaloideas na Gaeilge ar bharr a theanga agus istigh ina chroí aige. D'fhéadfá a rá go raibh sé gabhtha in ainseal ann, agus ní mar rud acadúil ach mar rud beo bíogúil á mhúnlú. Mar a déarfadh Dónall Ó Corcora is rud é an Béaloideas nár theagmhaigh an Renaissance leis. Níor theagmhaigh ná an Piúratánachas a fuaireamar ón Sasanach ná an Jansenisme a shil chugainn trí fhuinneoga Mhá Nuat. In aice sin bhí Amhráin Ghrá Chúige Chonnacht aige, seoidí liteartha a chuaigh i bhfeidhm ar léitheoirí agus ar scríbhneoirí i bhfad taobh amuigh d'Éirinn. Agus le linn ama léadh sé litríocht na Gaeilge, nithe mar *Cúirt an Mheán Oíche*, *Páirlimint Chloinne Thomáis*, *Scéal Mis*, *Aislinge Meic Conglinne*, *Scéal Lughaigh agus Chúchulainn* agus cuid mhór eile. Chonaic sé ónar léigh sé gur beag a d'athraigh an tÉireannach le míle go leith bliain. Cuirim i gcás na daoine atá sa Táin, go bhfuil a sliocht i gCois Fharraige. Is ionann dearcadh dóibh i dtaobh cúrsaí an tsaoil seo agus cúrsaí an tsaoil eile úd. Is ionann caint dóibh idir ghlan agus neamhghlan, idir ghéar agus gharbh, idir mhín agus mheargánta. Chaith sé deich mbliana is fiche sa Ghaeltacht. Níor fhág sé í ach ar feadh taca bliain go leith le freastal ar Choláiste Phádraig i mBaile Átha Cliath. Tá meabhair áirithe le baint as an méid sin i leith a chuid scríbhneoireachta. Is sa saol Gaelach sin agus sa litríocht Ghaelach sin atá ginealach liteartha Uí Chadhain le gabhlú agus ní in aon áit eile. Cinnte, chonaic sé céard a bhí ar bun san Eoraip le os cionn céad bliain agus d'fhoghlaim sé uaidh. Ach ní fiú sú talún i mbéal bulláin é le hais a bhfuair sé óna shinsear Gael. An cumas cainte agus scríbhneoireachta atá ann dallann sé daoine. Ach an ndallfadh dá mbeadh an Ghaeilge ar a cosa i gceart ? Ag léamh údair an tseachtú céad déag duit aithníonn tú neart uaiféalta na teanga Gaeilge agus deir tú leat féin nach raibh aon ní dár thoill in intinn na scríbhneoirí úd nach raibh Gaeilge acu dó. Ní hé amháin go bhfuil an cumas sin i Máirtín Ó Cadhain ach tig leis canúint a chur ar choincheapa nár chuimhnigh Seathrún Céitinn ná Pádraigín Haicéad riamh orthu. Is aoibhinn leat a lán lán dár scríobh sé. Geiteann sé tú. Tabharfaidh sé leis focal nó leagan as an tseanlitríocht agus leagfaidh romhat go réidh éasca é, ionas go gceapfá gur cuid dá ghnáthchomhrá é. Is minic gurb ea, óir níl leathscrúdú féin déanta fós ar chaint na ndaoine.

2.

Deir daoine go bhfuil sé go mór faoi chomaoin ag scríbhneoirí thar tír amach. Bhfuil sé faoi chomaoin ag Chekhov, agus má tá, cén chaoi ? Níl amhras nach bhfuil chomh fada is a théann deilbh a chuid gearrscéalta. Scríobh Chekhov ar bhealach nár scríobh aon duine roimhe. Dúirt sé i gceann dá chuid litreacha gur chuir sé an gearrscéal ar a bhonnaí, agus b'fhíor dó sin. Lean Ó Cadhain lorg Chekhov sa mhéid nach bhfuil snadhmanna casta ina chuid scéalta, sa mhéid nach mbaineann sé le gníomhartha tréana agus gur ar a dtarlaíonn in intinn an duine atá a aird. Tá sé faoi chomhairle Chekhov ar an gcaoi bhfuil Juan Soco faoina chomhairle, agus an Seoigheach (*Dubliners*) agus Mary Lavin, agus Frank O'Connor agus Liam Ó Flaithearta agus Katherine Ann Porter. Ach ní léir dom go bhfuil lorg Chekhov air mar tá ar Dhónall Ó Corcora, Seán Ó Faoláin agus H. E. Bates. Déarfá gur chroch Seán Ó Faoláin 'Admiring The Scenery' glan amach as saothar Chekhov. Thug Dónall Ó Corcora giota amháin leis as litreacha an Rúisigh seo agus sciob Bates stiallanna móra fada as saothar

Máirtín Ó Cadhain

an fhir chéanna. Na pearsana atá i scéalta Chekhov is daoine iad a bhfuair an saol an ceann is fearr orthu. Is daoine cloíte iad. Is an-mhinic iad á rá : Is duine dona mé. Níl aon chaoi orm. Níl aon mhaith liom. Níl aon déantús maitheasa ionam. Táim buailte. Ar éigin duine ag Ó Cadhain a bhfuil trua aige dó féin ná a chuireann an béal bocht air féin. Tá neart iontu; tá saighdiúireacht iontu. Is daoine iad nach miste leo dul in aghaidh táise. Is daoine iad a bhfuil sé i ndáil agus i ndúchas acu bheith ag cur in aghaidh an tsaoil ina dtimpeall. Is daoine garbha cuid mhaith díobh agus b'fhéidir nach dtaitneodh a mbealach ná a gcaint leat ach is daoine beo iad nach bhfuil aon chosúlacht acu le muintir Chekhov. Choíche ná go deo ní chuirfeadh Ó Cadhain sagart briste brúite ocrach os do chomhair mar chuir Chekhov. Ach is é atá deas ar Mhonsignor reamhar, uaibhreach, glic a leagan in do láthair. Tá eolas maith aige ar dhaoine mar an Monsignor Níor casadh sagart Chekhov riamh air : níl a leithéid in Éirinn ar feadh ár n-eolais.

Tá scéal in *An tSraith Ar Lár* ar a dtugann sé ' An Beo Agus An Críon ' ina bhfuil trácht ar leanbh a rugadh i hearse. Tá scéal den tsórt chéanna ag Maxim Gorky. Slua oibrithe bhí i gceist ag Gorky a bhí ar a mbealach thrí Shliabh gCoguas ar thóir oibre. Bhí bean ina measc a raibh leanbh aici. D'imigh na hoibrithe eile idir fhir agus mhná, agus d'fhágadar an bhean bhocht lena hanshó féin. A mhalairt a tharla i scéal Uí Chadhain. Chruinnigh na daoine—idir fhir agus mhná—timpeall an hearse san oíche agus is fúthu sin an scéal agus ní faoin mbean a bhí ina luí seoil. Agus tá scéal aige faoi chapall agus ar ndóigh, tá scéal ag Tolstoy faoi chapall. Ach níl gaol ná dáimh ag. an dá chapall le chéile. Ní hé an chóir chinn chéanna a chuir Ó Cadhain ar a bheithíoch féin is a chuir an Rúiseach mór. Má tá cosúlacht ar bith ag foireann Uí Chadhain le coimhtheach ar bith déarfainn gur le muintir De Maupassant é sa mhéid go bhfuil an dá dhream chomh gar sin don chré. Ní fheicim, áfach, aon chosúlacht eatarthu ach an chosúlacht atá ag muintir Chonamara le muintir Normandie. Tá fialas éigin aige le Liam Ó Flaithearta sa mhéid go bhfuil caitheamh ag pearsana na beirte i ndiaidh cúrsaí gnéis. Agus tá difear eatarthu freisin. Is fearr na súile atá i gceann Uí Fhlaithearta ná i Máirtín Ó Cadhain. Ach is doimhne an machnamh a níos Ó Cadhain.

3.

Nuair a thosaigh Máirtín Ó Cadhain ag scríobh fear an-óg a bhí ann agus ba ghann a chuid eolais ar an saol, agus, dá réir sin, air féin. Bhí deich mbliana is fiche caite aige sa Ghaeltacht agus is í an Ghaeltacht muráite a chuid pearsan. Tá simplíocht áirithe ag roinnt le formhór na ndaoine atá in *Idir Shúgradh agus Dáiríre*, an chéad leabhar a d'fhoilsigh sé. Ach chuir sé eolas ar an saol go tobann. Bhris Easpag na Gaillimhe (Tomás Ó Dochartaigh) as a phost é de bharr a chuid tuairimí poilitíochta. Siúd é an t-easpag nach mbíodh ar a bhéal na blianta deiridh dá shaol ach ' Cut-Throat Tone', agus ' Robert Emmet and his rabble '. Tharla sin sa bhliain 1936. Cuireadh príosún air le linn an chogaidh agus chaith sé os cionn cúig bliana istigh. Rinne sé obair iontach dá chuid comrádaithe sa phríosún. Rinne sé Gaeilgeoirí breátha dá lán lán díobh. Ina cheann sin bhí neart ama aige le heolas a chur ar dhaoine agus dá réir sin air féin. Bhí fuíollach ama aige le léitheoireacht a dhéanamh agus le machnamh a dhéanamh ar chúrsaí an tsaoil. B'éan corr i measc na bpríosúnach é. Fear amháin a bhí istigh in éineacht leis deir sé go raibh na príosúnaigh ina dtrí muintir. ' Bhí cuid díobh ar thaobh na Gearmáine, cuid eile ar thaobh na Rúise agus Máirtín Ó Cadhain nach raibh ar aon taobh.'

Is le linn dó bheith i bpríosún a tháinig an fás mór faoi nár stop go fóill. Chímid an fás sin in *An Braon Broghach* agus in *Cré na Cille* agus chímid in *An tSraith ar Lár* go háirithe é.

Cé chaoi ? Tá tacúlacht sa leabhar seo nach bhfuil in aon chnuasach eile gearrscéalta leis. Is saoráidí sásta an stíl ann. Is fuinte na scéalta seo ná an chuid a chum sé roimhe seo agus tá an fhoclaíocht ar iarraidh. Níl aon tóir aige anois ar mhion-nithe a leanúint ró-fhada. Tá greim cheart aige ar theicníc an ghearrscéil. Féach leat mar fháisceann sé an t-eolas le chéile agus mar a chuireann an comhrá an scéal chun cinn.

> ' Ní fhéadfaidh an sergeant aon údarás a thabhairt baint léi. Ní dochtúir, ná nurse, ná sagart, ná P.C. é. Síleann sé go bhféadfá dlí a chur uirthi agus cúitiú a bhaint di faoi mhísc nó núis a dhéanamh i do charr. Ach ní féidir leis féin a ladar a chur sa chás, mura dtarlaí *breach of the peace*. Sin é adúirt sé, *breach of the peace*. Cho luath is bheas, scéala chur chuige. . . .'
>
> ' Breach ar a thóin ! '
>
> ' Breach ar a ghabhal mhór ! '
>
> ' Tá a hionú ag teacht,' adúirt an tseanbhean, a bhí cromtha isteach sa hearse. ' Tóg na billeogaí críona sin amach di, a Bhid : 'gcuire Dia an rath oraibh agus fáigí gabháil fhéir thirm as croí coca. Cuirfimíd sraith fúithi ar urlár an hearse agus feisteoimíd ar a leataobh í. Is amhlaidh is éasca thiocfas an leanbh.' ' Leanbh a theacht ar urlár mo *hearse*-sa ! '

Féach, freisin, mar láimhsíonn sé gluaiseacht na haimsire. Níl d'fhad sna scéalta ach uair an chloig, nó dhó, píosa de lá, seachtain. Neartaíonn sin na scéalta. Má thograíonn tú tig leat scéal ar bith acu a chur i gcomórtas le ' Aois na hÓige ', ceann de na scéalta tosaigh leis. Trí scór bliain is fad aimsire dó (agus i gcead don té úd eile, ní gearrscéal é seo ach úrscéal gearr).

Ina cheann sin mothaíonn tú gur dearfa an scríbhneoir dá acmhainn féin. Tá sé ar a shuaimhneas i mbun a cheirde. Ó bhéarfas sé greim ort ní bhogfaidh sé díot go n-insí sé a scéal duit. Agus cuma cén deifear atá ort tabharfaidh tú cluas dó. Ach an fás is mó a chímse air is ea a éascaíocht a sheolann sé a chuid pearsan ar chuisle chomhfheasa, a fheabhas is tá an agallamh aige agus a thíriúlacht atá a chuid samhailtí. Tá sé ar a shástacht ach dul isteach in intinn duine agus tosaí leis ag cartadh istigh inti. Féach leat a bhfaca sé in intinn an Státsheirbhísigh! In intinn an chapaill féin. In intinn fhear an hearse. In intinn an Mhonsignor. In intinn Mhicil agus Mheaig, (' An Beo Agus An Marbh '). Tá sé lán chomh héifeachtach i mbun agallamha. Léigh leat ' Cé Acu ', lch. 157.

> ' An fear seo as bhúr lámhaí ' adúirt sé, ag leagan a chiotóige ar an sagart. ' An té adéarfas oiread is " dailtín Dé " leis gheobha sé an scian go feirc ina chroí. Siaraigí! Siaraigí! A chuid éadaigh ar ais dó.'
> ' Ó, mara bhfuil Abraham le coille cén mhaith an oíche?'
> ' Tá a riocht ort, a chladhaire, go bhfuil tú cho fada ó láthair.'
> ' Cé thusa?'
> ' Mise, fear mar chách.'
> ' Cé thú féin?'
> ' Duine agaibhse, fámaire.'
> ' Cárb as?'
> ' Cárb as? Áit nach miste daoibhse fios agaibh air, an Rúise.'
> ' As an Rúise.'
> ' Aindiagaí beag.'
> ' Aindiagaí beag ná eile, má théann sibhse sa cheann sin liom gheobha sibh amach nach bhfuil mé cho beag is a bhreathnaím in bhur súile.'
> ' Céard a bhaineas an scéal seo duit?'
> ' Baineann ceart duine dom.'
> ' Tá go leor cearta ag duine i do thír sa.'

Is fearr liom ag agallamh agus ag scrúdú na hintinne ná ag tuarascáil é. Sin le rá nuair nach le teann comhrá a thugann sé tuarascáil duit. Mar seo is fearr a thuarascáil:

> ' Ar ball a chonaic tú ag gáire é ' adúirt mo dheartháir agus mé ag inseacht an scéil dó sa mbaile leathuair ina dhiaidh sin.
> ' Is iontach sin. Ar maidin is anglanta bhíos sé. Chuile shórt ach gáire. Ní éireo an chlann in am. Ní dhéanfaidh siad creachlaois ar bith roimh a mbricfeasta. Ag faire ar fhir phósta bhíos siad. Ní chollaíonn sé féin mar chollaíodh sé fadó aimsir Shasana. Dúisíonn an bhean é dhá húnfairt féin ina mhullach le brionglóidí agus tromcholla!'

Tá a chuid samhailtí ar fheabhas go hiondúil. Tá cuid acu geitiúil, beo, gaelach, agus iad ag freastal ar an smaoineamh i leaba bheith ag cur ina aghaidh.

4.

Is díol scrúdaithe na pearsana atá i scéalta seo Uí Chadhain. Is daoine iad dar liom atá súite síos sa chré, dála mar shíl Piaras Mac Gearailt a bheadh a chlann féin dá gcaillfidís a gcuid talún. Tá na daoine seo ag onfais sa chré. Is daoine iad a ligeann lena racht go féiltiúil; is daoine achrannacha conánta, santacha, so-oibrithe, éadmhara iad. Sin é cheapfá ar an gcéad iarraidh. Ach tá greann millteach iontu agus ní miste leo an dallach dubh a chur ar a chéile de ghrá an ghrinn. Ar an taobh eile chítear duit nach bhfuil ach dhá chúram orthu, slí bheatha a bhaint dóibh féin agus fir (mná) a phósadh. Ach nach é sin is cuspóir don chine daonna go léir ? Agus má thugann siad faillí ann céard a tharlós ? An té nach n-íosfaidh caillfear den ocras é agus an té nach bpósfaidh ní hé amháin go bhfaighidh bás an mhúille ach gheobhaidh a chine bás chomh maith. Agus más pearsana chéadraí na pearsana seo nach bhfuil an tír lán leo ? Baile Átha Cliath chomh maith leis an tuaith ? Agus más daoine pléascánta iad nach amhlaidh bhí mná úd Sheáin Uí Chathasaigh a dtáinig scaol iontu ar chlos dóibh go raibh Malrach Bruiséil ina sheasamh ar shráid Uí Chonaill ? Léimeadar as a seasamh le buile agus le báiní, scríobadar na súile as na gardaí nach dtabharfadh cead dóibh lán na súl a bhaint as an malrach nocht.

Agus an chaint ghnéasúil atá ag na daoine seo. Céard déarfas tú fúithi ? An mbíonn a leithéid ar bun ag daoine, agus a dtéann léi ? Níl agat, d'eile, ach ceist a chur ar shagart a chaith fiche bliain ag éisteacht faoistiní, nó ceist a chur ar gharda atá deich mbliana ag obair, nó ceist a chur ar dhlíodóir stáit in aon chontae in Éirinn. Maidir liom féin de ní háil liom caint ná gníomhartha a lán de na daoine seo. San am céanna ní háil liom dul sa solas orm féin. Ní cheilim nár chualas caint mar tá anseo agus nach bhfacas daoine den chineál a línigh Ó Cadhain. Tá neart díobh inár dtimpeall, daoine garbha nach bhfuil fios a labhartha acu, slíomadóirí ghearrfadh do phíobán tar éis bheith ag ól i do chuideachta, sagairt mhilse a bhfuil an creideamh caillte acu, daoine uaillmhianacha a shíleann go mbainfidh tú an greim as a mbéal. Ina theannta sin ní miste cuimhneamh go bhfuil daoine sa tír a bhfuil saochan orthu agus caithfear freastal orthu sin chomh maith le duine. Ar deireadh thiar ní thig ach le Dia amháin breithiúnas a thabhairt ar dhaoine, agus dá réir sin ar chuid de phearsana an leabhair seo. Nuair a léim leabhar den tsórt seo cuimhním ar bheirt, an Cáirdinéal Newman agus Sean-Phádraic Ó Conaire. ' Literature is the exponent, not of *truth, but of nature*, which is true only in its elements. It is the result of the mutual action of a hundred simultaneous influences and operations, and the issue of a hundred strange actions. . . .'

Trí scór bliain ó shin scríobh Ó Conaire faoi nualitríocht na hEorpa :

> ' Nuair thosaigh an duine ar a intinn féin a scrúdú agus a nochtadh dá chomharsain bhí ré na nua-litríochta ar fáil. . . . Ní bhíonn scáth ar na nua-scríbhneoirí seo. Nochtann siad an t-olc agus an mhaith. Taispeánann siad an urchóid atá i gcroí an duine chomh maith leis an olc. . . . Sa Rúis bhítheas . . . ag romhar go domhain. . . . Nuair tháinigeadar aníos as an bpoll ina rabhadar ag cuartú bhí rud *smeartha salach a raibh dealbh duine air acu agus ghlaodar amach in ard a ngutha: seo é an duine* ! *Seo é an fear* ! Seo í an fhírinne. . . . Ceapadh go raibh an rud salach smeartha róghránna le bheith ina fhear. . . .'

(' I know the West and I know these people—there is a great *Rabelaisian* quality in them, an earthiness. There is a wonderful innocence, and underneath it a tremendous knowledge ' . . . Siobhán MacKenna a dúirt le Mary Maher, *Irish Times*, 13/10/1967.)

5.

Ceithre scéal déag atá in *An tSraith ar Lár*, tuairim is dhá chéad go leith leathanach. ' Círéib ' is ainm don dara scéal sa chnuasach agus is neamhchoitianta an téama atá ann. Is nuaíocht ar fad an scéal seo agus greamaíonn sé díot dála gach aon scéil eile sa leabhar. Scríobh Sean-Phádraic Ó Conaire scéal faoin Tír Bheannaithe ar a dtug sé ' An Coimhthíoch a raibh aghaidh an Bháis Air '. Faoi Lasarus a bhí a thrácht agus is maith an bhail a chuir sé air. Faoin Tír Bheannaithe ' Círéib ', chomh maith, agus baineann sé le broscán Giúdach a bhí suas in aimsir ár Slánaitheora. Cruinníonn siad le chéile, níl a fhios ag aon duine cén chaoi, agus labhraíonn siad go díocasach faoin athrú saoil atá ann. Mar níl duine díobh nach bhfuil a ghléas beatha millte ag ' Soidéalach ' a tharla ina measc, fear nach suim leis leas an phobail, ná gnó an phobail, fear nach miste leis céard a dhéanfas sé ar mhí-mhaithe leo. Is é namhaid an phobail é. Níl lena chosaint ach an t-aon duine amháin, bean nach bhfuil cáil ró-mhaith uirthi. Ní mórán aird a bheirtear uirthi. Do réir mar a labhraíonn siad, do réir mar a threasnaíonn siad ar a chéile sea thuigimid a n-intinn, a n-eagla, a ndóchas agus go mór mór a mí-dhóchas. Tá an tír go léir ina círéib agus cá hionadh sin ? Tá Críost féin ina measc agus míorúiltí á ndéanamh Aige go laethúil. Ach níl míorúilt dá ndéanann nach gcuireann Sé duine éigin ina aghaidh. Tugadh sé siúl do na bacaigh. D'eile, cén mhaith sin ? Lucht croise a dhéanamh tá siad ina gcónaí ! Níl ceannach ar mhaidí croise. Méadaíodh Sé an t-arán. Cén mhaith sin ? Níl ceannach ar bhuilíní agus tá báicéaraí bánaithe. Meadaíodh Sé iasc agus níl sciúrtóg rua ina bpócaí ag iascairí. Tá an scéal níos measa ná sin. Cuid de na hiascairí ar chóir bheith i gCuallacht na nIascairí nach éard a rinneadar imeacht in éineacht leis an ' Soidéalach ' agus a muintir féin fhéin a fhágáil ar a bhfaraor géar. Bhí na drúlanna féin bánaithe. Níorbh fhéidir pingin féin a shaothrú de bharr teagaisc an tSoidéalaigh seo. Céard a bhí le déanamh, cé leigheasfadh a gcás ?

Is scéal an-bhreá ar fad an scéal seo agus ceann d'fhírinní móra na staire taobh thiar de .i. gur réabhlóid í an Chríostaíocht agus nach bhfuil aon tír dár ghlac léi riamh nár athraigh bun barr. Níl sin ráite in aon áit sa scéal ach tá sé le tuiscint as. Leis an daonnacht amháin a bhaineann ' Círéib '.

Sa scéal ar a dtugann sé ' Beirt Eile ', ainm fhánach, déarfá, tá neart thar fóir agus fírinne scáfar ann. Ar fhear pósta nár gheall Dia clann dó a thráchtann sé agus tá sé chomh fuinte ina chéile agus siúl chomh beo faoi go neadaíonn sé go domhain i do chloigeann. Mar seo atá sé ina thosach :

> ' Buailte suas aríst. Casacht. Gliúrach casacht ó mhaidin. . . .'
>
> Ghíosc na ' sclamhairí ' síolta sa mbuicéad leis an bhfuinneamh a dhúisigh i rí láimhe Mhicil :
>
> '. . . Agus cho géar is d'fheilfeadh sé dhom na cúpla súileog sin ag an gcladach a chríochnú. Ach i leaba a dhul síos, suas a chaithfeas mé a dhul. Suas de mo shiúl ionsaí go barr an bhaile le na cuid ag an lao. Agus ar a bheith anuas dom ní dóide beirthe ná go mbeidh orm a dhul ar ais suas aríst leis an mbó a bhleán. Agus a gcuid a thabhairt do na cearca. Agus an suipéar a réiteach. Agus ansin i léine róine ó oíche go maidin ag éisteacht léi ag casacht agus ag éagaoine. . . . An gcaithfe an Curraoineach a dhul le cuid lao agus a chuid earraigh a ligean chun siléige ? . . . Nó arb é Tamsaí a bhlífeas na beithígh ? Nó arb é Peadar an Ghleanna a thiúrfas a gcuid do na cearca ? Is é nach gcaithfe, mo léan. Lách éasca a dhéanfas Máirín é, Máirín. Ní ina stróinse tinn a bheas sí ó oíche go maidin. Portúil mar an éan atá sí, an Mháirín chéanna. . . .'
>
> Thug Micil cic dhásachtach do smut de chloch a bhí mar theanga mhí-ómósach sáite aníos roimhe as béal an aird.'

Scaoileann Micil a scéal go neamhdhíreach. Thug a mhuintir air cailín spéiriúil a chaitheamh in airde ar mhaithe le céad puintín gágach. An té phós sé ní raibh déantús maitheasa inti ar fud an tí agus níor dhíol céile leis ar bhealaigh eile. Ní raibh clann ar bith acu agus féach féin a chomhaoiseacha a bhfuil a gclann suas, agus suaimhneas ar sop acu—agus é féin ina bhothae os comhair an tsaoil. Is ionann dál don duine seo agus don Chonnachtach eile nach raibh sásta lena bhean chéile agus a dúirt :

Léan go raibh ar an bpósadh !
Is mairg riamh a níos é,
Is a fhusacht duine cheangailt
Is a dhoilí atá sé scaoileadh.
Is trua nach dtagann Acht amach,
Mar thigeann ar bhó nó ar chaora
An té nach dtaithníonn a bhean sa leaba leis
Í thiomáint ar an aonach.

Cuireann sé beartanna ina suí (ina intinn) leis an scéal a leigheas. Dá bhfaigheadh a bhean féin agus Peadar an Ghleanna bás nárbh fhurasta dó féin agus do Mháirín pósadh agus beirt eile bheith acu. Níor mhiste cos i mbos a thabhairt dá bhean féin le dul do na flaithis san áit nach mbeadh sí ag casacht ó oíche go maidin. Agus maidir le Peadar b'fhurasta é siúd a chur i bhfarraige. Tá gach uile ní ar aghaidh boise aige. Ach aon ní amháin. Ní feasach dó gur gearr uaidh an bás.

Is truaimhéileach an cúrsa é. Scéal é atá fáiscthe ina chéile go maith, scéal ina bhfuil nuaíocht, ina bhfuil fírinne, scéal a fáisceadh amach as saol talmhaí i gConamara agus a sheasann don chine daonna ar fad. Is scéal é ina bhfuil *mothú láidir* agus nach í sin an cheist a chuireann tú ort féin faoi aiste litríochta ar bith ? Cén mothú atá ann ? Meabhraíonn ' Beirt Eile ' nóta a scríobh Chekhov uair ach nach ndearna sé scéal riamh de. Fear fíorbhocht a chuimhnigh ar bheart le teacht ar shaibhreas. Beart ar fheabhas a bhí ann dá n-éiríodh leis. Ní raibh le déanamh aige, dar leis, ach dhá dhuais a bhaint i gcrannchur agus bhí leis ! Níl a fhios agam ar léigh Máirtín Ó Cadhain an nóta seo riamh, nó an bhfuil fhios aige a leithéid a bheith ann. Ach is léir go bhfuil fhios aige faoi dhaoine a chaitheann a saol go léir ag cur an dallach dubh orthu féin. Agus is duine acu Micil seo ' Beirt Eile '.

Scéal suathanta eile sea ' An Beo agus an Críon ', scéal faoi bhean a bhí ina luí seoil i hearse de shiúl oíche. Scéal é, d'eile, bhaineas preab as duine. Mar dúras níor léas riamh scéal mar é, ach an scéal a scríobh Gorky agus ní hionann an chaoi chuir seisean ar an gcúrsa is a chuir Ó Cadhain. Ar éigin a chítear an bhean in ' An Beo agus an Críon ' agus ní thagann ach dhá fhocal óna béal. Faoin slua a chruinnigh timpeall an hearse atá trácht an scéalaí agus mar chuaigh an cúrsa uaiféalta i gcion orthu. Ní nach ionadh tá fear an hearse i ndáil le bheith thar bharr a chéille. Ag teacht abhaile atá sé le tús oíche tar éis corp a fhágáil i dteach an phobail agus beirt de mhuintir an mharbháin in éineacht leis. Crochann bean strainséartha a lámh in airde ag iarraigh marcaíochta. Drugallach go leor ligeann sé isteach i gcúl an hearse í agus as sin a tharlaíonn. Seasann an hearse taobh amuigh de theach óil agus téann an fear isteach ann lena phíobán a fhliuchadh. Lena linn sin cruinníonn na comharsana timpeall an hearse taobh amuigh. Is eol dóibh céard atá ar bun istigh ann. Insíonn duine acu d'fhear an hearse é agus tosaíonn an tromáisc. Tagann bean ghlúnach agus réitíonn sí cás na mná ach ní réitíonn sí féin ná aon duine eile cás an óstóra ná cás fhear an hearse. Fhad is tá an slua amuigh ag glaschaint lena chéile téann duine isteach sa tábhairne agus ólann leis ar a tháirm gan íoc as rud ar bith. Tá ruaille buaille iontach ann. Cloisimid cainteanna móra ó dhaoine nach bhfuil feiceáil againn orthu ach a bhfuil a fhios againn go maith cén bealach atá leo. Is dóigh liom go dtaitníonn cúrsa den sórt seo leis an údar. Is maith leis daoine a chur trína chéile, iad a bhaint as a gcleachtadh, a saol a chur bunoscionn. Ar an gcaoi sin is fearr is féidir leis ceart na scéalaíochta a bhaint amach. Tá an cleas sin ar áilleacht aige in ' Cé Acu ', scéal atá chomh bacchanalian is bhí san Olympia (' Frankenstein ') le linn na Féile Drámaíochta cúpla bliain ó shin.

Is é ' Eochair ' an scéal is faide sa chnuasach. Tá fiche míle focal ann. Ina dhiaidh sin ní mheasaim go bhfuil sé ró-fhada. Níor éiríos-sa tuirseach de agus léas de shiúl oíche é. Go deimhin bhíos ag gabháil dó go dtí a ceathair a chlog ar maidin ! Baineann sé le saol nach saol

Chonamara ná saol na Tíre Beannaithe é. Ar an státseirbhís a chuireann sé síos agus ar a mbaineann do Státseirbhíseach den réim ab ísle, fear a ghnóthaigh bonn de bharr a sheirbhíse san F.C.A. agus dá réir sin nach bhfaca an taobh istigh de bhallaí príosúin (rud nach dual d'Éireannach ar fónamh). Ach téann mo dhuine bocht i bhfastó i rialacha seirbhíse agus tachtann siad é. Aor greannúil an scéal. Cimleachán gan chiall is ea an fear, Mr. J. Níl d'ainm ná de shloinneadh air ach J., á chiallú nach bhfuil meabhair ná meáchan ann. Tá lámh ag a bhean sa scéal agus mo choinsias, dar m'anam, is í tá cóngarach don chré. Níl gaol ná dáimh aici le bean úd Synge, a d'imigh le bacach bóthair go gcloisfeadh sí ceiliúr éan ar chraoibh le teacht an fhéir ! Tá buíon eile státseirbhíseach agus iad go léir dílis do na rialacha ar a slí bharrúil féin. Ach is é Mr. J. (as an F.C.A.) is dílse atá agus is é toradh a chuid oibre agus a gcuid siadsan go bhfaigheann sé bás istigh san oifig tharla nach bhfuil fáil ar eochair a ligfeadh amach é. Is binn leat Béarlagar na Státseirbhíse á mheascadh le caint bheo na ndaoine. Bhí an tÉireannach tugtha don aor riamh chomh fada siar agus is féidir dul. Is amhlaidh atá sé i gcónaí, go háirithe síos faoin tír. Bhfuil páirt den tír nach bhfuil leasainmneacha ar dhaoine ? Agus ar mhuintir aon cheantair amháin ? An dream a d'fhliuch an púdar i gCaisleán an Chumair ? An mhuintir a ghoid an gabhar ón Naomh Pádraig i Sceirí ? Amhais an Turlaigh ? Pocaidí Dubha Ros Muc ? Luchain Chille Bhriocáin ? Cailleacha Dóite Rois Céide ? Mo chuidse de, chím an cineál céanna aoir is tá anseo in Aislinge Meic Conglinne, i dTromdháimh Ghuaire, sa Cheithearnach Choilriabhach. Cé ainspianta Mainchín ná aon de na stát-seirbhísigh nach bhféadfadh a chuid rialacha a shárú ar eagla go dtiocfadh an tArrachtach úd ina fhianaise ar a dtugann sé *fasach*.

Tá scéalta eile atá chomh tábhachtach céanna le haon cheann dár áiríos, ' An Beo Agus an Marbh ', ' Gorta ', ' An tSraith Ar Lár ', agus ' An Gáire '. Is faoi sheanfhear anglánta crandaithe a bhfuil seacht sleid déag ar an intinn aige, ' An Gáire '. Tá sé céasta cráite ag gach uile shórt, ag an saol ar fad agus go mór mór ag fear na hiníne nach bhfuil mac ná muirín air. Go hindíreach a fhaigheann tú gach uile fhionscadh faoi na nithe is mó a chránn é. Bhí sé ar fáil aimsir na ruaige agus rinne a chion in aghaidh an tSasanaigh ach tuigeann sé anois go raibh dul amú air féin agus ar gach uile dhuine an uair úd. Chuaigh gach ní dtigh an diabhail in Éirinn riamh ó d'fhágadar an tír, na beithígh, na barrannaí, na daoine (go háirithe an chuid acu a phós do chlann féin) agus an aimsir féin. Ligeann sé a chuid mí-shásaimh amach go binn binibeach agus go fileata, fiáin, flaisciúil.

Tá scéal cuideáin amháin sa leabhar 'A Simple Lesson'. Léigh an t-údar an scéal sin amach in Óstán Síol mBroin roinnt bhliain ó shin agus níl fhios agam cé mhéid den lucht éisteachta a thuig céard a bhí á rá aige. Cuid an bheagáin, déarfainn. Níor thugas féin liom ach míor meacain de agus ba bharrúil liom an méid sin féin. Tá scríbhneoireacht ar leith aige sa scéal : agus ní mórán de fhaigheann tú le léamh. Thosaigh Gertrude Stein ar an gceird seo sa bhliain 1912, sílim. Is é sin i bprós, mar bhí rud mar é san fhilíocht ag Manley Hopkins roimhe sin i bhfad. Ach is é an Seoigheach ba mháistir ar an gcaint seo. Níl fhios agam cén fhad a rachfar le urlabhra doiléir, do-thuigthe mar é. Cuimhním nuair a tháinig an chéad chuid de *Finnegan's Wake* amach i dtús na dtríochaidí, sílim, chuir sé iontas ar léitheoirí. Ba leis an mí-ádh mór aon mheabhair a bhaint as Haveth Childers Everywhere. Bhí trí ní le tuiscint as go háirithe. Bhí rithim álainn sa chaint, bhí gluaiseacht na Life le sonrú inti agus caitheamh iontach i ndiaidh cúrsaí gnéis. Mura bhfuilim ag dul amú tá nóta seo an ghnéis go farabachall anseo, sea, go farabachall. Is é is téama, do réir chosúlachta, dúnadh na gColáistí Ullmhúcháin. Tá caint ar dhaoine beo ann, is dóigh liom, ach d'éireodh dom bheith meallta. Ach sílim go n-aithním cuid díobh. Ach má fhiafraíonn tú dada eile díom caithfidh mé a rá leat ' Jo no se, senor '. Déarfainn mar sin féin, go mb'fhearr liom nach mar seo a scríobhfadh an t-údar. Bhfuil aon duine á dhéanamh anois ach é féin ? Chaith Eliot in airde an nós ar chríochnú don chogadh. Bhfuiltear á chleachtadh in aon teanga ach sa Ghaeilge agus sa Bhéarla ?

6.

Agus céard tá le rá faoin scríbhneoir seo ar deireadh thiar ? Gur scríbhneoir réadúil é ? Gur scríbhneoir nithiúil é ? Gur meascán den bheirt é ? Gur minic téamaí rómánsúla aige ach gur réadúil don ionramháil ? Cinnte, is scríbhneoir ar na hailt é. Níl a shamhail in Éirinn agus is fada siar a rachaimid le teacht ar a leithéid má fhágaimid *The Tailor and Ansty* as margadh, leabhar a coisceadh fiche bliain ó shin agus a scaoileadh saor ina dhiaidh sin. Rud amháin a bhfuilimid dearfa de sea nach *sub specie aeternitatis* a scríobhann Máirtín Ó Cadhain go hiondúil. Beireann sé ar chuic muiníl ar a chuid pearsana agus leagann sé i do láthair gan spalpas iad. Ionsaíonn siad orthu ag caint is ag comhrá, ag troid is ag bruín agus fanann siad agat nó go bhfaighidh tú a scéal uathu. Gheobhaidh tú an fhírinne uathu. Is searbh go minic í agus is mí-dheas, agus b'fhéidir gur fearr leatsa do shaol a chaitheamh do do mhealladh féin dála Mhicil !

Tá caint ropanta garbh ag feara atá ropanta garbh agus caint chuibhiúil ag mná cuibhiúla, dream daoine a bhfuil ómós ag Ó Cadhain dóibh mar is dual dó. Maidir leis an gcaint féin sileann sí óna pheann go líofa nó go srianta, do réir mar thograíonn seisean. Mar dúirt Christy Mahon lena athair, eisean an máistir feasta. Níl seisean faoi bhois an chait ag an gcaint anois. Is caint dheacair í don té nach bhfuil an Ghaeilge aige. (An té nach bhfuil i riocht ach roinnt di a léamh tá leigheas maith aige air. Foghlaimíodh sé an teanga.) Séard atá inti pósadh de chaint na ndaoine, den bhéaloideas, agus de chaint na seanlitríochta. Ní nach ionadh is í caint Chois Fharraige is rí-mhó sa leabhar. Is é Máirtín Ó Cadhain an t-aon duine inniu a leanann comhairle an Phiarsaigh i dtaobh scríbhneoireachta. Mhol seisean do na scríbhneoirí caint aon dúiche a thabhairt leo ach gach ní chomh fada siar leis an ochtú céad a léamh.

Is é an Piarsach, d'eile, thug an gearrscéal isteach sa Ghaeilge, gan bhuíochas do lucht aineolais agus is saothúil liom a rá gurb é Máirtín Ó Cadhain is fearr a shaothraigh é. Is é an scríbhneoir gearrscéalta is fearr againn é. Is fearr i bhfad an obair atá déanta aige san fhoirm liteartha seo ná cuid mhór Eorpach a bhfuil dea-theist orthu. Is fearr liom a chuid oibre ná cuid Juan Soco, ná cuid Sheáin Uí Fhaoláin, mar shampla. An cineál duine a chuireann sé romhainn tá sé fréamhaithe sa tír; tá a bheart agus a chaint ag teacht le chéile. Beidh caint ar na daoine sin céad bliain ó inniu.

Daonnacht Phádraic Uí Chonaire

Trí scór is sé bhliain ó shin d'fhoilsigh Pádraic Ó Conaire a chéad scéal, ' Páidín Mháire '. Ní raibh sé ach bliain is fiche d'aois. Scéal é faoi fhear de Chlann Mhic Confhaola a raibh fiántas na farraige san fhuil aige; fear a bhí ann a fuair post ar oibreacha poiblí, nach raibh sásta ann agus ar tharla taisme dó lena linn. Ar fháil cúitimh dó ón gcomplacht a raibh sé ag obair dóibh thug sé gaoth don airgead ionas gurbh éigean dó dul go Teach na mBocht as a dheireadh. Scéal maith é a dtig leat é a léamh i gcónaí. Níl de locht air ach nach bhfuil sé sách fuinte. Locht teicniúil atá air : dhá bhliain a mhair eachtraí an scéil agus tá sin rófhada do scéal dá shórt.

Leathchéad bliain ó shin is ea a foilsíodh *Seacht mBuaidh an Éirí Amach*. Is leabhar é a chuir eiteoga áthais ar na léitheoirí nuair a tháinig sé amach. Dúirt Séamas Ó hAodha (*Misneach* 1918) gur mhór an chéim ar aghaidh a thug litríocht na Gaeilge nuair a foilsíodh an leabhar seo. Dar leis, ní raibh scríofa ach trí leabhar suaitheanta ó thús na hathbheochana go dtí sin, *Séadna*, *Íosagán*, agus *Seacht mBuaidh an Éirí Amach*. ' Mhúin an chéad cheann cad is Gaoluinn ann; mhúin an dara ceann cad is ealaín ann chomh fada is a bhaineann leis an scéal goirid. Sa leabhar so cuireann sé [Pádraic Ó Conaire] síos ar chúrsaí an lae atá inniu ann agus ar shaol na mbailtí móra. Agus cuireann in iúl dúinn go soiléir ceardúlacht is crot ealaíonta an nua-scéalaí.'

Ní miste ceist a chur i dtaobh shaothar Phádraic Uí Chonaire anois. Ní miste é a chur i gcomórtas le scríbhneoirí Béarla na hÉireann atá ag scríobh le dhá scór bliain, daoine a bhfuil glórtha móra acu. Cé mhéad scéal leo a fhoilseofar i gceann leathchéad bliain ? Is dóigh liom gur cuid on bheagáin sin. Ach dála Phádraic Mhic Phiarais, is duine ar leith a bhí i bPádraic Ó Conaire agus ó ba ea, ní miste súilfhéachaint a thabhairt air féin agus ar a dhála sula scrúdaímid a leabhar.

Is é Pádraic an t-aon scríbhneoir Gaeilge a rugadh i mbaile mór a raibh cuid mhór Gaeilge á labhairt ann. Ba dhaoine fíordheisiúla a mhuintir agus cónaí orthu i Ros Muc, áit de na háiteanna ba bhoichte san Eoraip le linn óige Phádraic. Bhí ar chumas a sheanathar cailleadh lena chlann. Thug sé scoil is foghlaim dóibh agus chuir slí bheatha isteach ina láimh. Rinne dlíodóir de mhac leis, sagart de dhuine eile, dochtúir de cheann eile; cheannaigh sé dhá theach tábhairne do bheirt eile, thug spré rathúil do thriúr iníon (ba mháthairab duine díobh) agus d'fhág siopa tréan ag an mac nár fhág an baile. B'as Dúiche Sheoigh bean an fhir seo agus phós sé taca céad is fiche bliain ó shin! Muintir seo Chonaire, ní hé amháin go raibh dul chun cinn iontu i gcúrsaí an tsaoil ach ba dhaoine iad a raibh samhlaíocht iontach acu. Ní raibh fear díobh nach bhféadfadh scéal a chumadh duit a mbeadh craiceann na fírinne air agus blas Rabelais!

Fear tí ósta a bhí in Tomás Ó Conaire, athair Phádraic, agus murab ionann agus an chuid eile dá mhuintir níorbh fhear fíriúil é. Phós sé agus rugadh triúr mac dó, Mícheál, Íosóg agus Pádraic. Ach bhí dúil sa bhraon aige, loic ósta i ndiaidh ósta air, agus lá amháin d'fhág sé an gleann is a raibh ann, chuaigh ar bord loinge go Boston, buaileadh tinn é ar a bhealach anonn agus cailleadh thall é leathbhliain ina dhiaidh sin. Tamall ina dhiaidh sin arís cailleadh an mháthair agus cuireadh Íosóg agus Pádraic siar go Ros Muc, teach na máthar móire, agus is ann a bhí siad gur cailleadh an tseanbhean agus gur phós a n-uncail. Chuaigh Íosóg don Bhreatain Bheag, áit a bhfuair sé post sna poill mhianaigh agus mar ar phós sé Breatnach. Níl a fhios céard a tharla do Mhícheál go ceann i bhfad, ach deireadh Pádraic go ndeachaigh sé leis an gcreideamh Mathamadach agus gurbh é an t-aon Ghaeilgeoir ar an gcreideamh sin é. Bhí sé sa Chearnóg Dhearg i Leningrad 1917 nuair a fógraíodh an Rúis ina Shóibhéid. Ach deireadh Pádraic freisin, ar fhás suas go maith dó, gurbh ' anarchist ' é féin, an t-aon duine díobh a raibh Gaeilge aige !

Nuair a chuaigh Pádraic siar go Ros Muc cuireadh ar scoil é agus bhí sé i measc cuid mhór dá ghaolta ansin, mar tá gaol ag muintir Chonaire lena lán de mhuintir na háite. Tá muintir Phádraic sa pharóiste sin ó aimsir Chath na Bóinne. Bhíodh sé ag obair dá mhuintir ann freisin. Théadh sé thart le hasal agus cairt ag seachadadh earraí ón siopa agus bhí sé mar sin nó gur cuireadh ar choláiste i gCarraig an Tobair i dTiobraid Árainn é. Bhí Cormac Ó Cadhlaigh ann lena linn. D'fhág sé an coláiste sin agus chuaigh don Charraig Dhubh, áit a mbíodh Torna ag múineadh Gaeilge dó féin agus do bheirt eile—Tomás Ó Rathaile agus an tAthair Máirtín Mac Mathúna. Sa ' Middle Grade ' a bhí sé (1899-1900), agus deir Torna go mbíodh sé ag scríobh an uair sin féin. Maidir lenar mhúin Torna de Ghaeilge dó ba bheag í, ar ndóigh, mar is ag aistriú píosaí ó Ghaeilge go Béarla a bhíodh sé (a deir sé i litir chuig an scríbhneoir seo) agus is ag múineadh Béarla is mó a bhíodh sé, ag ceartú gramadaí agus leaganacha sa teanga sin. Níor fhan Pádraic leis an scrúdú; d'imigh sé leis go Londain. Bhí eagla ar Thorna go n-éireodh sé as scríobh na Gaeilge ' agus, féach nach mé bhí ag dul amú ! '

Is fiú cuimhneamh air anois. Ba dhílleachta é. Bhí a athair agus a mháthair faoin bhfód agus ní raibh i ndán dó aon duine dá theaghlach a fheiceáil go ceann i bhfad blianta. Ní thagadh sé go hÉirinn ach go hannamh, agus ní théadh siar thar Bhaile Átha Cliath. Ní dheachaigh sé go Ros Muc go dtí tar éis bhliain 1914. Ach fhad a chónaigh sé in Éirinn bhíodh síorbhaint aige leis an bpobal. Thagadh muintir Chonamara isteach i dteach ósta a athar i nGaillimh, agus thiar i Ros Muc ní raibh nóiméad sa lá nach mbíodh custaiméirí sa siopa. Siopa mór breá a bhí ann agus gan aon cheann mar é i bhfoisceacht fiche míle dó ar aon taobh. Ainneoin nach í an Ghaeilge a chéad teanga is í a chuala sé ina thimpeall ó lá an chliabhháin. Bhí bean de na Loideáin sa teach riamh acu nach raibh focal Béarla aici. Deir Seosamh Mac Grianna go bhféadfá a rá go ndeachaigh sé díreach go Londain as Ros Muc. Ní dheachaigh. Duine ar bith a chaith sealanna i dhá choláiste mhóra mar a chaith Pádraic bhí oiliúint air nach mbeadh ar fhear as Ros Muc nach ndeachaigh thar an mionscoil. Ach deir Mac Grianna rud eile faoi na daoine a raibh caidreamh ag Pádraic leo, mar atá, Gaeilgeoirí Chonamara : 'Tá drabhlás áirithe iontu nach bhfuil i nGaeltacht ar bith eile. Tá níos lú den chreideamh chruaidh nimhneach seo iontu atá fairsing in Éirinn. Tá siad cosúil le dream daoine a ndéanfadh a sinsear margadh leis an diabhal, agus a ngeallfadh siad dó nach mbeadh siad róchruaidh air, agus a ngeallfadh seisean dóibh nach mbeadh sé róchruaidh orthu. Bhéarfadh siad na Francaigh in do cheann, claon. Tá sé tuigthe acu gur fearr an daonnacht ná an naofacht.' Is doiligh a rá an bhfuil an ceart ag an scríbhneoir feidhmiúil seo as Tír Chonaill. Chaith sé sealanna fada thiar i Ros Muc i mo theachsa agus chonaic sé cuid mhór de mhuintir na háite. Bhí aithne aige freisin ar Ghaeilgeoirí as Conamara i gcathair Bhaile Átha Cliath. Déarfainn féin gur mór an difir idir Gaeilgeoirí Chonamara agus cuid Tír Chonaill, gur mó atá siad ag dul i gcosúlacht le muintir Chiarraí. Níl cosúlacht ar bith acu le muintir lár tíre. Agus deir Máirtín Ó Cadhain gur le slumanna Átha Cliath atá siad cosúil.

I Londain dó fuair Pádraig mionphost sa státseirbhís. Bhí sé ina chléireach cúnta i Roinn an Oideachais i Whitehall. Ní mórán airgid a bhí le fáil aige, ach is beag obair a bhí le déanamh. Théadh sé isteach san oifig ag an deich ar maidin agus bhíodh sé saor ag a cúig. Tráthnóna a bhíodh chead a choise aige agus d'imíodh sé leis ag múineadh ranganna Gaeilge do Chonradh na Gaeilge. D'fhaigheadh sé táillí dá bharr sin ach amanna dhéanadh sé saor in aisce é. Ní fada gur eagraíodh ranganna Gaeilge ina lán ceantar i Londain faoin gComhairle Contae agus is é Pádraic an múinteoir a ceapadh dóibh ar fad. D'fhaigheadh sé deich scilling san uair. Ba mhillteach an lear airgid é i dtús an chéid seo. Ba ghearr gur theagmhaigh an mí-ádh leis agus dúirt sé le cara leis (P. S. Ó hÉigeartaigh) nach mbeadh sé beo murach Conradh na Gaeilge.

Ba dhuine luaineach ó dhúchas é agus is le daoine mífhortúnacha a chaitheadh sé cuid mhaith dá shaol, le

Pádraic Ó Conaire agus Pádhraic Óg Ó Conaire

tincéirí, le giofóga agus le daoine a thaithíodh an Embankment i Londain, le daoine a chaith saol fileata ach arbh annamh leo filíocht a scríobh, mar a dúirt a chara mór F. R. Higgins, file. Níl áit dá ndeachaigh sé nach raibh cairde aige agus ba chuma leis cén réim ná céim a bhí acu sa saol. Bhí ómós thar ómós do mhná aige. Níl blas ar bith nach raibh suim aige ann agus bhí sé faoi réir i gcónaí dul chun cainte leat faoi ábhar ar bith. ' Sea anois,' is ea a deireadh sé, agus thosaíodh air. Níl áit ar bith dá ndeachaigh sé nach raibh scéalta á n-insint faoi, bhíodh sé chomh barúil sin. D'óladh sé crúiscín i gcónaí agus d'óladh an iomarca i ndeireadh a shaoil, ach má d'óladh sé níor thréig an uaisleacht riamh é. Agus tá cuimhne fós ag daoine air. Deir siad gur dhuine grámhar cuidiúil tarraingteach é.

Tháinig sé go Éirinn i mbliain a '14 agus d'fhan sé abhus nó gur éag sé. Shiúil sé Éire bheag agus Éire mhór; mhúineadh sé Gaeilge, scríobhadh sé Gaeilge agus thug sé a bheatha as ar a bhealach fileata féin. Is cosúil gur chaill sé a chreideamh. Oíche dá raibh i dteach aíochta i mBaile Átha Cliath buil Phádraic Uí Mháille agus Choilm Uí Ghaora dúirt an Máilleach go raibh sé chomh maith acu an Paidrín a rá agus chuaigh féin agus an Gaorach ar a nglúine. Thosaigh Pádraic ag caoineadh agus dúirt go héagaointeach: ' Tá mo chreideamh caillte amach.' Spíon sé é féin amach sula raibh sé leathchéad bliain d'aois. Cailleadh é sa bhliain 1928 agus níl duine dá gcuala an scéal nár ghoill a bhás air.

Ba bheag a shuim i bpolaitíocht. Mheasadh sé gach dream polaitíochta de réir mar a chaithidís leis an nGaeilge. Ach ba mhór é a mheas ar Mhícheál Ó Coileáin le linn na ndíospóireachtaí a bhíodh ag daoine faoin gConradh a rinneadh le Sasana, agus ba ' Trotskyite ' mór é sula bhfuair sé bás.

Scríobh Pádraic Ó Conaire os cionn céad go leith gearrscéal, dhá úrscéal agus cúpla dráma, i dteannta dhá aiste mhaithe ar chúrsaí litríochta. Ní nach ionadh, níl gach ní dár scríobh sé ar aon fheabhas, ach níl rud dár scríobh sé nach bhfuil inléite. Ach an oiread leis an bPiarsach ní raibh aon tóir aige ar na seanmhúnlaí litríochta agus níl a fhios baileach cé acu é féin nó an Piarsach is túisce a bhris an talamh nua. Is feasach sinn, áfach, gur ar an bPiarsach a bhíothas ag coiriúint faoina dhéanamh. Is ar ghnáthdhaoine na cruinne a rinne sé a chur síos, ar iascairí, ar fheirmeoirí, ar chailíní aimsire, ar mhná pósta agus díomhaoine, ar fhir óil agus drabhláis, ar ghiofóga, ar easpaig, ar shagairt, ar fhilí, ar bhuachaillí. Ach níl aon duine acu nár thárla rud éigin dó, nach raibh an saol ag gabháil dá mhaide air. Rinne an chuid is mó díobh dearmad, nó chuaigh an saol go mór ina n-aghaidh agus chuir cithréim iontu, nó briseadh a gcroí.

Níl aon tseanmóir ag Pádraic le tabhairt dúinn. Níl uaidh ach scéal a insint. Agus insíonn sé a scéal go breá simplí. Le linn Phádraic ba nós le daoine cora cainte casta a chur romhainn. Bhí an chaint ar fheabhas Éireann ach is beag a bhí le rá acu agus níorbh ealaíonta mar a dúradh. An iomarca den chineál sin scríbhneoirí a bhí ann, b'fhéidir. Caint shimplí a scríobhadh Pádraic Ó Conaire, caint a thuigfeadh duine ar bith a raibh cothrom Gaeilge aige. Bhí nuacht agus nádúracht agus úire ina chuid scríbhneoireachta. D'aithneofá air go raibh Dostoevsky léite go maith aige sa mhéid gur le daoine a chéas an saol is mó a bhí a phlé. Tá cruas de Maupassant i gcuid dá chuid ban agus tá lorg Stephenson air in *Croíbhrú na Cruinne*. Ar a léamh sin duit déarfá go raibh sé go díreach tar éis *Travels with a Donkey in the Cevennes* a leagan uaidh. Ní mórán de thionchar Chekhov a fheicimse ann ach amháin gur fánach na snadhmanna aige go hiondúil. Dúirt Ó Corcora gurbh fhéidir go raibh lorg Dickens air. Má tá, ní léir domsa sin. Agus murab ionann agus an Piarsach agus Máire agus Bairéad, níor shéid gaoth an bhéaloidis trína leabhair. Ó ba bhuachaill baile mhóir é ní raibh cur amach aige ar an mbéaloideas. Ina cheann sin, an té a scríobh an aiste úd faoi nualitríocht na hEorpa déarfainn gur shíl sé go raibh ré an bhéaloidis thart. Ar aon nós tá boladh tréan na Rúise ón gcéad scéal a scríobh sé — 'Páidín Mháire'; tá sé níos tréine ó *Deoraidheacht*, an chéad úrscéal a scríobh sé. Agus mar a deir Seosamh Mac Grianna, ní raibh aon leabhar mar é sa teanga Bhéarla nuair a foilsíodh é.

Is leabhar ar leith *Seacht mBua an Éirí Amach* ar a lán bealach. Loic Cogadh na Cásca os comhair an tsaoil. Ní raibh ann ach éirí amach fánach a thionscail filí agus máistrí scoile, mar a dúirt Lloyd George. Níor sheas sé ach seachtain agus ba ghearr go raibh na cinnirí caite agus a gcuid leantóirí i bpríosún. Ach níorbh é sin deireadh na cúise. Dhúisigh an cogadh beag sin muintir na hÉireann agus thug orthu gníomhartha a dhéanamh a chuir iontas ar an saol mór, gníomhartha a dhúisigh náisiúin eile a bhí faoi smacht ag an Sasanach, gníomhartha a chuir deireadh le himpireacht Shasana cúig bhliain fichead ina dhiaidh sin. Sé bua mór Phádraic Uí Chonaire gur chláraigh sé i leabhar gearrscéalta an t-athrú croí agus méine a tháinig ar mhuintir na hÉireann tar éis Seachtain na Cásca. Sin le rá gur scríobh sé leabhar faoi chúrsa scáfar a bhí i mbéal an bhig is an mhóir ar fud na hÉireann san am. Ní foláir nó thosaigh sé ag scríobh go luath tar éis an Éirí Amach. Bhí an leabhar i gcló i mbliain a '18, agus bheadh sé bliain ag dul tríd an gcló-inneall san am.

Ar an dara ásc, is é an chéad leabhar é, agus an leabhar deiridh, a scríobhadh faoin Teach Mór sa teanga Ghaeilge. Is iomaí leabhar a scríobh na Gall-Ghaeil faoin Teach céanna. Go deimhin, níl aon scríbhneoir díobh ó aimsir Maria Edgeworth anall go dtí Lennox Robinson nár ionsaigh faoi. Tá a mbealach féin acu le díriú leis an té a chónaíonn ann. Is tiarna talún é nach bhfuil aon tuiscint aige ar mhuintir na hÉireann ná aon luí aige leo. Le cíos agus cúnna a chaitheann sé an chuid den lá nach gcaitheann le drabhlás agus le drochdhaoine. A mhalairt de leagan amach atá ag muintir Theach Mór Phádraic. Is daoine iad a bhí gearrtha amach ón saol Gaelach go bhfaca siad Baile Átha Cliath faoi bharr lasrach; is coirnéil airm iad, nó mná uaisle, nó easpaig, nó filí gan mhisneach, nó mná a rugadh sa domhan thoir, nó daoine dá sórt. Thug an tÉirí Amach ar na daoine sin seasamh isteach lena muintir féin sa mhóriarracht a rinneadh tar éis Seachtain na Cásca. Níl ansin ach an fhírinne stairiúil. Is amhlaidh a rinne Bartún, fear a bhí ag troid in aghaidh Óglaigh na Cásca. Is amhlaidh a rinne the Honourable Albina Broderick, bean as

Ciarraí, bean nach labhraíodh focal den teanga Bhéarla i ndeireadh a saoil. Is amhlaidh a rinne cuid mhór eile díobh nach bhfuil trácht ar bith orthu sna páipéir.

Duine den sórt sin is ea Pól Dubh (' Ceoltóirí '). Ard-oifigeach in arm Shasana ba ea é, a chiontaigh le bean óg ar theacht as an arm dó agus a dhiúltaigh í a phósadh nuair a rugadh mac dóibh. Bhain sise díoltas de. Chaith sí bunáite a raibh i mbuidéal aici agus dhall na súile ann. Chuaigh seisean chun cónaithe i dteach mór, chuir spéaclaí gorma troma air féin agus níor admhaigh do aon duine beo go raibh sé gan amharc. Bhí searbhónta fir aige ar chaith sé go tíoránta leis agus ba ait na cleasa a d'imríodh sé lena dhaille a cheilt air. Ach ba bheag an mhaith dó sin. Níor chuir sé an dallach dubh air.

Chaitheadh Pól Dubh na hoícheanta ag seinm cheoil agus ní raibh fhios aige go raibh a leannán ina cónaí sa chomharsanacht agus a mac in éineacht léi. Thagadh sé (an mac) ag éisteacht leis ag seinm. Ní fada gur chuir sé aithne air. Bhí dúil an domhain ag an mac i gceol agus shocraigh Pól ar oideachas ceoil a chur air. Ní raibh a fhios aige an chéad uair gurbh é a mhac féin é, ach ar chur aithne ar an mbean in athuair dó thuig sé an scéal. Ansin thárla an tÉirí Amach; chuaigh an mac ann agus caitheadh é. An té a d'ordaigh é a chaitheamh—Maxwell na fola—bhí faoi Phól é a lámhach agus chuaigh sé chun tí chuige lena dhéanamh. Ach céard a fuair sé amach ach go raibh a námhaid dall. Leannán Phóil is í a dhall é!

Scéal álainn ar fad is ea ' Beirt Bhan Misniúil ', scéal a insíonn faoi mháthair a ndeachaigh a mac san Éirí Amach (fear a bhí ina shaighdiúir in arm Shasana lena linn) agus a thit ann. Bhí a fhios aici gur maraíodh ann é. Bhí a fhios freisin ag a chailín é, agus cheil an bheirt acu an t-eolas ar a chéile ar eagla go mbrisfeadh sin croí an duine eile. Is scéal é a thaispeánann an daonnacht iontach a bhí sa scríbhneoir.

Scéal deas eile is ea ' Anam an Easpaig '. Is gearr a bhí an tÉirí Amach faoi chois nuair a d'iarr Maxwell ar Easpag Luimní smacht a chur ar bheirt sagart chróga leis. Chuir sé scéal ar ais chuige á rá nach ndéanfadh sé dada dá shórt agus cháin sé Maxwell go binn faoi chinnirí na Cásca a chaitheamh. Ba é an Dochtúir Ó Duibhir é. Easpag é a bhí ar thaobh na dtiarnaí talún le linn Chogadh na Talún agus smachtaigh sé sagairt a d'oibrigh ar son na dtionóntaí agus a fuair príosún dá bharr. Dá bhrí sin bhí cáil an Unionist air (agus b'fhéidir gurbh ea freisin). Thaispeáin Pádraic cé mar a d'athraigh sé. Bhí sé ar a bhealach go Baile Átha Cliath Seachtain na Cásca, agus ar theacht i bhfoisceacht fiche míle de ar uair an mheán oíche chonaic sé príomhchathair na hÉireann faoi bharr lasrach. Bhí a fhios aige cé las í agus cén fáth. Bhog an croí ann an oíche sin agus rinne sé gaisce ar son a thíre nach ndearna aon ardeaglaiseach eile in Éirinn.

Tá scéal eile faoi dhuine nach raibh cosúlacht ar bith aige le tiarna talún ná le heaspag, agus mar a chruthaigh sé le linn na Seachtaine Glórmhaire. File a bhí ann nach raibh ar fáil nuair a tháinig an tairne ar an troigh cé gur chaith sé na blianta ag gríosadh daoine le héirí amach. Bhí leannán aige, bean phósta, ar cailleadh a fear de thaisme le linn na Seachtaine. Ar thóir an fhile a bhí sé. Cá raibh sé? Cá mbeadh sé ach istigh i lár an ghleo? Siúd é a shíl an bhean. Nuair a fuair sí amach gur loic sé chruaigh sí a croí ina aghaidh agus lig lena racht nuair a casadh an scéalaí uirthi. Is scéal feidhmiúil é a bheireas greim docht ort. Is iontach leat an tuiscint a bhí ag an údar ar mhná an tsaoil. Bhí slua acu i mBaile Átha Cliath (má b'fhíor don scéalaí) agus iad go léir ag caint ar an bhfile a ghríosaigh agus nár sheas:

> Casadh mórsheisear ban liom le gairid. Bhí aithne ag an uile bhean díobh ar an bhfile, ar an mBurcach Dubh—aithne mhaith ag cuid díobh, agus aithne shúl amháin ag an gcuid eile—ach ní raibh bean díobh nár chaith cuid mhaith den aimsir ag cur síos air. Triúr díobh nár labhair ach ar a chuid filíochta: ní raibh acu air ach aithne cháile. Beirt eile agus mholadar é ar dhathúlacht a phearsan ar dhóigh chúthail bhanda: tús grá an moladh sin, dúras liom féin. Bean eile díobh, agus bhí a raibh de dhrochscéalta náireacha a dúradh faoi riamh ar bharr a teanga aici; bean nár thug sé aon aird uirthi riamh ab ea í siúd. Ach an bhean eile, an seachtú bean—bhí nimh ina croí siúd

don fhile. Is beag nár réabadh an dlúthchairdeas luachmhar atá eadrainn le na blianta nuair a shíleas páirt an fhile a ghabháil léi. Bhris sí isteach orm leis an scéal seo :

Ionsaíonn uirthi ansin agus insíonn a scéal buartha brónach féin : mar a thug sí í féin suas don fhile idir anam agus chorp; mar a thuig a fear sin—má thuig; mar a ghéill a fear dá díth céille—má ba dhíth céille é; mar a bhí sí á sníomh ag an imní i dtaobh na gcomharsana; mar a thárla an tÉirí Amach agus gan aon súil leis. Níorbh é sin deireadh an mhí-áidh : caitheadh a fear ar a bhealach síos chuig Ardoifig an Phoist. Bhí sé ag iarraidh a fháil amach cén bhail a bhí ar an bhfile ! Ní fhaca sé é. Caitheadh ar a bhealach síos an tsráid é ! Ba iontach an tubaiste a tharla dóibh ar fad. Saol na mná millte; nimh ina croí agus gan aon fháil aici ar an só a bhí aici roimh an Éirí Amach. Tá oiread daonnachta sa scéal seo is atá in aon scéal le Chekhov, dá fheabhas an fear caoin sin.

Ag léamh an leabhair seo duit cuimhníonn tú ar cheardúlacht an údair, ar a chuid eolais ar an duine—ar na mná go háirithe, ar a ghreann, ar a dhaonnúlacht, ar an tuiscint a bhí ann. Is é seo an leabhar mór deiridh a scríobh sé. Ní fiú aon leabhar dár chum sé ina dhiaidh a chur i gcomórtas leis agus is furasta a insint cén fáth. Bhí Éire beo lena linn seo. Bhí fir agus mná sa tír nár mhiste leo céard a iarrfaí orthu a dhéanamh. Dhéanfaidís é nó chinnfeadh orthu. Níor mhair an saol sin ach ceithre bliana agus thosaigh siad ag troid lena chéile. Níorbh fhear troda é Pádraic agus níor thóg gunna in aghaidh éinne riamh. Bhí ardmheas aige ar Mhícheál Ó Coileáin agus scríobh sé go binn brónach faoi ar bhás a fháil dó. Ar bhealach amháin is féidir é a chur i gcomórtas le Seán Ó Cathasaigh (scríobh seisean dhá dhráma mhaithe, ceann ar an Éirí Amach agus ceann eile ar an gCogadh Cathartha. Níor scríobh sé aon dráma eile chomh maith leo. Bhí an saol ag fiuchadh sa dá thréimhse). Níor scríobh Pádraic ach an oiread faoi cheisteanna a dhéanann imní do dhaoine eile sa tír—ceist na talún, ceist na mbocht, ceart na dtuataí i bhfianaise na cléire, ná nithe conspóideacha eile. An duine in Éirinn ab ábhar machnaimh agus scríbhneoireachta dó. An daonnacht thar gach ní eile.

Agus sin é a thaispeánann gur scríbhneoir dlisteanach é. Go dtí lá a bháis níor scar sin leis.

Ag cur faoi i bPoll an Chladaigh a bhí sé na blianta deireannacha dá shaol, in éineacht le fear de na Catháin agus lena iníon. Ní raibh sa teach ach an triúr díobh agus scata cearc ! Oíche amháin tháinig an taoille tuile isteach ina mullach agus bádh na cearca. Níor scar an greann le Pádraig an uair sin féin. ' A Thaidhg Uí Chatháin,' ar seisean, ' nach minic a dúras leat na cearca dhíol agus lachain a cheannach ? ' Scaitheamh ina dhiaidh sin d'fhág sé Tadhg agus chuaigh go Baile Átha Cliath. Má chuaigh féin ní gan dóchas a fhágáil i gcroí Thaidhg sin. ' Tá mé ag dul go Baile Átha Cliath,' ar seisean, ' agus as sin go Meixicó. Feicfidh mé Trotsky ansin. Tiocfaimid, an bheirt againn, ar ais don Eoraip, cuirfimid an réabhlóid idirnáisiúnta ar siúl, agus nuair a bheas an bua againn ní bheidh uireasa ná imní orainn lenár mbeo.' Nuair a chuaigh sé go Baile Átha Cliath bhuail sé isteach in oifig an Fháinne agus dúirt le Séamas Mac Grianna go raibh pian ina bholg. As sin chuaigh sé isteach sa Richmond Hospital, áit ar cailleadh é. I nGaillimh atá sé curtha agus is ann atá a dheilbh ina seasamh. Ní iontas linn go mbíonn mná na hÉireann á pógadh san Fhaiche Mhór os comhair an tsaoil.

Art Ó Gríofa

1.

Sa bhliain 1952 dúras in *Feasta* go mb'aisteach liom nár scríobh aon duine beatha an Ghríofaigh. Ach an oiread le formhór dá dtáinig in aois fir tar éis 1922 léas aistí as éadan faoi agus chualas caint gan chuntas á mholadh is á mhóradh. Cinnire a bhí ann a chinn ar chách le meabhair is le misneach, le feabhas is le fiúntas, nó, mar a deirtear i réamhrá an leabhair seo,* fáidh a bhí ann nach dtagann a leithéid chun tsaoil ach uair sa mhíle bliain. Cá raibh na scríbhneoirí? Bhíodar sin ann go tiubh agus bhíodar gnóthach. Bhíodar ar a mbionda ag scríobh agus thugadar lán mála leabhar dúinn ar an mBrianach agus ar an Réamonnach; ar Charson, Craig agus Yeats; ar an bPiarsach, Ó Conghaile agus Ó Cléirigh, ar Mhac Easmainn, Cathal Brugha agus Mícheál Ó Coileáin. Ach níor dhírigh aon duine acu a pheann ar an nGríofach. An amhlaidh a bhí a shaol seisean chomh foircithe le fadhbanna agus go mba doiligh é bharraíocht . . .? Sé ní is suathanta faoin leabhar seo gurb é céad leabhar an údair é agus nár foilsíodh é nó go raibh an Gríofach scór go leith bliain curtha. D'fhág sin go raibh an domhan oibre le déanamh ag an údar, go raibh páipéir agus meamraim, litreacha agus leabhair le scrúdú aige, go raibh daoine le ceistiú agus go mb'éigin dó a mheabhair imirt ar an iomlán. Agus bhí tuilleadh le déanamh. Bhí air sliochtanna fada a aistriú go Gaeilge, obair fhíor-throm. Ní heol dom Gaeilgeoir in Éirinn nach mbeidh buíoch de.

Os cionn cheithre chéad leathanach atá sa leabhar. Tá tríocha caibidil ann, dhá aguisín, clár foinsí agus index.

***Art Ó Gríofa*. Beathaisnéis. Seán Ó Lúing a scríobh. Rogha an Chlub Leabhair. Duais-Leabhar an Oireachtais. Sáirséal agus Dill, Baile Átha Cliath, a d'fhoilsigh. 25s.

Ina gceann sin tá dhá phictiúr is fiche. Is mór an slacht ar an leabhar iad seo go mór mór básdreach an Ghríofaigh. Sé ní is áille sa leabhar é. Ach siad na foinsí is tábhachtaí, ní nach ionadh. Cheadaigh an t-údar cuid mhór leabhar agus bhain sé leas as an gcuid is mó acu. Cheisnigh sé roinnt daoine; daoine ar fónamh cuid mhaith acu a bhfuil a nglórtha chomh binn go meallfaidís an chéirseach den chraoibh. D'fhág sé cuid eile gan ceisniú. Cén fáth nár ceisníodh de Valera? Nó an Dubhthach atá cáinte go binn aige? Nó an Bartúnach, fear atá fial fairsing faoina chuid eolais? Nó Seán T. Ó Ceallaigh a thug moladh mairbh ar an nGríofach? Is fir iontaobha gach duine acu agus in éagmais a gcuid fianaise níl cuntas ar bith ar an nGríofach cruinn ná iomlán.

2.

Eolas gann gortach atá le fáil faoi óige an Ghríofaigh, seacht leathanaigh go leith. Spíonann an t-údar seanchas a shinsear sa mhéid sin, cúrsaí a athar agus a mháthar agus a chúrsaí féin ar fad nó go raibh sé sé bliana déag. Tá an léitheoir cíocrach le teacht ar na nithe a mhúnlaigh an fear seo agus ní fhaigheann sé ach beagán eolais. Cheithre ní atá ann faoin athair, dhá abairt faoin máthair. Níl a fhios againn cén creideamh a bhí ag an athair ná cé na tuairimí a bhí aige i dtaobh na hÉireann ná aon ní eile. Mhair sé go raibh Art trí bliana déag is fiche; mhair an mháthair nó go raibh an leithchéad dúinte aige. *Ach ní insítear dúinn cén tionchar a bhí ag ceachtar acu air.*

Deir an t-údar (lch. 17) gur sé bliana a bhí Art nuair a chuaigh sé ar scoil ach is follas nach bhfuil sin ceart, óir rugadh é sa bhliain 1871 (16) agus cuireadh chun na scoile é in 1878 (18). Fágann sin nach sé bliana a bhí sé ach seacht mbliana is ráithe. Ionann sin is a rá go raibh sé roinnt sean ag dul ar scoil dó—do mhalrach cathrach. An amhlaidh bhí sé lag leiceanta? An raibh an chuid eile den teallach sean ag dul chun na scoile dóibh?

Trí leathanach déag atá ag cur síos ar a shaol ó aois a sé bliana déag nó go raibh sé ocht mbliana fichead; ach ós stair na linne is mó atá ann agus liosta fuara daoine is beag a chloiseas an léitheoir faoi Art. Níl lide againn faoin ealaín ná ámhaille a théann leis an mionaois, ná faoi chéad ní eile a bhaineas le saol duine óig. Agus dáiríre, d'fhéadfá a bhfuil d'eolas againn ar an nGríofach nó go raibh sé ocht mbliana fichead a scríobh *ar chárta poist*. Ach níl aon mhilleán ag dul don údar faoi; tá mé cinnte nach bhfuil an t-eolas le fáil.

Ach tá tuairisc bheag amháin aige ar leathanach a 16 agus is geall le réalt eolais í óir soilsíonn sí a shaol go léir ó chliabhán go cróchar. Deir sé go mba Phrotastúnaigh as Cúige Uladh muintir Airt Uí Ghríofa. Níl a fhios nach é a sheanathair a d'iontaigh *tar éis* Caitliceach a phósadh. B'as ceantar na Tórann iad gar d'Fhear Manach. Tá's againn anois cá'l ár dtriall; óir is piúratánaigh iad Protastúnaigh Chúige Uladh. Tá's againn anois go raibh oidhreacht piúratánachais ag an nGríofach. Bhí sé san fhuil aige. Agus bhí sé ar cheann de na fórsaí móra a mhúnlaigh é i ngan fhios dó féin, b'fhéidir, óir, dá mhéid dá dtugann duine cúl le cine is amhlaidh is mó a ńochtann sé go bhfuil séala a chine air. Agus ní bhréagnaíonn a phictiúir sin. Is duine dúr dána é i ngach ceann acu gan mheanga gan gháire agus a ' no surrender ' féin chomh greanta ar a éadan is atá ar éadan cloiche Lord Craigavon.

Nuair a tháinig Cromail go hÉirinn bhí Bíobla ina dheasóig agus claidheamh ina chiotóig. Smachtaigh sé Éire, agus ar an bpointe lom a leantóirí orthu ag teagasc na nGael. Níor chónaigh a sliocht riamh ó shin ach ag teagasc agus ag síortheagasc; agus siad Yeats agus Shaw is mó a theagaisc lenár linne. Agus sin í an cheird chéanna bhí ag Art Ó Gríofa, mar ba dual sinsear dó, ag teagasc agus ag síortheagasc mhuintir na hÉireann. *Is leis a chaith sé a shaol.* Is furasta a thuiscint cén luí mhór a bhí aige le triúr piúratánach eile—Swift, Mitchel agus Parnell. ' Bhí Swift léite go hiomlán aige. Ba Bhíobla leis an *Jail Journal*.' Ar an mbeirt sin a mhúnlaigh sé a stíl. Ach an oiread le Swift agus Mitchel níl aon ghreann ina chuid scríbhneoireachta ach é lomdáiríre i gcónaí. Is beag caint aige ar leabhar Wolfe Tone, ach tá greann agus gáire, sult agus siamsa agus cuid mhór daonnachta ansin, nithe nach dtuigeann an piúratánach go ró-mhaith. Na piúratánaigh d'iontaigh in aghaidh Shasana ghlacadar an ghráin uirthi. Is mó an ghráin ar Shasana atá le léamh i leabhra Swift agus Mitchel ná an grá d'Éirinn. Léimid sa leabhar seo go raibh an ghráin shíoraí ar Shasana ag an nGríofach ' agus ar a cuid oibreacha agus poimpe '. Ach ní raibh aon ghráin ar Shasana ag na Gaeil. Ar na *Sasanaigh* a bhí á robáil a bhí gráin acu. Ní raibh suim soip acu in imeachtaí an tSasanaigh ina thír féin ná san Eoraip. Agus ní bhfaighidh tú aon trácht orthu in aon dán Gaeilge.

Is eol dúinn cén ghráin bhí ag na Piúratánaigh ar dhrámaí grinn, ar chaint Rabelais, ar dheochanna meisciúla agus ar gach sórt cluiche cinniúna. Cuimhnigh gurb iad a dhún na hamharclanna i Sasana. Cuimhnigh ar an raic a tharraing siad in Éirinn nuair a caintíodh ar Scuaibgheall na nOspidéal a bhunú. Feileann an focal piúratánach an Gríofach mar a d'fheilfeadh bróg gréasaí do chos. Tharraing sé gleo an domhain faoi dhrámaí éadroma Synge agus scríobh sé oiread truiféise faoin bhfear céanna sa *United Irishman* is a scríobh an piúratánach dúr eile úd i mBéal Feirsde—St John Ervine. Thaithíodh sé an Túr Martello buil an Seoigheach, agus an Gógartach agus daoine eiles ' Ach ', arsa an Seoigheach le Seán Ó Súilleabháin R.H.A., i bPáras, ' Chomh luath agus déarfaí focal a mbeadh bla. Rabelais air, d'éiríodh an Gríofach de léim agus thugadh do na boinn '. Mar ba dual dó ' chuirfeadh sé deireadh le trí cheathrú de na rásaí capall in Éirinn '. ' Níor chaitheamh aimsire do dhuine sibhialta iad. ' Chuirfeadh sé stop le deoch a sheasamh i dteach tábhairne ! Agus dúirt sé leis an nGógartach scaithín sular éag sé : ' *I never took a holiday in my life* '.

Agus chímid an piúratánachas in áit eile, é níos doimhne, níos géire agus níos soiléire. Ní háil leis an bpiúratánach Eaglais ná Eaglaiseach a bheith ag dul idir é féin agus Dia. Throid sé go géar leo; chuir sé deireadh leo. Sa bhliain 1899 léiríodh an *Countess Kathleen*. Dúirt na páipéirí go raibh sé diamhaslach ; cháin an Cáirdinéal Maolmhóg go binn é. Céard a rinne an Gríofach ? ' Thug sé sluagh dugadóirí aníos ó na céibheanna agus d'ordaigh sé dóibh bosa a bhualadh go tréan gach uair a chloisidís caint a mbeadh locht ag an Eaglais uirthi.' Sí an intinn chéanna a bhí taobh thiar de na hionsaithe a nítí san *United Irishman* ar an Eaglais 'ionas go gceapfá nach raibh inti ach Institiúid le Éire a choinneál faoi smacht, agus nach raibh de chúram ar na Sagairt ach an obair sin a dhéanamh go paiteanta' (Traolach Mac Suibhne ina dhialann). (Níl aon trácht ag an údar ar an taobh seo de shaol an Ghríofaigh.)

Fearacht na bpiúratánach bhí an Gríofach cúng, cneasta, ceanntréan, amhrasach. A bhfearacht arís facthas dó go raibh an fhírinne gar do láthair, go raibh sí soiléir so-thuigthe. Níor thuig sé go bhfuil sí cleasach rúnda agus gur furasta dul amú uirthi. Mar sin de nuair a castaí daoine air a raibh malairt tuairimí acu ba ghnáthach leis dul ag achrann leo. Throid sé leis an saol mór. Throid sé leis an Réamonnach, le Hobson, le Mac Artáin, le Ruaidhrí Ó Conchúir, leis an bPluincéadach, leis an Dubhthach, le Bartún, le Yeats, le Ó Lorcáin, leis an gCraoibhín, le Cathal Brugha, le Childers agus le de Valera. Agus tuigimid ón leabhar seo go raibh sé ag réiteach le dul chun spairne leis an gCoileánach agus le slua eile nuair a sciob an bás é.

Sé is dóichí freisin gurb é an piúratánachas seo bhí i gceist ag Lloyd George nuair a scríobh sé *Griffith was the most un-Irish of them all.*

3.

Siad na caibidil faoin *United Irishman*, faoi bheartas na hUngáire, faoi bhunú Sinn Féin, agus faoi thoghchán Liatroma an chuid is fearr den leabhar. Mar a deir an t-údar rinne sé an chuid is fearr dá chuid oibre idir 1899 agus 1910. Tugann sé sliochtanna rabairneacha as an bpáipéar dúinn agus is mór an spórt iad a léamh inniu féin. Bhí fearúlacht ann nár ghnáth san am agus d'ionsaíodh sé naimhde na tíre go misniúil meanmnach agus go toineanta tréan. Deireadh sé leis an bpobal gan dul in arm Shasana, deireadh sé leo déantúis na hÉireann a cheannach agus lascadh sé na Réamonnaigh go féiltiúil. Bhí deacracht ar leith ag baint le gach páipéar dar eagraigh sé óir ba rún leis riamh gan fógraí a ghlacadh ó chomhlachtaí gallda nó leathghallda. D'fhág sin go raibh uireasa airgid riamh air. Léiríonn an *U.I.* go mba éifeachtach an t-iriseoir é agus go mba teagascóir ar fónamh i ngach ní, mórán, dar bhain le náisiúntacht Gael. Fearacht a mháistir Swift bhí nimh i ngob a phinn ag dul chun teagmhála dó le duine ar bith, bíodh an duine sin ceart contráilte. Mar a deir an t-údar bhí eolas maith aige ar Stair na hÉireann agus ar chúrsaí an tsaoil. Bhí, agus eolas aige freisin ar an *náisiúntacht a d'fhás san Eoraip sa naoú céad déag.*

Pointe maith ag an údar nach féidir cúrsaí an ama úd a mheas do réir imeachtaí an lae inniu. Is sean-nathán staire é. Ach ní pointe chomh maith sin ' nach ceart bheith criticiúil fán nGríofach ná faoina mhacasamhail '. Mura mbeidh tú criticiúil ní bhfaighidh an Gríofach ná a chomhaoiseacha a thuiscint i gceart. Ní bheidh iontu ach taibhsí nó fir mhaide. Rud eile ní maíte do staraí bheith maoithneasach. Is amhlaidh atá an t-údar in áiteacha. (Is feasach mé gur mór é a mheas ar fhile maoithneasach an 19ú céad, Thomas Moore.) Ach is rud bréagach é an maoithneas agus cuireann sé daoine amú ina mbreithiúnas. Labhraíonn an t-údar i dtaobh a laghad compoird a bhí ag an nGríofach ar feadh a shaoil go mór mór san chuid deiridh de agus insíonn sé dúinn gur iomaí sin posta a bhí le fáil aige. Ach dá ndíoladh an Gríofach a pheann ní bheadh aon aird ag aon duine air. Ní bheadh ann ach fear fánach, ní bheadh an *integritas* ann a chuir ar a chumas a rá le Dáil Éireann bliain a '22 :

' *I belong to the Irish people: I have worked for them because they are flesh of my flesh and bone of my bone. I have never deceived them, at all events.*'

Fear ar na hailt a bhí san Ghríofach agus mar is dual d'fhear thug sé a aghaidh ar a chinniúint gan stríocadh.

Caibidil spéisiúil atá faoin mbeartas Ungárach. Léiríonn sé an mórmhachnamh a rinne an fear seo ar chúrsaí an dá thír. Ach bhí difir mhór amháin eatarthu nár thug an Gríofach faoi deara. Bhí dhá mhionlucht san Ungáir, na Rúmhánaigh agus na Sclábhaigh. Ní raibh mionlucht ar bith in Éirinn ach rud ba sheacht míle measa ná é. Mionlucht, sin cuid den náisiún atá smachtaithe. Ach níor smachtaíodh Gabhláin Éireann. Bhíodar in airde lán a réime an uair úd. Lucht cinsil (*ascendancy*) a bhí iontu. Is lucht cinsil an uimhir acu atá i gCúige Uladh go fóill. Smachtaigh gunnaí na nÓglach an chuid acu atá faoin bPoblacht.

Ansin tá ceist an Dé-ríochais ann. Déanann an t-údar a chroí dhíchill le cruthú nach raibh sin i gceist ag an nGríofach dáiríre. Tugann sé píosa as caint an Ghríofaigh á dhearbhú sin. Ach is cinnte nach raibh sa chaint sin ach baoite don I.R.B., mar chuaigh sé siar uirthi arís nuair a bhunaigh sé Sinn Féin. Ansin thréig na Poblachtaithe é agus níor bhaineadar dó arís go dtí gur ghlac seisean lena mbeartas féin. Thuig gach uile dhuine, gurbh éard a bhí uaidh ' The King, Lords and Commons of Ireland ' a chur in airdréim do réir Bunreacht 1782.

Tá's againn céard dúirt sé aimsir an Treaty. '*I don't care whether the King of England is King of Ireland so long as the Irish People are free to shape their own destinies.*' (T. Debates 344). Agus thuig a chomrádaithe gurb shin é bhí uaidh. Sa bhliain 1927 bhí cainteanna ag Caoimhín Ó hUiginn le Birkenhead, Carson agus daoine eile faoin rí. Bheartaigh sé Rí Shasana a thabhairt anall go hÉirinn agus a chur ar Ard-Eaglaiseachaí é choróiniú i mBaile Átha Cliath. Bheadh ar an rí sé sheachtain a chaitheamh i mBaile Átha Cliath gach bliain. Sé is spéisiúla faoin obair seo go ndeireadh Ó hUiginn gurbh é sin beartas an Ghríofaigh. (Féach *Life of Kevin O'Higgins*).

Ag tagairt chúise don Ghríofach atá an t-údar anseo agus dá ró-mhóradh, rud atá sé a dhéanamh freisin i gcás na Gaeilge. Níl dul thar fhianaise an Chraoibhín adeir nár thuig an Gríofach go mba chuid den Náisiúntacht Gael an teanga nó gur éirigh an Conradh láidir. Cuimhnigh freisin gur theastaigh ó Ghrattan cúl a chur ar an teanga ach gan í mharú ar fad. Agus d'inis Swift dúinn cén bhail a chuirfeadh sé féin uirthi dá bhféadadh sé é. Níl aon mhaith a bheith ag áiteamh orainn gur scríobh sé píosaí faoin teanga sa *United Irishman.* Baoití ba ea iad do na Conrathóirí á mealladh leis féin. Ach is cinnte gur athraigh sé a intinn. Rinne sé sin, ní foláir, faoi thionchar List agus Conradh na Gaeilge. Bhí meas mór aige ar List faoina theagasc i dtaobh tionscail agus tráchtála. Ach mhol List gach gné den chultúr náisiúnta. Agus cá bhfuil an duine réasúnta a léifeadh fianaise an Chraoibhín os comhair Coimisiún an Mheánoideachais agus a bheadh in aghaidh na teangan ina dhiaidh sin ? Féachann an t-údar le cruthú dúinn go raibh *Séadna* léite aige sa bhliain 1910 agus go raibh an teanga foghlamtha aige i ndeireadh a shaoil. Ní féidir glacadh leis an fhianaise seo óir b'fhurasta dó *Séadna* a léamh in aistriúchán agus dá mbeadh tuiscint dá laghad aige ar an teanga an scríobhfadh sé '*The Dáil Éireann is admirable*' (317), rud a rinne sa bhliain 1919 ?

4.

Bíodh sin mar atá sí obair Sinn Féin obair mhór a shaoil agus tá sin léirithe go breá ag an údar. Tá céad óráid an Ghríofaigh anseo á fhoilsiú agus ba mhaith leat í scríobh amach ina hiomláine. Baineann sí le oideachas agus tráchtáil, le déantúis agus cúirteanna agus pairlimint *de facto* a bhunú. Agus tá beagáinín beag fán talamh inti chomh maith. Chímid cá bhfuair an Gríofach a chuid eolais. Tá ainm Thomáis Dáibhis scríofa ar a lán di, agus is féidir a shuim fháil sa chaoineadh álainn a scríobh Ferguson ar an bhfear céanna.

> 'Self-respecting, self-relying, self-advancing.
> In union or in severance, free and strong.'

Beidh cuimhne go deo ar an nGríofach i ngeall ar Sinn Féin. Dá bhféadadh sé an beartas a chur i ngníomh bhí Éire ar bhealach a leasa cuid mhaith. Ach bhí cuid de nárbh fhéidir a chur i gcion nó go mbeadh rialtas náisiúnta sa tír. Cuirim i gcás an rud is mó a d'fhoghlaim sé ó List, déantúis a chosaint le taraif ?

Tá caint cuid mhór anseo faoi na déantúis adúirt an Gríofach a d'fhéadfaí a bhunú ach níl caint ar bith ar an *áit* a bhfuair sé a chuid eolais. Fuair sé gach ceann acu ó Robert Kane an Blácliathach céimiúil bhfuil a theach le feiceáil fós 'Gracefield', An Charraig Dhubh. Scríobh seisean *Industrial Resources of Ireland* tuairim 1849. Tá cuntas iontach aige ann ar ábhar dóite a fháil ó adhmad, móin agus gual. Tá trácht aige ar chumhacht a bhaint as aibhneacha agus as taoillí na hÉireann agus ar gach sórt mianra dá bhfuil sa talamh. Sé ba thúisce thúsaigh samplú ithreach (*soil testing*), rud a ligeadh chun dearmaid go dtí 1940!

Deir an t-údar go ndeachaigh gluaiseacht Sinn Féin chun cinn go tapaidh agus gur cuireadh craobhacha ar bun dá réir, 21 i 1906; 57 i 1907; 115 i 1908. In áit eile gheibhimid uimhreacha na ndaoine a d'fhreastail ar chruinnithe poiblí faoi chomairce Sinn Féin. Ach ní méar-ar-eolas ar bith iad sin i dtaobh cumhacht ná tionchar gluaiseachta. Bhí cruinnithe fíormhóra ag Clann na Poblachta roinnt bhliain ó shin ach níor chruthaigh sin go raibh siad láidir an uair sin. Bíodh sin mar atá d'fhéach an Gríofach a chumas i Liatroim sa bhliain 1907 agus tá a lán lán le rá ag an údar faoi, cuntas an-spéisiúil den saol. Ina dhiaidh ní mheasaim go réiteoidh fear ar bith lena chuid conchlúidí. Deir sé go raibh an áit bocht, go raibh talamh fíorbhocht, agus go raibh na daoine aineolach ar bheartas Sinn Féin. *Ach bhí rud amháin nach rabhadar aineolach air, mar bhí an talamh.* An talamh an tionscal a bhfuil sain-eolas ag fear na tuaithe air. Más fear é bhfuil drochthalamh aige tá a shúil ar an bhfearann atá i seilbh shliocht Chromail. An raibh tuiscint ag muintir Sinn Féin air sin? Ar thuigeadar a bhrí? Is cosúil nár thuig mar tugann an t-údar píosa eolais dúinn a thugas le fios gur *intinn na cathrach amháin a bhí ag an nGríofach.* Ar leathanach 140 léimid: 'Suas go dtí an t-am a tionóladh céad chomhdháil na Comhairle Náisiúnta níor theastaigh aon chraobhacha tuaithe ó Art Ó Gríofa agus toisc go raibh meas mór ag Sinn Féinigh Bhaile Átha Cliath ar a chomhairle d'aontaíodar lena thuairim.' Ná bíodh iontas ag aon duine má thapaigh na Réamonnaigh a ndeis, mar thuig an dream sin muintir na tuaithe. Thuigeadar céard ba tiarna talún ann. Rinne Tomás Ó Domhnaill, M.P., obair iontach do thionóntaí Lord Ventry i gCiarraí; agus bhí feisire i lár tíre a raibh sé seo de rosc catha aige, ' An talamh do na daoine agus an bóthar do na bulláin '. Cén chaoi a bhféadfadh Sinn Féin a dhul chun teagmhála leo sin ? Ach bhí togha fir ag seasamh dóibh, Cathal Ó Dóláin. Fuair sé 1,157 vótaí as 6,325. Ní drochvóta bhí ann ar chor ar bith ach go gcaithfear smaoineadh ar rud eile. Is cinnte go bhfuair an Dólánach a bhformhór dá bharr féin. Agus, b'fhéidir go mbeifí gar don fhírinne dá ndéarfaí go bhfuair beartas Sinn Féin 500 vóta i Liatroim.

5.

Deir an t-údar agus is fíor dó, go ndeachaigh Sinn Féin chun deiridh do réir a chéile ón bhliain 1908 amach. D'fhógair an Gríofach nach rachaidís arís ag iarraidh vótaí agus go meilfidís an saol ag teagasc na ndaoine. D'fhág a lán lán daoine é. Chuireadar ina leith ' go raibh sé cúng ina chreideamh agus ina dhearcadh, go raibh luí ró-mhór aige leis an meánaicme, seachas aon dream eile, go raibh baint ró-mhór ag Státsheirbhísigh agus ag daoine mar iad le Sinn Féin.' Ach bhí dream eile thréig é, mar bhí na Poblachtaithe agus d'inis siad cén fáth. Scríobh Ó hÉigeartaigh chuig Traolach Mac Suibhne sa bhliain 1907 : ' He is not prepared to explain or to discuss anything. He wants us to follow him blindly and sink our own minds '. Dúirt sé arís : ' It is very plain to me that he is deliberately trying to bring a split with the physical force men '. Agus chonaiceas féin litir a scríobh an fear céanna san am, adúirt go raibh náisiúntacht muintir 1798, 1803, 1848, agus 1867 séanta ar fad ag an nGríofach agus nach raibh uaidh ach náisiúntacht Ghrattan. Dúirt Pádraig Mac Artáin go ndéanfadh Príomháras Sinn Féin áit álainn le cártaí imirt ann agus ba ghéire ná sin labhair Hobson.

> Arthur Griffith was a man whose sincerity and devotion to the cause of Irish independence commands respect and admiration. On the other hand his views were often narrow and reactionary and he was dogmatic to a very unusual degree. He did not easily tolerate any opinion which differed from his own. . . . If he had other qualities I did not encounter them during the five or six years I was associated with him (207).

An rud is spéisiúla sa litir sin Hobson is ea go ndeir sé gur bhásaigh Sinn Féin ar fad tar éis 1910. Cháin an Piarsach Art Ó Gríofa chomh géar agus a cháin sé aon duine riamh.

Ansin tháinig Bille Home Rule chun tosaigh arís, agus sé ní ba thábhachtaí a d'éirigh dá bharr Óglaigh armtha Uladh—an chéad am ar aon nós. Sé ní is spéisiúla fúthu sin gur dhúirt an Gríofach nach dtroidfidís, nach raibh ina gcuid saighdiúireachta ach buaileam sciath. Scríobh sé go nglacfaidís le Home Rule mar a ghlac Ultaigh lena lán nithe eile sa naoú céad déag (220). Nach beag a thuig sé céard a bhí ar bun ? Ní hé amháin go raibh na hUltaigh sásta troid ach bhíodar sásta fir, mná, agus páistí a mharú gan fáth gan ábhar. Is mó a mharaíodar ná na Black-and-Tans ! Maraíodh 1,408 duine i mBéal Feirste ó Iúil 1920 go deireadh Bealtaine 1921 agus loiteadh 1,863 !

Cuireadh Óglaigh Éireann ar bun sa bhliain 1913. Ní hé an Gríofach a bhunaigh iad ná ní raibh sé ar an ardchoiste. Chuidigh sé leo lena pheann, chuaigh sé iontu agus dhruileáil sé ar nós cháich. Bhí sé i bhfábhar iad a armáil ach, ar seisean, ' ar a bhfaca siad riamh ná hionsaídís arm Shasana in Éirinn'. Mar adúirt Tadhg Mac Céin in *Silva Gadelica*. ' Is aebhda agus is ait sin.' Bhí an Gríofach ar dhuine den 800 a shiúil amach go Beann Éadair ag cruinniú gunnaí. Mar a deir an t-údar ní raibh a fhios aige cá raibh a thriall. Ní raibh a fhios ach ag triúr cá rabhadar ag dul ' (245). Bhí a fhios ag Hobson, ag Tomás Mac Donnchadha agus ag Cathal Brugha. Siad na hairm seo a thugadar leo a d'athraigh Stair na hÉireann, a bhunaigh Poblacht Éireann agus a tharraing aghaidh an domhain uirthi. Triúr eile a thug go hÉirinn iad tar éis dul thrí ghábhanna móra farraige agus faoi shúil chabhlach Shasana. Ní miste a n-ainm a chur síos mar beidh siad i dtrácht arís, Erskine Childers, a bhean, agus Mary Spring Rice.

An bhliain roimhe sin díreach sea tharla Stailc Mhór an lucht oibre i mBaile Átha Cliath. Ní raibh le fáil san am ach punt nó coróin is punt sa tseachtain ag an bhfear oibre. Chomh luath is a thosaigh an stailc bhris na máistrí an lucht oibre go léir agus chéasadar an saol ar feadh deich mí. Ach bhí cinnire ar fónamh acu agus rinne sé míorúiltí dóibh—Séamas Ó Lorcáin. Chuaigh macalla na stailce ar fud an domhain agus chuidigh a lán cinnirí ar fónamh leo in Éirinn. Chuidigh an Piarsach, Éamann Ceannt, Madame Markievicz, Yeats agus Russell leo. Scríobh an fear deiridh seo litir phoiblí ag ionsaí na máistrí. *Blind Samsons pulling down the social order* a thug sé orthu. Ach níor chuidigh an Gríofach leo. Throid sé an Lorcánach ar feadh blianta roimhe sin agus mar a deir an t-údar, ' Bhí sé i gcoinne na stailce seo ' (233). Scríobh sé : ' Má bhunaítear Parlaimint Éireannach, creidim gur chóir don fhear oibre úsáid a bhaint as an bParlaimint sin chun . . . na cirt is dual dó a bhaint amach ' ! (234). Sin le rá 'mair a chapaill agus gheobhair féar '. Bhí díth dearcaidh air. Sé ní ba suathanta faoin stailc seo gur chruthaigh an lucht oibre go raibh saighdiúireacht iontu. Thugadar dúshlán na bpóilíní agus is de bharr a ngnímh a bunaíodh an I.C.A., dream a throid go calma Seachtain na Cásca. Ní raibh bá ar bith ag an nGríofach leo.

Ach bhí sé san I.R.B. go dtí tuairim 1910; má bhí féin ní raibh aon mhuinín acu as uaidh sin suas, go fiú is an chuid acu a bhí mór leis. Shocraigh siad dáta an Éirí Amach in Eanáir 1916. Níor insíodar don Ghríofach é ach chuireadar fios ar fhear eile nach raibh sa chumann ar chor ar bith agus thugadar a rún dó—Séamas Ó Conghaile ! Ní raibh a fhios ag an nGríofach go raibh an lá ag teannadh leis, agus cé go mbíodh caidreamh aige gach lá le Seán Mac Diarmada níor inis seisean faic ina thaobh dó. Nuair a bhris sé amach bhí sé chomh mór ina aghaidh le Eoin Mac Néill agus Hobson. Blianta ina dhiaidh sin dúirt sé le Francach ' Ní raibh Éirí Amach ina chuid dem phlean ' (207).

6.

Cén chomhairle a bhí ag an nGríofach ar mhuintir na hÉireann sna blianta roimh an Éirí Amach? An raibh aon chomhairle aige ar na sluaite? Ní raibh. Is doiligh a rá go raibh suim ar bith acu ann. Ní raibh mórán airde aige féin ná mórán tuisceana aige ar mhuintir na tuaithe. Ar aon nós níor éirigh leis oiread agus ceantar Parlaiminte amháin a bhaint de na Réamonnaigh. Agus ba leis na Réamonnaigh an tír. Níl rud ar bith is dearfa ná sin. Nuair a bhris an cogadh mór amach d'fhreagair 250,000 fear óg an ghairm a chuir an Réamonnach orthu. Chuaigh siad as éadan isteach in arm Shasana. Agus sin é an áit chéanna a d'iarradh an Gríofach orthu gan dul. Go deimhin, má b'é beartas an Ghríofaigh — agus b'é — súil mhuintir na hÉireann a bhaint de Shasana loic sé go mór, agus d'fhéadfaí a thaispeáint go mba ghallda a bhí Éire sa bhliain 1914 ná sa bhliain 1899, an chéad uair a chuaigh sé á teagasc.

Ach bhí fórsaí eile ag neartú sa tír, fórsaí a mhúnlaigh an saol ó 1916 anall. Cén chomhairle a bhí ag an nGríofach orthu sin?

(1) Bhí ar dtús Conradh na Gaeilge. Chuidigh sé cuid mhaith leo le linn ama cé nár shíl sé an chéad am go raibh an teanga riachtanach d'Éireannach.

(2) An obair liteartha a rinne an Mhainistir is an dream a thaithigh í. Bhí sé go damanta ina hagaidh, agus mar a deir an t-údar chuir sé na scríbhneoirí éirimiúla go léir ina aghaidh.

(3) Na hÓglaigh. Ba bheag agus ba rí-bheag a chomhairle orthu.

(4) An I.R.B. Ní raibh aon mhuinín acu as.

(5) An lucht oibre. Bhí sé go millteach ina gcoinne.

(6) Lucht an Éirí Amach. Bhí sé go mór ina n-aghaidh gur las tinte na Cásca, ansin thairig sé dul leo. Bhíodar sin tar éis gairmscoile a chur amach ag iarraidh chúnaimh ar gach Éireannach, ach dúradar go deas múinte leis an nGríofach nár theastaigh a chabhair seisean.

Agus sin iad na daoine a rinne an gníomh a dhúisigh Éire as a tromshuan. Sin iad na daoine a bhris na Réamonnaigh agus a bhunaigh Poblacht in Éirinn. Taobh istigh d'achar gearr bhí an tír go léir corraithe agus gach duine ag casadh amhrán a rinne lucht an Éirí Amach nó a leantóirí.

In Dublin town they murdered them
Like dogs they shot them down,
God's curse be on you England,
God strike you London town.

Agus rinne siad gníomh eile fós. Thugadar cinnire d'Éirinn a tharraing gach dream náisiúnta leis. Bhí an Réabhlóid faoi lántseol ! Agus cé mar bhí an Gríofach agus an obair seo go léir ag tolgadh ? Bhí sé ag aisling fós ar an bParlaimint a bhunaigh na piúratánaigh ba shinsear dó : *the King, Lords and Commons of Ireland*.

7.

Tháinig na Sasanaigh i gcabhair ar an nGríofach i ngan fhios dóibh féin. Chomh luath is a ghéill lucht an Éirí Amach ghabhadar os cionn trí mhíle go leith duine agus shacadar isteach i bpríosún iad. Ní raibh baint ar bith ag a lán lán acu leis an Éirí Amach. Ba duine acu seo an Gríofach ach níor shábháil sin é : gabhadh é. Chuidigh na páipéirí laethúla leis chomh maith, mar thugadar an ' Sinn Féin Rebellion ' ar chogadh na Cásca. Chúns bhí sé istigh bhí Herbert Moore Pim i mbun an *Irishman* ag déanamh propaganda dó (mar deir an t-údar) ag coimeád a ainme os comhair an phobail á rá go bhféadfaidís ' braith air chun beartas agus treoraíocht a thúirt dóibh nuair a thiocfadh sé as príosún '. Ní raibh aon duine ag scríobh propaganda do lucht an Éirí Amach agus níor theastaigh sin. Bhí sé scríofa cheana acu féin le fuil a gcroí ar anam an náisiúin.

Scaoileadh formhór na bpríosúnach faoi Nollaig 1916 agus, ansin, tharla follúntas parlaiminte i Ros Comáin. Sheas an Pluincéadach in ainm lucht an Éirí Amach. Is dó ba chóra sin. Cúnta de chuid an Phápa a bhí ann; bhí a bheirt mhac san Éirí Amach; caitheadh duine acu, agus, ina dhiaidh sin gabhadh é féin, agus a bhean agus mac eile leis. Agus ainneoin go raibh cáil mhór ina scoláire air bhain an Royal Dublin Society a ainm dá leabhair. Chuidigh an tAthair Ó Flannagáin go cumasach leis. ' Fuagróidh sé ' ar seisean ' go gcaithfidh Éire an tsaoirse chéanna fháil is gheobhas an Bheilg, an tSeirb, An Bhoithéim, an Rumháin, An Fhrainc agus an Ghearmáin.' Chuidigh an Gríofach leis chomh maith. Ar seisean agus an Pluincéadach istigh: ' Ireland has elected a representative to Europe instead of to the British Parliament '.

Sheas Seosamh Mac Aonghusa do Longfort scaitheamh ina dhiaidh sin. Nuair a ghnóthaigh sé dúirt an *Manchester Guardian*: ' The Sinn Féin Victory is the equivalent of a serious British defeat in the field '. Ansin toghadh de Valera le seasamh do Chontae an Chláir. Le linn an toghcháin dúirt sé:

> We want an Irish Republic because if Ireland had her freedom, this, I believe, is the most likely form of government. But if the Irish people wanted any other form of government, so long as it was an Irish government, I would not put in a word against it.

Toghadh de Valera agus d'éirigh Larry Ginnell as Parlaimint Shasana. Eisean an feisire a d'fhuagair 'murder' sa bparlaimint chéanna nuair a dúirt an Príomh-Aire go raibh cinnirí an Éirí Amach caite. Sheas sé feasta le lucht an Éirí Amach. Bhí toghadh eile i gCill Chainnigh agus cuireadh isteach Liam Mac Cosgair, fear eile a bhí san Éirí Amach.

Scaitheamh roimhe sin bhíothas ag iarraidh gach dream náisiúnta a thabhairt isteach in aon chumann mór amháin. Ní go ró-mhaith a d'éirigh leis an iarracht an chéad am. Insíonn an t-údar cén fáth. Ní raibh an Gríofach ag teacht leis an bPluincéadach, ní raibh sé ag teacht le Ruaidhrí Ó Conchubhair (duine de na fir is meabhraí misniúla dár throid Seachtain na Cásca): ní raibh sé ag teacht le Cathal Brugha. Is eol dúinn cén fáth a raibh sé ag mí-réiteach leo.

Poblacht a theastaigh uathu sin. Parlaimint 1782 bhí ón nGríofach. Tá malairt scéil ag an údar. Bhí sé in aghaidh an Phluincéadaigh tharla go raibh baint aige leis an gCaisleán. (Ní insíonn sé cén chaoi.) Bhí sé in aghaidh Uí Chonchubhair faoi gur chuidigh sé leis an Réamonnach sa bhliain 1908; bhí sé in aghaidh Chathail Brugha. . . . ?

Is minic leis an údar nithe den sórt sin a scríobh ag míniú beartanna an Ghríofaigh dó. Is minic leis a rá nach gceadódh sé aon duine a bheith sa ghluaiseacht náisiúnta a raibh baint aige leis an gCaisleán ná le Arm Shasana. Ar ndó, ní fíor é. Is é an finscéal is mó sa leabhar é. Ní raibh tráth dá shaol nach raibh baint an-dlúth aige le daoine den chineál sin, agus le daoine a bhí go láidir ar thaobh an Réamonnaigh chomh maith.

Fuineadh agus fáisceadh Maud Gonne amach as an gCaisleán. Sasanach ba mháthair di, ceannasaí Arm Shasana in Éirinn ba hathair di. Tógadh ina Sasanach í; ach níor chuir sin an Gríofach ina haghaidh. Bhí sé chomh mór i bhfábhar a beartas náisiúnta go ndeachaigh sé chun glacamas lámh leis an té a mhaslaigh í (sa bhliain 1900). Sa bhliain 1908 ghlac sé le Cathal Ó Dóláin, M.P., mar theachta do Shinn Féin. Sa bhliain 1914 agus é ina óglach d'oibrigh sé faoi cheannas Mhuiris Uí Mhórdha, Ard-Chigire na nÓglach, fear a bhí ina Choirnéal in Arm Shasana. Sa bhliain 1919, agus é ina Uachtarán Ionaid, cheap sé Erskine Childers ina theachta faoi leith ó Phoblacht Éireann le dul ar ghnó speisialta go Páras. Oifigeach in Arm Shasana ba ea Childers tráth.

Sa bhliain 1922 agus é in Uachtarán ar an bPoblacht, fuair sé litir ó Shasanach i mBaile Átha Cliath—Thomas Johnson—á rá leis go mba mhaith leis féin agus le daoine eile labhairt leis an Dáil in ainm an Lucht Oibre. Thug sé a chead sin dó. Tamall ina dhiaidh chuaigh an Sasanach seo chun cinn le bheith ina theachta Dála; níor chuir an Gríofach ina aghaidh. Sé fírinne an scéil nach raibh locht ar bith ag an nGríofach ar dhaoine den sórt seo—ar aon chuntar amháin, go leanfaidís a chomhairle féin nó comhairle éigin a mbeadh glacadh aige léi. Dá dtéidís ina aghaidh chasfadh sé an seansaol leo. Dhúiseodh sé na mairbh !

8.

Caibidil tábhachtach is ea Caibidil XXIII. Sé insíos dúinn faoi Ard-Fheis Sinn Féin (1917) agus faoi na comhráití a bhí ag an nGríofach le lucht an Éirí Amach. Ní raibh an Gríofach sásta glacadh leis an bPoblacht mar chuspóir. Parlaimint Ghrattan sí theastaigh uaidh. Tá beirt a bhfuil eolas maith acu faoin gcuid seo de shaol an Ghríofaigh, beirt nár cheadaigh an t-údar, Éamon de Valera agus Liam Mac Cosgair. Chaith de Valera laethanta fada á chur ar a shúile don Ghríofach go mba é leas na hÉireann glacadh le cuspóir na Poblachta. Don obair seo a rinne de Valera a bhí Liam Mac Cosgair ag tagairt sa Dáil le linn dó bheith ag moladh an Treaty:

> I should say that two men who typified the best type of Irishman I have ever known are the President (de Valera) and the Minister of Finance (Collins). I recollect four or five years ago, the President spending six, seven and eight hours a day at meetings bringing people together and getting them to see common ground upon which they could work together. (Tr. Debates, 21-12-1921.)

Is tuigthe as caint an Chosgaraigh go mba mhó a mheas ar an gCoileánach agus ar de Valera ná ar an nGríofach.

Ghéill an Gríofach i ndeireadh na cúise. Ghlac sé le cuspóir na Poblachta. Ba dheacair leis géilleadh. Ceann de shuáilcí móra na bPiúratánach is ea an chomhsheastacht. Bhí an Gríofach á chur chun cinn le bheith in Uachtarán ar Shinn Féin lá na hArd-Fheise ach tharraing sé siar agus toghadh de Valera d'aonghuth. Féachann Pádraig Ó Caoimh le taispeáint gurb é an Gríofach a toghfaí dá bhfágtaí an cúrsa faoi na teachtaí (294). Sílim gur dúthracht amú é. Ar leathanaigh 298-299 gheibhimid ainmneacha na ndaoine a cuireadh ar an gCoiste Stiúrtha. Deir an t-údar 'go bhfuil suim ag baint leis na figiúirí bhótála'. Tá, roinnt. Bhí 1,700 teachta i láthair agus fuair an Gríofach os cionn aon chéad déag vótaí le bheith ina Leas-Uachtarán. Fágann sé sin go raibh chúig chéad teachta nár vótáil dó le haghaidh an mhionphosta sin cé gur tharraing sé gnaoi na hArd-Fheise air féin nuair a mhol sé de Valera don Uachtarántacht.

Ach insíonn an liosta úd rud eile dúinn. Insíonn sé dúinn go mba ghluaiseacht nua ar fad Sinn Féin ón lá sin amach. Bhí Bunreacht nua acu. Poblacht a bhí uathu agus ní hí Parlaimint Ghrattain. Duine de mhuintir an Éirí Amach ba Uachtarán. Ansin léadh ainmneacha na gCoisteoirí. Deich nduine fhichead acu a bhí ann. Bhí scór acu san Éirí Amach. Bhí triúr eile ar caitheadh a ngaolta san Éirí Amach. Bhí triúr sagart ann a raibh dlúthbhaint acu le cúrsaí an Éirí Amach. Ceathrar eile a bhí ann, an Gríofach, an Niallach, Ginnell agus Figgis.

Ar a bheith toghtha do de Valera léigh sé giota as an mBunreacht nua: 'Securing international recognition of Ireland as an independent Irish Republic'.

Ar seisean: 'That is what I stand for, what I stood for in East Clare; and it is because I stand for that, that I was elected here'.

Bhí cheithre cinn de thoghcháin ann idir lá na hArd-Fheise agus toghadh mór na bliana 1918. Sén Gríofach a toghadh le haghaidh an Chabháin, i.e., ba é an seachtú duine é a toghadh ó aimsir an Éirí Amach. Bhí sé i bpríosún an uair seo agus ní nárbh ionadh chuidigh sin leis. Bhí sé i bpríosún le linn an Toghaidh Mhóir. Bhí sé i bpríosún nuair a tháinig an chéad Dáil le chéile. Deir an t-údar gurb é an Dáil toradh a shaothair. Ach, ar ndóigh sin tuilleadh den ró-mholadh. Bhí sé chomh maith duit a rá go mb'í toradh saothair na bhFíníní nó toradh saothair Pharnell í. B'í toradh na ngunnaí a thug Erskine Childers go Binn Éadair í. B'í toradh saothar an Phiarsaigh, Shéamais Uí Chonghaile, de Valera, Risteárd Uí Mhaolchatha, Mhíchíl Uí Choileáin, Liam Uí Bhriain, Phiarais Béaslaí, Sheáin T. Uí Cheallaigh, í, agus toradh saothar gach duine dár éirigh amach faoi Cháisc.

Dá mbeadh Dáil Éireann i gclé an Ghríofaigh lena bunú ní bheadh sí ar bun fós. Ní raibh tréithe an chinnire Náisiúnta ann. Ní raibh sé in ann daoine a thabhairt leis. Agus níor thuig na gnáthdhaoine é.

Tá scéal eile anseo nach míníonn an t-údar i gceart—scéal an Mhionna Dílseachta do Dháil Éireann. D'iarr Cathal Brugha ar na hÓglaigh mionna a thabhairt go mbeidís dílis don Dáil. Bhí eagla ar chuid acu sin nach mbeadh roinnt de na teachtaí dílis don Phoblacht agus labhraíodar go háirithe ar an nGríofach. Is de bharr mana na nÓglach a d'iarr Cathal Brugha ar an Dáil mionna dílseachta a thabhairt.

Ach bhí an Gríofach go daingean ar thaobh na Poblachta an tráth seo. Sé bhí mar Aire Dhúiche. Deir an t-údar: ' Bhíodar go léir aontaithe ar an bpointe seo gur Poblacht cheannasach neamhspleách a theastaigh ó gach duine acu a bhunú in Éirinn ' (327). I dteannta a dhualgais mar Aire rinne an Gríofach eagarthóireacht ar pháipéir. Scríobh sé in *Young Ireland* : ' Sir Edward Carson says that the Home Rule Bill is an Act but not a fact. The Irish people say the Irish Republic is a fact not an act ' (337).

9.

Cheap de Valera ina Uachtarán Ionaid é ar a dhul go Meiriceá dó féin, Meitheamh, 1919. Sin é an teastas is mó s féidir d'aon scríbhneoir a thabhairt ar an nGríofach, a rá go raibh mortabháil na Poblachta ar a láimh. Ach ní léir dúinn ón leabhar seo go ndearna sé mórán agus é sa phost seo ach ag scríobh do pháipéir agus ag caint ar fud na tíre. Obair thábhachtach gach ceann acu sin ach chítear do dhuine amháin ar aon nós go ndearna sé i bhfad níos mó ná sin. Céard faoina chuid riaracháin ? Níl amhras nár chaith sé cuid mhaith ama leis. Maidir le caint agus scríobh bhí sin ar siúl aige i bhfad roimh an Éirí Amach. Chuaigh sé go Sasana agus go hAlbain agus an cogadh ar siúl le propaganda na hÉireann a chur ar aghaidh iontu. ' Níor rud iontach é sin. Bheadh sé ní ba shábhálta i Sasana ná mar a bheadh sé in Éirinn aon lá. Ní fhéadfadh aon trúpaí namhadacha an doras a bhriseadh isteach air i Sasana agus bás imirt air i láthair a theaghlaigh ' (336).

Chítear dom gur lú ná a cheart a thugas an t-údar don Ghríofach anseo. Ach, ar ndóigh, eisean is fearr fhios: eisean rinne an taighde.

Rinne sé taighde freisin ar obair Chathail Bhrugha agus tugann sé sármholadh air. Fearacht Phroinsiais Uí Chonchubhair tugann sé Cúchulainn na Gluaiseachta air. Agus is maith an aghaidh sin air. Sé stiúraigh an obair a rinneadh in aghaidh Arm Shasana agus in aghaidh na Tans. Ní nárbh ionadh ní raibh deis aige labhairt ar an obair a rinne na daoine a bhí faoi, daoine ar nós Risteárd Uí Mhaolchatha, Mhíchíl Uí Choileáin, Ruaidhrí Uí Chonchubhair, Liam Uí Mhaoilíosa agus Sheáin Ruiséil. Tá cúis chlamhsáin anseo ag an léitheoir áfach, óir is ró-mhinic leis an údar ' trioblóid ' agus 'trioblóidí' a thabhairt ar Chogadh na Saoirse. Sin é an focal a bhí riamh ag an Sasanach ar chogadh náisiúnta na hÉireann. Sé tá le léamh i litreacha Dunton féin, fear a tháinig go hÉirinn bliain tar éis Cath na Bóinne. Rud eile, deir sé (332) nach féidir creideamh agus polaitíocht a dheighilt ó chéile i dTuaisceart na hÉireann. Ní féidir iad a dheighilt ó chéile in aon pháirt d'Éirinn, mar is eol d'aon duine a bhfuil an chúis scrúdaithe aige. Tugann sé a cheart don Choileánach mar Aire Airgid. Rinne seisean obair chumasach dá Roinn nuair a hiarradh an tIasacht Náisiúnta. Fuair sé cuid mhór airgid as Meiriceá agus dúirt sé sa Dáil (26-8-1921): ' In America, through the President, they had been enabled to collect a comparatively colossal sum '.

Ach níl mórán trácht ar obair de Staic. Eisean a bhunaigh Cúirteanna na Poblachta. Bhánaíodar sin cúirteanna Shasana in Éirinn. Agus sé an Coileánach a d'inis cén tionchar a bhí acu thar lear : ' Other activities took money—the courts which our foreign representatives told us were a most potent influence, because they showed friend and foe alike, the capacity of " Young Ireland " for administration and justice ' (id.).

Agus níl mórán cainte ar obair an Choscaraigh. Sé bhí ina Aire Rialtais Áitiúil agus is de bharr obair a Roinne a thug na Comhairlí áitiúla a leabhair do Dháil Éireann. Deir de Vere White (*Life of Kevin O'Higgins*) gur theith an Cosgarach nuair a d'éirigh an tóir géar air—más cóir géilleadh dó. Deir sé go raibh faoi an obair go léir a chaitheamh in airde. . . .

Ach eatarthu go léir agus le cúnamh na ndaoine bhriseadar gléas riaracháin an tSasanaigh agus bhunaíodar an Phoblacht. Ba é seo an t-am a raibh cách sásta ní ar bith fhulaingt ar son na tíre. Mar adéarfadh Churchill : ' It was their grandest hour '. Deich mbliana fichead roimhe sin chonaic Staindis Ó Grádaigh an lá sin ag teacht. Ar seisean :

> We are starting a literary movement. It won't be very important. Out of it will come a political movement. That will not be important either. Then will come a military movement and that will be important.

Blianta ina dhiaidh sin arís scríobh Dónall Ó Corcora :

> In the throes of revolution from 1918 to 1923, more books were published, more pictures were painted, more schemes of all kinds started into growth than in any previous or subsequent period of the same length.

10.

An téarma chaith an Gríofach i bPríosún Mountjoy roimh theacht don Sos Cogaidh tá sé thar a bheith spéisiúil don mhac léinn staire. Tá na dátaí measctha go maith ag an údar. Deir sé (350) go raibh an Gríofach i bPríosún Mountjoy i Meitheamh 1920. Deir sé (355) gur scríobh sé litir chuig Mere Columba de Buitléir an 12ú Bealtaine 1920 as an bpríosún. Má scríobh ní ón bpríosún é óir is eol dúinn go raibh sé istigh ann ó 26-11-1920 go dtí Meitheamh 1921. Sula ndeachaigh sé sa phríosún cheap sé Mícheál Ó Coileáin mar Uachtarán Ionaid. Shílfeá gurb é Cathal Brugha a cheapfadh sé. Ach ba é an Coileánach, ceann an I.R.B. *And thereby hangs a tale.* Cuireadh Eoin Mac Néill, Éamann Ó Dubhgáin agus Mícheál Staines isteach ina theannta (350). Dúirt páipéir Shasana gur cuireadh i bpríosún é d'aonghnó ' in order that he might negotiate more freely and safely ' (350). Cuirfidh an ráiteas sin lucht staire ag machnamh go tréan sa saol a thiocfas. Má tá an scéal fíor thoigh Rialtas Shasana togha comhluadair dhó : Eoin Mac Néill a tháinig chun tsaoil agus an focal ' géilleadh ' ar a bhéal; Éamann Ó Dubhgáin a bhí riamh ina smugairle róin; Mícheál Staines a mb'éigin don Chosgarach féin é bhriseadh as Coimisinéaracht na bPóilíní. Ba ghearr istigh é nuair a tháinig beirt Shasanach anall chuige ag caint leis faoi shos cogaidh. Scaitheamh ina dhiaidh sin arís tháinig Ard-Easpag Pherth chun cainte leis faoi dhó ar achaine speisialta ó Lloyd George. Agus nuair a tháinig Lord Derby go hÉirinn faoi chealltar nár cheil a chuntanós chuir sé teachtaire isteach sa phríosún ag labhairt leis thar a cheann.

Níor caitheadh go dona leis na príosúnaigh sin. Ní fada a bhíodar istigh gur ligeadh isteach san ospidéal iad ar bheagán údair. Mheilidís an t-am ansin ag léamh leabhar, ag imirt chártaí agus ag caitheamh na dtoitíní a chuireadh a gcairde isteach chucu. Cén machnamh a rinne an Gríofach an tráth seo i dtaobh cúrsaí na hÉireann ? Céard a shíl sé a thiocfadh as an gComhéirí Náisiúnta ? Ar shíl sé go mbainfí admháil na Poblachta den Sasanach ? Ar shíl sé go mba cheart glacadh le roinnt na tíre agus le stádas tiarnais ? Is deacair teacht ar fhreagraí do na ceisteanna seo cé go bhfuil lide sa leabhar fúthu.

Ar a ligean amach as Mountjoy chuaigh sé chun cainte leis na hAontaitheoirí buil de Valera. Coicís ina dhiaidh sin, b'fhéidir, casadh Máire Ní Chillín air i siopa táilliúra agus d'inis sé di faoi na cainteanna síochána a bhí ar bun.

'Níor luaigh ceachtar againn an focal "Poblacht" ar seisean'. Is oscailt súl an méid sin don té níos staidéar ar shaothar an Ghríofaigh. Cúig mhí sular chaith sé uaidh an Phoblacht d'inis sé do bhean nár theachta agus nár aire istigh i siopa táilliúra nach raibh an 'Phoblacht' á lua sna cainteanna síochána. Cén fáth dó an méid sin de bheartaíocht an Rialtais a scaoileadh uaidh ? Is rud é a chuireas duine ag smaoineamh go domhain.

Dúirt sé rud eile leis an mbean uasal chéanna. Dúirt sé go raibh troid iontach déanta ag muintir na hÉireann agus go bhféadfaidís tuilleadh a sheasamh (357). B'fhíor don Ghríofach sin. Ní hiad Rialtas na hÉireann ná Arm na hÉireann a d'iarr an Sos Cogaidh ach Rialtas Shasana. As sin go Nollaig 1921 neartaigh an t-arm ar gach uile bhealach agus d'admhaigh Macready ina chuimhní cinn go mba treise an pointe sin iad ná riamh.

11.

An chuid den leabhar insíos faoin gConradh sé is míshásúla sa leabhar ar fad. Níl ag an údar ann ach athinsint i nGaeilge ar nithe a dúirt agus a scríobh na daoine a cheadaigh sé. Is Soiscéal dóibh sin a leagan féin de na himeachtaí úd; táid ag fógairt ar na línte a thiocfas á iarraidh orthu as ucht Dé agus na Maighdine gan an scéal a *scrúdú* ach géilleadh dóibh féin go huile is go hiomlán.

Céard déarfas na línte a thiocfas faoina bhfuil scríofa ar leathanach 361 gurb é locht a bhí ar an Dréacht-Chonradh a chuir Rialtas na Poblachta faoi bhráid an tSasanaigh ' go mba dul siar ar Phoblacht é '. Déarfaidh siad go bhfuil sé chomh *naive* sin go mbainfeá lántaitneamh as. Céard déarfas siad faoin ngiota seo ? ' Ní raibh mórán difríochta má bhí aon difríocht gurbh fhiú trácht air, idir Dhoiciméad a Dó, . . . agus an scríbhinn a tugadh ó Londain ' (386). Déarfaidh siad nár scrúdaigh sé riamh é nó má scrúdaigh go raibh an iomarca comhairleach in aice leis. D'fhág an Conradh Éire gan ceannas amuigh ná i mbaile ach amháin an méid a thogair an Sasanach a thabhairt di. Seo é an chéad alt de Dhoiciméad a Dó :

That the legislative, executive, and judicial authority of Ireland shall be derived solely from the people of Ireland.

Caint shoiléir shothuigthe í sin. Propaganda díogha Fhine Gael atá sa leabhar anseo. Ní chreideann Risteárd Ó Maolchatha féin caint ár n-údairne. Níor chreid Lloyd George riamh í ach an oiread. Bhí an bheirt sin go láidir ar thaobh an Chonartha. Dúirt Risteárd Ó Maolchatha agus é ag moladh an Chonartha don Dáil (22-12-1921) :

> We want the road open to us to show how we can avoid this Treaty. The only alternative put before us is the alternative put forward by the President. And I want to say that that alternative has not been fairly treated on the side who are for the Treaty (Tr. Debates, 142).

Trí bliana déag ina dhiaidh sin agus de Valera ag iarraidh cuibhreacha an Chonartha a réabadh thug Lloyd George faradh fíochmhar faoi i bParlaimint Shasana.

Thrácht sé ar Dhoiciméad a Dó agus gach litir dá bhfuair sé ó de Valera.

> His [de Valera's] demand was, not that Ireland should be a part of the British Commonwealth of Nations with such rights as each Dominion has, whether by the Statute of Westminster or by any other Statute, but that Ireland should be a Sovereign State and should have the same relation to Britain and the Empire as Belgium and Holland have to Germany and Portugal to Spain. He has not changed one iota. . . .
>
> I am glad that the Government have put down their foot. . . . It is a clear demand from which Mr. de Valera has never swerved for one day. He is that type; he will never change right to the end. (Hansard, 1932).

Nuair a chuaigh Teachtaí na Poblachta go Londain sén Gríofach bhí ina Chathaoirleach orthu. Chuireadar fúthu in Hans Place, iad go léir ach an Coileánach. Chuir sé sin faoi in áit eile. Is beag atá le léamh againn anseo faoin margáil a rinneadh ach tá beagáinín den nua ann. Deir an t-údar linn (393) gur dhúirt an Gríofach ' Nach raibh na Sasanaigh " éirimiúil ".' Gitíní eolais den sórt sin táid thar a bheith spéisiúil óir taispeáinid dúinn céard a bhí in intinn an Ghríofaigh agus féadaimid a fháil amach an raibh sé ceart contráilte. Ní raibh Lloyd George ábalta NÁ éirimiúil! Bhí Lloyd George chomh hábalta gur chuir sé an dallach dubh ar Chlemenceau na Fraince, fear a raibh 40,000,000 duine ar a chúl. Bhí sé chomh hábalta go ndearna sé an cleas céanna le Wilson Mheiriceá, fear a raibh 120,000,000 ag seasamh leis agus leath airgid an domhain ina chúl toraic aige.

Bhfuil Churchill éirimiúil ? Ní chaithfinn mo pheann ag freagairt na ceiste. Is mairg don taidhleoir a shílfeadh nach bhfuil.

Is gearr a bhí na comhráití ar bun gur iarr Lloyd George ar an nGríofach agus ar an gCoileánach teacht leis féin ag caint faoi rún. An bhfaighimid amach go deo céard a tharla ansin ? Ní móide go bhfaighe lenár linne, ar aon nós. Is beag a foilsíodh ina thaobh. Ach tá, roinnt. Scaitheamh ina dhiaidh sin tháinig loinnir an áthais in éadan Lloyd

George, do réir mar a dúirt Sir Geoffrey Shakespeare, duine de na fir a bhí ag rúnaíocht dó.

> On October 30, a Sunday night, a private session was held at the house of Winston Churchill. I called for Lloyd George about midnight and motored home with him. He was in an expansive and optimistic mood. 'We have really made progress tonight,' he said, 'for the first time Arthur Griffith and I talked of business upstairs, while downstairs Michael Collins related to Birkenhead his hair-breadth escapes from the police. In the end they became real buddies.' Arthur Griffith, in view of the die-hard vote of censure in Parliament, the following day, had given Lloyd George his personal assurance that if the essential unity of Ireland was recognized they would agree to full participation within the British Commonwealth of Nations and allegiance to the Crown on terms to be discussed, and would also grant naval facilities. . . . Arthur Griffith was to put this assurance in a letter within the next few days. *(Let Candles Be Brought In.* Lch. 83.)

Sháigh an Gríofach a lámh siar i mbéal an mhada ! Sé ba chiall leis an méid sin gur thug Cathaoirleach na dteachtaí Poblachtacha bannaí scríofa go raibh sé féin faoi réir an Phoblacht a chaitheamh in airde, idir ghob, chleite agus sciatháin. Thairg Lloyd George 'seantéarmaí' Sinn Féin dó. Ar chuimhnigh an Gríofach nár ghlac muintir na hÉireann riamh leo ? Sé lá roimhe sin scríobh Uachtarán na Poblachta chuige :

> We are all here at one that there can be no question of asking the Irish people to enter into an agreement which would make them subject to the Crown or demand from them allegiance to the King.

Tamall ina dhiaidh sin thug sé bannaí eile uaidh a bhuanaigh an Teorainn in Éirinn.

> When therefore Sir J. Craig proved intractable on an All-Ireland Parliament, Tom Jones sounded Arthur Griffith as to his attitude to a Boundary Commission, to determine in accordance with the wishes of the population, the frontier line between Northern and Southern Ireland. Arthur Griffith gave his assurance that he would not let Lloyd George down by repudiating him if such an offer were made

> to Sir James Craig. This was such an important statement that the British Government's plan in relation to Northern Ireland was shown by Jones to Griffith. He did not demur to it. Perhaps he did not realize at the time that his seeming acquiescence would preclude him from breaking off the negotiations on the Ulster-issue, as he was subsequently instructed to do by de Valera. This insignificant scrap of paper which Griffith had seen, and not objected to, crumpled and torn and mislaid in one of Lloyd George's pockets, was dramatically produced by him in the last stages of the negotiations and thrown on the table as though it were the ace of trumps (id. 84).

Tar éis na mbannaí sin a thabhairt scríobh sé anall chuig de Valera: 'Ulster has fallen into the pit they had digged for us'.

Mura síníodh ach an Gríofach an Conradh is beag an mhaith a bheadh ann. Is maith a thuig an Sasanach sin agus ba é a bheart greim a fháil ar an gCoileánach. Bhí seisean óg aerach pléascánta. Bhí fuinneamh fathaigh ann agus misneach míle. B'é Samson na hÉireann é. Níor ghéill sé go dtí an pointe deiridh, agus níor dá dheoin sin. 'He looked as if he were about to shoot someone, preferably himself', arsa Churchill.

Ní in aonteach leis na teachtaí eile a chuir sé faoi. Fearacht an Ghríofaigh thoiligh sé dul chun cainte faoi rún leis na Sasanaigh. Ní fada go raibh cosán dearg déanta aige tigh Lady Lavery. Siúd í an *lady* a bhfuil a pictiúr ar ár nótaí airgid. B'aisteoir as Meiriceá í agus ba í an dara bean í a phós Sir John Lavery. D'éirigh an Coileánach thar a bheith mór léi. Dúirt Caoimhín Ó hUiginn i litir (1-9-1922) go raibh sé i ngrá léi. (Féach an litir in *Life of a Painter*.) Deir de Vere White go raibh sise i 'ngrá' leisean. An í an Lady Lavery seo an Delilah a leag an laoch s'againne? Ní thig liom a rá cé go bhfuil a fhios againn go dtáinig sí anall go hÉirinn scaitheamh tar éis an *pact* a rinne de Valera agus an Coileánach. Théadh seisean ar cuairt chuici go minic. (Salthill Hotel, Monkstown). D'fhan sise in Éirinn nó gur cailleadh é. Ní call dúinn bacadh le Ó hUiginn ná le de Vere White ach ní fhéadfaidh staraí ar bith gan an dá chuntas seo a leanas a léamh.

> By many it was believed that had it not been for Hazel [Lady Lavery] there would have been no Treaty, certainly at the time it was signed.
>
> She had given up Erskine Childers as impossible to move, but she had overcome Arthur Griffith's objections. Michael Collins stood firm to the last minute. He seemed to have lost his temper. Even I, whose head was never really out of a paintbox, could see that he who loses his temper in argument is lost, and told him so. I failed to convince him. Eventually after hours of persuasion Hazel prevailed. She took him to Downing Street in her car that last evening and he gave in. (*Life of a Painter*, 213-214.)

Bhíodh an Countess of Fingall sa teach freisin le linn na gcainteanna seo. D'fhág sí tuairiscí ina diaidh. Deir sí :

> She [Lady Lavery] mixed her guests with gallant audacity. Michael Collins used to stay at Cromwell Place [áit chónaithe Hazel] when he went over during the negotiations which preceded the Treaty. He was devoted to Hazel. At her house he and Arthur Griffith met intimately, men like Lord Birkenhead, Winston Churchill and Lord Londonderry and were able to talk things over in a friendly way as they could have done nowhere else. I remember so many interesting lunches and dinners at that house, with usually some important significance behind them. Dinner was often in Sir John's studio upstairs, which made a delightful background. And it can be said truly that the Irish Treaty was framed and almost signed at 5 Cromwell Place. (*Seventy Years Young*, 402.)

12.

Dála an Ghríofaigh bhí gach ní bainte amach aige dá raibh uaidh fiche bliain sular bunaíodh an Phoblacht. Bhí an Rí aige, bhí na Tiarnaí ag fanacht leis i Londain, agus shíl sé go mbeadh na Commons aige sa bhaile. Amach leis chun cainte le fir pháipéir Mheiriceá. Dúirt sé leo go raibh cogadh na seacht gcéad-go-leith bliain thart agus go raibh saoirse na hÉireann bainte amach. Tháinig reacht dásachta air mar a thigeadh ar John Knox os cionn trí chéad bliain roimhe sin. Tháinig oiread gránach aige ar Phoblachtaithe is a bhí ag Knox ar Chaitlicigh. An Pharlaimint a bhunaigh Grattan ní raibh aon Chaitliceach ann. Ní ligfeadh a gcoinsias cead dóibh an mionna a thabhairt. An Pharlaimint a bhunaigh an Treaty bhí mionna ann nach bhféadfadh Poblachtaithe a thabhairt gan a gcreideamh polaitíochta a shéanadh.

Ach cuireadh an Treaty siar orthu dá míle buíochas. Cuireadh i bhfeidhm é le bladar, le bréaga, agus le gunnaí móra Shasana. Briseadh an Phoblacht, réabadh an tír; maraíodh agus loiteadh na mílte. Bhí na Sasanaigh sásta. Bhí an 'triobló id' thart in Éirinn—'with an economy of English lives'.

Anton Chekhov agus a Chuid Scéalta

1.

TAMALL de bhlianta ó shin dúirt scríbhneoir Gaeilge nár dhíol suime Litríocht na Rúise ar an ábhar go mba *Terra Incognita* an Rúis an uair a bhí an tSibhialtacht faoi réim sa chuid eile den Eoraip. Ní nach ionadh bhí mír meacain den fhírinne sa chaint sin. Níor tháinig Litríocht na Rúise i mbláth go dtí an naoú céad déag. Is leis an gcéad sin agus leis an gcéad sin amháin a bhaineas sí óir shearg sí i dtús an chéid seo. Ach ba *Terra Incognita* an Eoraip go léir nó gur dhúisigh an Gréagach agus go ndearna sé a chuid míorúiltí. Thug seisean solas don Rómhánach. Ansin tháinig an tIúdach lena Bhíobla agus idir an triúr acu mhúineadar sibhialtacht don Eoraip go léir. Dhúisigh muintir seo na Meánmhara roinnt ceisteanna agus nuair fhéachas cine lena bhfuascailt deirimid go bhfuil an cine sin ag scríobh litríochta.

Cuid de na ceisteanna sin is ea iad seo a leanas. Cé sinn féin ? Cé as a dtángamar ? Cá bhfuil ár dtriall ? Cén fáth an chointinn agus an choimhlint a chímid nár dtimpeall ó chliabhán go cróchar ? Níor fhéach an Rúiseach leis na ceisteanna sin a fhreagairt go dtí tuairim is aimsir Dhónaill Uí Chonaill ach nuair d'ionsaigh sé fúthu rinne sé iontais. Tá gach gné de shaol agus d'intinn an duine scrúdaithe aige ina chuid drámaí, ina chuid úrscéalta agus ina chuid gearrscéalta. Tá fad agus leithead, airde agus doimhneacht ina shaothar nach bhfacthas ar an saol seo ó aimsir na nGréagach. Ní nach ionadh fiafrófar cé na nótaí atá sa Litríocht seo. Na nótaí atá inti tá siad le léamh agus le clos go soiléir—an té bhfuil cluas air. Tá ceithre cinn díobh go háirithe inti.

(1) *An Chríostaíocht.* Tá creideamh domhain simplí ag dul tríthi. Breathnaigh a liachtaí uair a thiocfas tú ar ainm Dé is na Maighdine Muire i mbéal pearsan, agus an tagairt a nítear d'íomhátha agus do thaisí na naomh. Féach freisin a mhinicí a thiocfas tú ar an bhfocal ' anam ', focal atá imithe as litríocht na tíre is gaire dúinn. Breathnaigh arís an caitheamh atá i ndiaidh Pearsan Chríost ina Dhaonnacht agus ina Dhaonnacht amháin.

(2) *Iompar an duine.* Is féidir a rá gurb é seo an nóta is airde ar fad. Cé mar iomprós mé mé féin, céard is cóir dom a dhéanamh ? An é an ceart atá mé dhéanamh anois ?

(3) *Rian na Talmhaíochta agus na Sclábhaíochta.* Óir sclábhaí a bhí sa Rúiseach ina thír féin agus é faoi ansmacht tiarnaí talún bhí chomh brúidiúil chomh drabhlásach le tiarnaí talún na hÉireann.

(4) *Gan mórán suime sa bpolaitíocht ná sa dlí.* Ní raibh forais pholaiticiúla aige agus is beag cosaint a fuair sé ón dlí.

Ní aireoidh an Gaeilgeoir aon choimhthíos in aon nóta acu seo. Siad nótaí a chuid litríochta féin iad; agus má bhraitheann sé difir ar bith is difir í bhaineas le airde nó le doimhneacht í. Tabharfaidh sé faoi deara freisin go bhfuil na nótaí céanna ar iarraidh i nualitríocht Shasana cé go bhfuil corr-dhuine ar nós Graham Greene ag iarraidh cuid acu a thabhairt ar ais más go tacair féin sin.

2.

Ní nach ionadh tá na nótaí sin ar fad i saothar Anton Chekhov. Ach tá tuilleadh le rá faoin bhfear seo. Ní hé amháin go mba réabhlóidí ar a dhá chois é fearacht gach scríbhneora mhóir ach bhí dearcadh pearsanta aige (' Une manière spéciale de voir de penser et de juger ') agus intinn mhín dhaonna nach bhfeictear in aon duine ach i naomh ar nós San Proinsias. Ba léir dó an bhréag bhí ina thimpeall sa Rúis; ba léir dó freisin an *fhírinne* bhí taobh thiar den bhréig. Línigh sé na céadta pearsa ina chuid scéalta agus ina chuid drámaí—Rúisigh a raibh eolas aige orthu *ex experientia.* Rinne sé sin go domhain daonna agus go heolasach ealaíonta. Á dhéanamh dó thug sé an saol mór isteach sa Rúis ionas go sílfeá nár fhág sé fear ná bean ina dhiaidh ó Rostov go Ros Muc ná ó Luimneach go Leningrad.

Cois Mara Caisp in Taganrog a rugadh é sa bhliain 1860. Serf bhí ina athair i dtús a shaoil ach fán am a rugadh Anton bhí post mar chléireach aige agus é pósta ag inín siopadóra. Triúr dearthóir agus deirfiúr amháin bhí aige. Thóg an t-athair go géar iad, chuireadh sé faitíos Dé iontu, thugadh orthu troscadh fada na hEaglaise Gréagaí dhéanamh agus freastal go féiltiúil ar a seirbhísí fadálacha. Bhí dúil mhór aige i gceol na hEaglaise agus rinne sé cór dá cheathrar mac. Ach chuaigh an géarsmacht seo i gcion ar a chlainn ar bhealach nárbh áin leis. Arsa Anton nuair a tháinig sé in aois fir: 'Nuair chuimhním ar bhlianta m'óige chítear dom gur go crúálach a tóigeadh mé. An t-am a mbímis ag gabháil fhoinn sa Teampall chuireadh sé áthas ar na dearcadóirí agus bhíodh éad acu lem mhuintir. Ach dar linn-ne ní raibh ionainn ach dearg-sclábhaithe'.

Cuireadh ar scoil an pharóiste agus ar scoil an Ghraiméir ina dhiaidh sin é. Ní malrach ró-phiocúil bhí ann agus níor ghasta uaidh ceachtanna fhoghlaim. Bhí sé mall místuamdha; bhí cloigeann mór air agus thugadh a chomrádaithe 'pléascán' agus 'cloigeann tairbh' mar leasainmneacha air. Ach bhí cion acu air mar gheall ar a dhea-chroí agus a bhealach leisciúil. Ina theannta sin d'athraigh sé go mór sular fhág sé an scoil. D'éirigh sé amach ina *ógánach deisbhéalach aigeanta greannúil.* Chuartaíodh sé scéalta spóirtiúla i dtréimhseacháin agus léadh sé iad chomh barrúil chomh haisteach sin go dtagadh lagracha gáirí ar a chomrádaithe. Scríobhadh sé aistí spóirtiúla ar iris na scoile agus corrdhráma grinn.

Ach ní raibh ag éirí lena athair ina ghnó an tráth seo. Dhíol sé a theach agus chuaigh chun cónaithe i Moscó áit a dtug sé a mhuirín ar fad cé is moite d'Anton. Fágadh eisean i dTaganrog lena chuid scolaíochta a chríochnú. Ach ní raibh bonn bán aige agus b'éigin dó a bheatha a shaothrú agus freastal ar Scoil an Ghraiméir san am chéanna. Sé bliana déag a bhí sé agus chruinnigh sé sláimín airgid ag múineadh malrach ab óige ná é féin. Trí bliana chaith sé ar an ordú sin. Ansin (1879) bhain sé Túscrúdú na hOllscoile amach agus chuaigh go Moscó le dochtúireacht a fhoghlaim.

Dhá bhliain ina dhiaidh sin d'ionsaigh sé ag scríobh do pháipéirí grinn. Níor le grá don scríobh sin ach le airgead a dhéanamh dá mhuintir óir bhíodar san ag foirseadh na déirce i gcónaí. Scríobhadh sé ar na hábhair a *d'ordaíodh* na heagarthóirí dhó, ar shuirí chois farraige, ar mháithreacha céilí nó ar ábhar ar bith a thabharfadh siamsa don ghnáthléitheoir agus nach mbeadh go follasach in aghaidh na cinsireachta. Dhá sheomra faoi thalamh an ' teach ' a bhí ag a mhuintir lena linn agus is ansin a dhéanadh sé a chuid oibre. ' Is dona an bhail atá orm ag déanamh mo chuid oibre dom ', ar seisean i litir a scríobh sé an tráth seo. ' Tá mo shaothar *neamhliteartha* os mo chomhair anseo agus mo *choinsias dom chéasadh* dá bharr. Sa seomra is gaire dom tá páistí fear gaoil liom ag scréachaíl. Tá fear muintireach eile liom sínte ar mo leaba agus mé mearaithe aige ag síorchaint ar dhochtúireacht.'

Sa bhliain 1882 fuair sé cuireadh ó eagarthóir páipéir laethúil scríobh dó féin. Ní raibh a pháipéar daorbhasctha. Ba ghaire don Litríocht é ná aon pháipéar eile dár chaidrigh sé roimhe sin. Dúirt an t-eagarthóir leis : ' Meallfaimid na léitheoirí chugainn le baburúntacht agus ansin déanfaimid iad a theagasc le aistí ar fónamh. Léifidh siad an tseafóid agus na haistí maithe i dteannta a chéile.' Chnuasaigh sé roinnt airgid dá mhuintir ar feadh scaithín ag obair don pháipéar seo ach ní raibh ann ach giolla pinn. Ní bhfuair sé cead aon bhlas a scríobh ach an rud ba thoil leis an eagarthóir. Ansin héiríodh as bheith á íoc. Nuair d'iarradh sé a pháigh sé deireadh an t-eagarthóir leis ' nárbh fhearr duit ticéad a ghlacadh uaim agus cuairt a thabhairt ar an amharclainn ? ' nó ' nach dteastaíonn treabhsar nua uait ? Téirigh chuig a leithéid seo de tháilliúir agus tabharfaidh sé ceann duit ach m'ainm a lua.' D'fhaigheadh sé iasachtaí beaga airgid an tráth seo agus chuireadh sé ball acraí i ngeall. ' Céasann an cruas mé ar nós doigh-fhiacail,' adeireadh sé. Ach thug sé na haobha leis agus gheal an saol dó sa bhliain 1884 óir tháinig sé amach ina dhochtúir an bhliain sin.

Bhog sé féin is a mhuintir amach go Voskvessensk, áit a raibh deartháir leis ag múineadh scoile. Bhí saol sásta anseo aige. Thosaigh air ag dochtúireacht, casadh a lán cineálacha daoine air agus fuair sé ábhar cuid mhór scéalta uathu. Is ansiúd a casadh an cipe saighdiúirí air as ar ríomh sé an dráma álainn úd *An Triúr Driofúr*. Sa bhliain 1885 fuair sé litir ó Ghrigorovich agus i measc rudaí eile dúirt an measadóir mór seo. 'Tá fíor-thallann ionat ardaíos os cionn gach scríbhneora den líne nua tú.' Chuaigh an chaint sin i gcion air agus thug air suim cheart a chur ina chuid oibre. Ansin tharla rud ab iontaí ná sin.

Fuair sé litir ó A. S. Souvorin, eagarthóir agus foilsitheoir an *Novoye Vremya*. B'é an páipéar seo ba mhó a léití sa Rúis agus sé ba mhó thábhacht. Ní hamháin sin ach bhí sé i bhfad chun tosaigh i gcúrsaí liteartha ar gach páipéar eile dar chaidrigh Chekhov roimhe seo. Agus os cionn gach ní eile bhí an mhaith seo leis gur thug an t-eagarthóir cead a chinn agus cead a choise dó. Féadfaimid a rá mar sin go dtáinig Anton Chekhov *scríbhneoir ar an saol an lá ar scríobh sé a chéad scéal do Souvorin, Eagarthóir*.

Níorbh fhada anois go raibh oiread airgid aige agus a chuir ar a chumas cuairt a thabhairt ar Leningrad, lár-ionad an tsaoil liteartha sa Rúis. Chuir sé aithne ar an aos liteartha ar fad, ar Mhihailovsky Ouspensky, Lieskov, Korolenko Plefcheyer, agus Polonsky. D'fháiltigh na fathaigh liteartha seo roimhe go lúcháireach. Scríobh sé litir chuig a dheartháir. 'Airím mar a bheinn sna Flaithis. Tá oiread daoine gnaíúil eagnaí anseo gur deacair rogha bhaint astu.' Neartaigh an chuairt seo ar Leningrad a mhuinín as féin. Scríobh sé leis ar a bhionda. D'fhoilsigh sé leabhrán scéalta agus mhol na measadóirí maithe go mór é. An míosachán ba mhó agus ba thábhachtaí sa tír d'fhoilsigh sé 'An Steppe' agus ní fada go raibh eagarthóirí gach tréimhseachán ag iarraidh scéalta air. Ansin d'fhoilsigh sé leabhar nua *Daoine Gruamtha* agus bronnadh *Duais Phúiscín* air, onóir an-mhór ar fad.

Bhí sé in airde lán a réime feasta. Ní mórán airgid a shaothraíodh sé agus bhí a easpa ag fearadh air i gcónaí ach bhí misneach aige agus d'athraigh sé a intinn i dtaobh

Anton Chekhov

a chuid oibre. ' Roimhe seo ', ar seisean, ' scríobhainn mar chasfadh éan a chuid ceoil. Shuínn síos agus thosaínn ag scríobh. Ní chuimhneoinn ar ábhar ná ar mhodh oibre. Ba gheall le lao óg mé a ligfí amach i bpáirc fhairsing : phreabainn agus léiminn agus chraithinn mo chosa.' As seo amach ba chúis áthais agus ba chúis chéasta dhó a chuid scríbhneoireachta.

' Trí sheachtain a chaitheas ag fáisceadh an scéil seo amach asam féin,' ar seisean. ' Thosaíos air cúig uaire agus shíogas amach chomh minic céanna é. Scríobhaim go mall agus bím scaití fada gan aon bhlas a scríobh.' D'oibrigh sé go cruaidh agus go coinsiasach agus in éineacht lena shaothar liteartha níodh sé a chuid dochtúireachta. Bhí a shliocht air. Tholg sé an eitinn agus sí chriog as a dheireadh é. Is maith a bhí a fhios aige nach saol fada bhí i ndán dó ach chuireadh sé parúl ar a dhearthár gan aon lide thabhairt dá mháthair faoi.

Sa bhliain 1895 scríobh sé dráma cumasach—*An Faoileán.* Léiríodh i Leningrad é agus bhí céadscoth na n-aisteoirí ina bhun ach níor thuig na dearcadóirí é. Greann a bhí uathu agus nuair nár thug sé dóibh é dúradh gur loic sé mar dhrámadóir ! Bhí sé féin i láthair le linn a léirithe. ' Má mhairim seacht gcéad blian ní scríobhfad aon dráma arís,' ar seisean. Ach scaitheamh blianta ina dhiaidh sin léiríodh an dráma i Moscó agus moladh go haer é, agus ní nach ionadh rinne Chekhov dearmad dá ghealladh.

Sa bhliain 1901 phós sé aisteoir mná as Moscó, Olga Knipper. Scríobh sé an *Silínghort* sa bhliain 1903 agus léiríodh cothrom lae a bheirthe é. Ach bhí an eitinn ag crinneadh an chroí ann i gcónaí, agus hordaíodh dó dul thar lear i samhradh na bliana 1904. Thug sé aghaidh ar Bhadenwieler sa Ghearmáin agus shíl sé ar feadh tamaill go raibh biseach i ndán dó. Ach ní raibh. Cailleadh é i lár an tsamhraidh. Bhí sé ceithre bliana is dhá fhichead d'aois.

Bhí os cionn trí chéad go leith scéal scríofa aige, aon dráma dhéag agus leabhar ar phríosúnaigh oileáin Shagalien. Scaitheamh i ndiaidh a bháis cruinníodh a chuid litreach. Tá sé imleabhar díobh ar fáil.

3.

Is gearr giortach an cuntas é sin ar shaol Chekhov ach dá gcuirinn a sheacht n-oiread leis ní thabharfadh sé léargas do dhuine ar intinn ná ar dhearcadh an té chímid taobh thiar de na scéalta agus de na drámaí. Ina chuid litreacha sea chímid an fear dáiríre óir is chuig a chairde a scríobh sé iad agus ní raibh aon cheapadh aige riamh go gcuirfí cló orthu. Ach an oiread le formhór a chomhthíoracha fáisceadh amach as an sclábhaíocht é agus ní raibh ina thimpeall ach an sclábhaíocht, ach scar seisean leis an ngalar ró-choitianta sin agus mar deir sé linn rinne ' fear de féin '. Ag tagairt dó sin a bhí sé nuair a scríobh sé chuig a chara (Souvorin).

> Scríobh scéal faoi ógfhear a rugadh ina sherf, a bhí ag freastal i siopa, a bhí ag casadh ceoil i gcór eaglaise, ar múineadh dó ómós a bheith aige do chuile dhuine ab aoirde post ná é, a mb'éigin dó lámha sagart a phógadh agus bheith buíoch faoi gach bruscar aráin a thugtaí dhó . . . a lasctaí go minic le fuip, a throideadh coitianta agus a chéasadh beithígh, a bhí ina shlíomadóir i bhfianaise Dé agus daoine. . . . Inis mar d'fháisc an t-ógfhear seo an sclábhaíocht as féin, deor i ndiaidh deoir agus gur dhúisigh sé maidin aoibhinn amháin agus a fhios aige nach sclábhaí bhí ann feasta ach fear.

Insíonn sé ansin cé mar mhúnlaigh sé é féin, cé mar rinne sé fear de féin, fear nach raibh faitíos ar bith air *roimhe féin* ná roimh an saol mór. Ba mhinic leis a bheith ag caint faoi shaoirse ach ' saoirse ón *láimhláidir* agus ón *mbréig* ' a chiallaigh an focal sin dó. Scríobh sé litir chuig a dheartháir, Mícheál (fear a bhí ina scríbhneoir), agus dúirt sé tuilleadh faoin bpointe seo agus faoi nithe eile. Is amhlaidh a bhí an deartháir clamhsánach drisíneach agus deireadh sé ' nach dtuigfeadh aon duine é ! '

> Sé locht atá ortsa a dheartháir nach bhfuil aon oideachas ort.
>
> (1) An té a bhfuil oideachas air tá sé caonfhulanach, múinte, géilliúil. Ní tharnaíonn sé achrann faoi chasúr ná faoi pheann a chuaigh amú. Ní abróidh sé choíche. ' Ní fhéadfadh aon duine cónaí in aon teach leatsa.'

(2) Tá trua aige ní hé amháin do lucht déirce agus do chait ach dá ghaolta agus dá chomharsana chomh maith, agus goilleann nithe air nach léir don tsúil. Ligeann sé codladh na hoíche amú ionas go n-íocfaidh sé as scolaíocht a dhearthár agus go gceannaí sé éadach dá mháthair.

(3) Tá meas aige ar mhaoin na comharsan agus dá bhrí sin íocann sé a chuid fiacha.

(4) Tá sé glan ina chroí agus tá oiread faitís air roimh an mbréig is tá aige roimh an dó. An té chloiseas bréag is masla dó í agus an té chumas í íslíonn sí in fhianaise féin é.

(5) Ní dhéanann sé díshreoilliú air féin le trua dhúiseacht i ndaoine eile. Ní abraíonn sé ' ní tuigtear mo bhealach ,' óir tá a fhios aige gur bréagach agus gur garbh an chaint í.

(6) Ní fear baoisiúil é. Má tá aithne aige ar dhaoine céimiúla ní chloisfir aon fhocal uaidh ina thaobh. Gáire níos sé faoin bhfocal seo. ' Is fear páipéir nuachta mé ', agus ní húdar gaisce leis go bhfuil cead aige dul in áiteanna atá crosta ar dhaoine eile.

(7) Má tá tallann ann tá meas aige air agus fanfaidh sé leis féin i bhfad i bhfad ón slua. Tá sé gaisciúil as a thallann agus fágfaidh sé na mná agus an t-ól agus an bhaois de leataobh ar a shon. Más leat oideachas a chur ort féin ná síl is ná ceap gur leor duit na *Pickwick Papers* a léamh ná monológ as Faust. Ní mór duit síorobair a dhéanamh de ló agus d'oíche, síorléitheoireacht agus síorstaidéar. . . .

An méid úd a d'iarr sé ar a dhearthháir a dhéanamh bhí sé déanta aige féin i bhfad roimhe sin. Ní heol dom scríbhneoir is mó a fuair smacht air féin ná Chekhov ná is fearr a chaith lena chomharsana. Níl aon scríbhneoir is airde a raibh meas aige ar phearsantacht an duine ná é. Agus níor mhiste leis cén sórt duine bheadh ann, gadaí capall, scobaid de chailín, easpag nó ollamh ollscoile, bhí an meas céanna aige orthu go léir óir is é an nádúr daonna céanna a chonaic iontu go léir. Deirtí á cháineadh, nár scríobh sé faoi aon duine ach faoin té nár éirigh an saol leis. Sé féin is feidhmiúla a d'fhreagair an cáineadh sin i litir a scríobh sé chuig Souvorin, eagarthóir. Is amhlaidh a cáineadh é faoin scéal álainn úd 'Oíche na hAiséirí'. Faoi mhanach a chónaigh sa Rúis atá an scéal úd. Fear a bhí ann a chumadh dánta áille diadha ach ní raibh tuiscint ag na manaigh eile ar fhilíocht ná aon mheas acu air féin.

> Deir Merezhkovsky [measadóir] gur fear é an manach nár éirigh an saol leis. Cén chaoi ar loic sé ? Go dtuga dhúinn ar fad ár saol a chaitheamh chomh maith leis. Chreid sé i nDia; shaothraigh sé a bheatha; bhí sé in ann dánta chumadh. Má dhealaíonn tú daoine ó chéile do réir mar d'éirigh leo sa saol nó nár éirigh is caol cúng é do bhreithiúnas ar nádúr an duine . . . ar éirigh leat-sa sa saol nó nár éirigh ? Ar éirigh liomsa. Céard faoi Napoleon ? Ar éirigh leis-sean ? Cár fhág tú do bhuitléar ? Agus cén tslat tomhais atá ann leis na nithe seo a mheas ? Níor mhór duit a bheith ar chomhchéim le Dia mór na Glóire féin go n-inseofá cé leis ar éirigh agus cé hé a loic.

Níl aon 'fhir láidre' aige ina dhrámaí ná ina chuid scéalta. Ach cad is fear láidir ann ? Bhfuil a leithéid ar an saol nó an raibh riamh ? Bhfuil fear ar bith láidir nuair a mheasann sé é féin *sub specie eternitatus* ? Bhí a chosúlacht ar Lord Craigavon go mba fhear láidir é. An rud a theastaigh uaidh fuair sé é. Bhí slua póilí armtha ina thimpeall agus arm Impireacht Shasana ar a chúl. Bhunaigh sé Stormont agus deireadh sé go dúshlánach nach ngéillfeadh sé fiú orlach. Ach ní raibh sé ach ag aisteoireacht. Thuig sé ina chroí go dtitfeadh a ríocht as a chéile agus nach mbeadh san oileán seo fós ach aon Rialtas amháin. Siúd é a d'admhaigh dá chara an Dúgánach (*vide Sunday Independent*) nuair a dúirt sé: 'Ní bheidh an tír seo ina dhá leath i gcónaí '. Dá mbeadh Chekhov ag scríobh fán bhfear seo d'fhágfadh sé an buailimsciath ina dhiaidh agus thosódh sé leis an gcaint a chaith Craigavon leis an Dúgánach, óir thuigfeadh sé gur nocht an chaint sin rún an Tiarna, agus laige an Tiarna.

Ní raibh aon luí aige le Uhermensh Neitzsche agus ba ghráin leis an *Intelligentia* a chonaic sé san Fhrainc agus sa Rúis. Dúirt sé focal an-ghéar faoi na scríbhneoirí a ghéilleadh don aicme sin.

> An gcuireann na húdair sin faoi ndeara do dhaoine iad féin a leasú ? Ní chuireann, ach cuidíonn siad leis an diabhal na míolta críonna is Intleachtóirí a ghiniúnt agus truaillíonn siad an Fhrainc agus an Rúis. Is dream spadánta leisciúil fuaránta iad an Intelligentia—nach bhfuil aon ghrá acu dá dtír, atá ag síorchlamhsán agus a shéanas chuile shórt. Is fusa do dhuine leisciúil rud a shéanadh ná rud a dhearbhú.

> . . . Daoine nach gcreideann i nDia ach a bhfuil faitíos orthu roimh orthaí agus roimh an diabhal cá bhfaighidís iontu féin bheith ag caint i dtaobh cirt is córa? Níl aon údar sa Ghearmáin ar nós Bourget ná Tosloy agus tá an t-ádh uirthi dá bhíthin. Tá eolaíocht sa Ghearmáin agus grá don Dúchas agus taidhleoirí ar fónamh. Buailfidh sí an Fhrainc go fóill agus siad údair na Fraince na cúntóirí bheas aici.
>
> Ní ghéillim don Intelligentia. Is cluanaithe fallsa leisciúla iad agus droch-thabhairt suas orthu. Níl aon mhuinín agam astu le linn dóibh bheith ag fulaingt; siad féin a chéasas a chéile. As daoine iontu féin atá mo mhuinín. Is orthu sin atá mo sheasamh pé acu den Intellegentia nó den tuaith iad. Siad a shlánós an saol ar fad, óir dá luíod iad tá neart iontu.

Agus níor chuir an mheánaicme aon spleodar air ach an oiread. Sé is fealsúnacht dóibh, dar leis:

> Bí dílis dod mhnaoi, léigh paidreacha as aon-leabhar urnaithe léi, cuir airgead do phóca, bíodh luí agat le siamsaí. Má dhéanann tú an méid sin beidh tú ar fheabhas sa saol seo agus sa saol atá le teacht. Is maith leis an meánaicme úrscéalta ina bhfuil saol sásta i ndán do na pearsana óir tugann sin suaimhneas intinne dóibh agus cuireann sé ina luí orthu go bhféadfaidh siad na mílte punt a dhéanamh agus bheith beannaithe lena linn, go bhféadfaidh siad bheith ina mbeithígh agus ciúnas coinsiasa bheith acu.

Ach ní fear duairc ná gruama bhí ann mar deir na Sasanaigh. Fear suairc ab ea é a raibh dóchas mór aige as an gcine daonna agus as an bhfeabhas a shíl sé a thiocfadh orthu. Níl aon bhlas dá bhfaigheadh an eolaíocht amach nach gcuireadh cluaisíní croí air agus is cuimhin linn ar fad an chaint a chaith an Coirnéil Verslinin sa dráma úd *Na Driothúiracha*:

> Chítear dom go n-athróidh an saol ar fad i leabaidh a chéile agus go bhfuil gach ní ag athrú anois féin faoinár súile. Faoi cheann dhá chéad blian nó trí nó faoi cheann míle blian beidh saol álainn aoibhinn ann, ní fheicfidh sinne é. Ach má oibríonn muid linn agus go fiú is má chéasann muid an saol linn anois tá sé dearfa go dtiocfaidh sé. Sinne a chruthós é. Siúd é is cinniúnt dúinn agus siúd é thiúrfas sonas agus sástacht dúinn. . . .

agus níorbh annamh leis an toideam seo a scríobh : *Futura sunt in manibus Deorum.*

Dúirt sé i litir eile go raibh na coirthe móra ag dul ar gcúl sa Rúis—marú, drúis agus robáil—agus gur chorr-uair a samhlaíodh aon cheann acu leis an aos scríofa ná leis an aos múinteoireachta. Tá na litreacha seo lán le daonnacht, le cneastacht agus le cineáltas, agus nochtann siad fear a scríofa chomh lom sin gur fiú iad a léamh arís agus arís eile. Níl fúm dul trí mhórán eile acu anseo ach chítear dom go mba mhaith le léitheoirí a chlos céard dúirt sé fán measadóireacht, faoin scríbhneoireacht, agus faoi chinsireacht.

Facthas dó go mba cheart don scríbhneoir ionsaí fán saol mór ar fad agus gan aon ghné de a fhágáil ina dhiaidh dá bhfeileadh sin dó. Ach scríbhneoir fíorghlan bhí ann féin nár tháinig focal *gársúlach óna pheann ar feadh a shaoil.* Agus ní hé amháin sin ach dúirt sé de ghlanbhéarla go raibh oibliogáid ar scríbhneoirí géilleadh do chomhnósanna an tsaoil agus ' mar rud amháin *ní ceadúch dóibh caint mhíbhanúil a scríobh* '. Dúirt sé cuid mhaith eile a thaispeáineas cén machnamh a bhí déanta aige ar an bhfadhb seo a bhaineas codladh na hoíche de gach scríbhneoir :

> Tá daoine ar an saol a dtruaillíonn leabhra páistí iad ach bainid pléisiúr ar leith as na giotaí gnéasacha atá sa Bhíobla. Ar an taobh eile tá daoine ann agus dá mhéid a chíd de shalachar an tsaoil is amhlaidh is glaine iad. Níl cáil na mí-mhoráltachta ar dhochtúirí ná ar dhlíodóirí ná ar lucht nuachtán cé gur domhain é a n-eolas ar pheacaí an duine. Is iondúil gur morálta scríbhneoir réadúil ná Ard-Mhandrite.
>
> Is fíor go bhfuil an saol foilcithe le scaibhtéirí—idir fhir agus mhná. Tá nádúr an duine truaillithe agus b'aisteach an rud é mura mbeadh le fáil inár measc ach dea-dhaoine. Ach mura ndéanaidh tú ach na ' Péarlaí ' bhaint as an gcarnán mór scaibhtéarachta tabharfaidh tú cúl leis an litríocht féin. Deir muid go bhfuil an chumraíocht ealaíonach óir líníonn sí an saol mar tá sé. Sé is aidhm di an fhírinne go glan agus go ginearálta. Má chaolaíonn tú a cúrsa agus a rá léi gan aon bhlas a thabhairt léi ach na péarlaí bhí sé chomh maith duit a rá le péintéir crann a phéinteáil agus gan aon aird a thabhairt ar a choirt shalach ná ar a bhilleoga buí. Admhaím gur breá an ní péarla, ach ansin

> ní siopadóir milseán é an scríbhneoir ná fear siamsa. Is duine é atá faoi mhargadh ag a dhualgas agus ag a choinsias. Ó bhéarfas sé ar an téad níl cead aige a rá nach cumas dó tarraingt: agus cuma cé mar ghoillfeas sé air caithfidh sé a shamhlaíocht a shalú le mí-ghlaine an tsaoil. Céard déarfá le fear páipéir nach scríobhfadh ach faoi ardmhaorthaí cneasta agus mná uaisle ardaigeanta?
>
> Ní neamhghlan leis an gceimiceoir rud ar bith dá bhfeiceann sé. Caithfidh an scríbhneoir bheith chomh cuspóireach leis. Caithfidh sé a chuid scrupall a theilgean uaidh agus a thuiscint go bhfuil cairn aoiligh sna páirceanna agus ainmhianta sa duine.

Facthas dó go mba chóir don scríbhneoir a dhá chois a chur i dtaca ina dhúiche féin agus an té nach raibh suim aige sa saol nach bhféadfadh sé scríobh: ' An té nach bhfuil dúil aige i dtada, nach bhfuil súil aige le tada agus nach eagal dó rud ar bith ní féidir leis bheith ina ealaíonach '.

I gcúrsaí meastóireachta bhí tuairimí dearfacha tréana aige. Theastaigh an mheastóireacht, bhí géarchall léi, cailleadh a lán lán dá foireasa, ach bhí cleabhair chapaill sa tír i riocht measadóirí! Measadóir cothrom bhí ann féin agus is domhain an breithiúnas a thug sé ar úrscéalta a linne. Deir sé:

> Amannta buaileann droch-mhisneach mé? Cé dó bhfuilim ag scríobh? Don phobal? Ach ní fheicim an pobal agus ní mó a ghéillim do thaibhsí ná dóibh; níl aon tógáil orthu, níl aon oideachas acu, agus tá an chuid is fearr díobh mí-chothrom neamhfhírinneach chomh fada is théas an scríbhneoir. An dteastaím féin ón bpobal nó nach dteastaíonn? Níl fhios agam. Deir Burenin [measadóir bhí chomh dall le liabóig leabhair] nach dteastaíonn mo chuid oibre ón bpobal agus go bhfuilim dom ídiú féin le nithe fánacha, ach ansin bronnann an tAcadamh Duais Phúiscín orm. Ní fhéadfadh an diabhal féin bun ná barr a dhéanamh de sin. . . . Ar cheart dom scríobh le airgead a dhéanamh? Ach ní raibh airgead agam riamh agus níl suim soip agam ann. Molann an saol mór ' An Daol ' go haer ach ní fhaca aon duine ach Griogorich [measadóir ar fónamh] an tuarascáil atá ann ar chéad-shneachta na bliana. Dá mbeadh fíormheasadóireacht againn bheadh fhios agamsa go raibh eolas le fáil uaim—agus is cuma anois é bheith go cruinn nó gan a bheith—ag an té níos staidéar ar an saol. Go bhfuilim chomh riachtanach dó is tá na réalta don réalteolaí. Ansin

> dhéanfainn mo sheacht ndícheall agus bheadh fhios agam cén fáth a rabhas ag caitheamh mo dhúthrachta. Ach do réir mar atá an saol faoi láthair caithfidh mé féin agus an chuid eile de na scríbhneoirí drámaí agus scéalta a scríobh le sásamh thabhairt dúinn féin. B'fhéidir nach bhfuil locht air sin ach céard a tharlós ina dhiaidh. . . .
>
> Is iomaí sin cine agus creideamh agus teanga agus sibhialtacht a ligeadh i mbáthadh tharla nach raibh stairithe ná croiniceoirí ann lena seanchas a ríomh. Ar an gcaoi chéanna cheanann cailltear an domhan saothar liteartha os comhair ár dhá súl ceal measadóireacht cheart bheith sa tír. B'fhéidir go ndéarfá gur beag is féidir leis an measadóireacht a dhéanamh i ngeall ar shaothar na linne seo bheith lag suarach; ach is cúng agus is caol an dearcadh é sin. Déanann gach cineál scríbhneora a scrúdú féin ar an saol.

Agus bhí tuairimí daingne ciallmhara aige i dtaobh chinsireacht na litríochta :

> Níl sé ionrásta ag póilí ar bith breithiúnas a thabhairt ar litríocht. Admhaím nach ndéanfadh sé cúis an tsrian ná an fhuip a chur de leataobh mar snámhann na gleacaithe isteach sa litríocht féin; ach cuma céard dhéanfas tú ní bhfaighidh tú póilí ar bith is fearr ná an mheasadóireacht agus coinsias an údair féin. Tá daoine ag ceapadh córais chinsireachta leo ó cruthaíodh an domhan ach níor thángadar fós ar aon chóras is fearr ná an ceann sin thuas.

Dá mhéid a léimid de na litreacha seo is ea is mó chímid cén dearcadh bhí ag Chekhov, cén machnamh a bhí déanta aige ar an saol agus ar obair an scríbhneora. Chímid freisin cén chomhbhá a bhí aige le gach sórt duine, go raibh *sensibility* neamhchoitianta ann agus pearsantacht tréan láidir. Chímid cén ghráin a bhí aige ar an mbréig agus ar an gcur i gcéill agus ar na cluichíní beaga scríbhneoirí a sheasfas le chéile ag síormholadh a chéile. Is fear gan aon bhaois bhí ann; sheachain sé an slua agus ní raibh aird aige ar bhéal na ndaoine. Sular cailleadh é ba leithne ná spéir na Rúise a chlú agus léadh íseal agus uasal a chuid scéalta. Sheasadh daoine sa tsráid le lán a súl a bhaint as. Ach ní dheachaigh an méid sin sa cheann aige. 'Mar luífead liom féin go huaigneach san uaigh, cónaím liom féin i bhfad ón slua,' ar seisean.

4.

Cé air ar scríobh sé ? Céard iad na téamaí a bhí aige ? Toghann scríbhneoir a chuid téamaí do réir a dhearcaidh, do réir imeachta a chroí agus a intleachta. Is eol dúinn óna litreacha go mba duine mín daonna é, go raibh leagan amach cothrom aige agus go raibh an ghráin aige ar an ngalamaisíocht agus ar an gcur i gcéill. Bhí a theoiricí féin aige ach ina chás seisean b'ionann teoiric agus gníomh. Scríobh sé ar na daoine a casadh dó, ar na daoine a chonaic sé, agus ar an saol a bhí ina thimpeall. Tá gach sórt cineál daoine ina chuid scéalta, tuathánaigh, uaisle, bacaigh, easpaig, múinteoirí, dochtúirí, eolaithe, mná stuamtha, éagbháis, státseirbhísigh, póilithe, tiománaithe carr, agus cineálacha nach iad. Aithníonn tú orthu gur tarraingíodh te bruite as an saol iad, chítear duit go bhfuil aithne agat orthu, go bhfaca tú iad, go gcuala tú ag caint iad, gur comharsana duit iad, cé go bhfuil a fhios agat nach í do theanga a labhradar agus go raibh cónaí orthu dhá mhíle míle uait i ndeisceart na Rúise.

Agus ní theastaíonn fianaise mhuintir a linne uainn le fios a bheith againn go mba daoine beo a línigh sé. Is eol dúinn óna dhearthár gur bagraíodh an dlí air faoin ' Dreolán Teaspaigh ', scéal álainn faoi fhéileacán de mhnaoi óg phósta a mheileadh a cuid ama ag cuartú *geniuses* agus a thug faillí ina fear féin dá bharr cé go raibh meas mór aici air. Rinne sí a haimhleas féin agus níor léir di go raibh sé ag fáil bháis go mb'eisean an *genius* ba mhó dá raibh suas lena linn! D'inis sé thrí bhéal phearsan i ndráma leis céard ab áil leis scríobh.

> Is áil liom an t-uisce seo, na crainn seo agus an spéir seo. Ach ní péintéir tíre amháin mé. Is saoránach freisin mé. Tá grá agam dom thír agus do na daoine agus mothaím, ós scríbhneoir mé go gcaithfidh mé labhairt ar na daoine, ar a mhéid a ngoilleann an saol orthu agus ar an gcinniúint atá i ndán dóibh. Ní mór dom labhairt ar an eolaíocht, ar cheart an duine agus mar sin de agus mar sin de.

Scríobh sé na céadta scéalta is chruthaigh sé na mílte pearsa; mar sin féin ní deacair a lán lán acu a thabhairt chun cruinnis mar greamaíonn siad don aigne mar ghreamaíos an bhairneach don charraig, an té léas mar is cóir iad. Ar ghnáth-chúrsaí an tsaoil a scríobh sé. Scéal mar sin is ea ' Daoine ar fónamh '. Fear óg as Moscó a chuaigh amach faoin tír ag seilbhéireacht, casadh isteach i dteach geanúil sa tuaith é, chuir muintir an tí cóir bhreá air ar feadh roinnt laethanta. Seanfhear agus cailín óg agus a lucht aimsire sea bhí ann. D'imigh an fear óg le titim na hoíche agus é go buíoch beannachtach do mhuintir an tí faoina gcórtas. Thíolaic an cailín óg é cuid den bhealach. Ag siúl dóibh le chéile labhair sé go gleoite léi faoi aoibhneas shaol na tuaithe agus faoi gheanúlacht na ndaoine. Thug an cailín cluas ghéar dó ar feadh i bhfad ach níor dhúirt sí ' sea ' ná ' ní hea '. Ansin thosaigh sí féin ag caint agus chuir sí iontas an tsaoil air. D'inis sí dó go raibh grá céasta aici dó ón gcéad uair a chonaic sí é. D'inis sí sin de ghlór chorraitheach agus dúirt go rachadh sí leis in áit ar bith fán saol. Ach níor thuig an fear óg í. Níor theagmhaigh an grá leis riamh. Báite ina chuid leabhar a chaith sé a shaol. Ghlac fearg an cailín óg agus d'fhill sí go tobann ar a teach. Bhí an oíche ann. Bhí an fear óg ina bhambairne. Céard a dhéanfadh sé ? D'fhill sé ar a teach sise. Bhí an ghealach ina suí. Bhí solas ina seomra sise. Dhearc sé, ar an teach, ar an ngealaigh, ar an solas agus d'imigh leis. Sin a bhfuil sa scéal ?

Ansin tá scéal an easpaig againn. Bhí na blianta caite aige thar lear agus bhí sé tar éis a theacht abhaile. Is í an tSeachtain Mhór a bhí ann agus bhí seisean istigh in Ard-Eaglais ag roinnt phailme ar na fíréin. Bhuail tuirse agus tinneas é agus lagaigh radharc a shúl. Ansin, shíl sé go bhfaca sé a mháthair sa slua ag teacht chun na haltórach agus gan fáth gan údar tháinig an deor leis. Chuaigh sé abhaile tráthnóna deireanach ina chóiste. Tháinig a mháthair ar cuairt aige ar maidin—óir is í a bhí ann. Bhí fáilte an domhain aige roimpi ach bhí coimhthíos aici-sin leis. Bhí sí dallta ag an réim Eaglasta ba leis. Ní raibh inti ach sean-bhean tuaithe. Chinn uirthi labhairt leis mar mháthair. Bhí seisean tinn go maith. Bhí uaidh go labhródh a mháthair go nádúrtha leis agus go ndéanfadh sí dearmad dá chéimíocht ach chinn air í a bhogadh. Ansin fuair sé bás agus phléasc a grá máthartha amach. Bhí sé mall ansin.

Scéal álainn eile sea ' Oíche na hAiséirí '. Manach fileata atá i gceist. Níodh sé dánta áille diaga ach ní raibh aon mheas ar a chuid oibre ag na manaigh eile ná aon tuiscint acu uirthi. Rachadh a chuid oibre ar fad amú murach go raibh fear amháin sa mhainistir a thuig an file, a ghráigh é agus a mheabhraigh a chuid dánta. Bádóir a bhí sa mhanach seo agus is é thugadh iomlucht do dhaoine thar abhainn a bhí ag sní síos thar an mainistir. Eisean a d'inis an scéal. Ach déarfaidh tú ' cá'l an scéal ? '

Ceann eile fós is ea ' Bean an Ghadhair '. Bean phósta ab ea í a tháinig go baile cuain le saoire a chaitheamh ann agus gan de chomhluadar aici ach gadhar. Casadh fear pósta eile uirthi agus d'éirigh siad fíormhór le chéile. Ar imeacht abhaile dóibh bhí siad ag cur beartanna ina suí le teacht le chéile arís i ngan fhios dá ngaolta. Sin a bhfuil sa scéal.

5.

Fiafróidh tú dhíom cá bhfuil an scéal ? Cá bhfuil an tsnaidhm nó an gníomh ? Cá bhfuil na heachtraí ? Cá bhfuil an gheit a bhaineadh na Francaigh díot i ndeireadh a gcuid scéalta ? Bhfuil tada sna scéalta sin ach an chodarsnacht a chítear ins gach brainse den ealaín ? Ach má cheistíonn tú mar sin mé caithfidh mise a thuilleadh a admháil. Ní hé amháin nach bhfuil aon snaidhm sa scéal do réir mar tuigeadh an focal sin roimh aimsir Chekhov ach rud is aistí ná sin ní bhogann na pearsana den stáitse ar a mbíd. Ní dhéanann siad tada. Arís agus arís eile nuair a fhiafraítear díobh cé mar chaitheadar an lá sé deir siad : ' Ag caint is ag comhrá is ag ól tae '. Agus ní hé sin amháin ach suífidh siad síos agus aistreoidh Chekhov a suíomh ó phearsa go pearsa díobh do réir mar a fheileas sin dó féin. Fágann sé sin go léir go gcaithfimid scrúdú beag a dhéanamh ar theicníc an fhir seo.

Ba mhinic le scríbhneoir ar fónamh foirm nua liteartha a chumadh ach ba mhinicí ná sin a d'athraíodh sé foirm a bhí ann roimhe le freastal ar a riachtanais féin. Is amhlaidh a rinne file éigin in Éirinn i ndeireadh an tseachtú céad déag. Is amhlaidh a rinne Shakespeare leis an dráma agus leis an soinéad. Is amhlaidh a rinne Racine leis an dráma Francach. D'athraigh sé a dheilbh ar mhaithe lena chuid oibre féin. Cuimhníonn muid cé dúirt Corneille nuair a chonaic sé dráma leis an bhfear óg úd á léiriú. Ní dhearna sé tada ach na guaillí a chraitheadh agus miongháire a dhéanamh mar déarfadh sé *C'est magnifique mais c'est pas la guerre*. Ach rinne Racine an rud a d'fheil dó féin. Chuaigh sé glan díreach in aghaidh an Fhathaigh (Corneille) agus deir na Francaigh gurb é an dramadóir is mó bhí riamh ann agus Shakespeare Shasana a chur leis. Níl míniú ar bith air sin ach go bhfeileann a chuid foirmeacha féin do gach aois agus siúd é bhí i gceist ag Zola nuair a dúirt sé '*Dans la littérature il faut toujours tuer votre pére*'. Siúd é an beart a rinne Anton Chekhov. D'athraigh sé snaidhm (gníomh) an ghearrscéil bun barr agus rinne ionstruim dó a d'fhreastail ar a ghéarmhothaíocht féin. Ní bhfaighidh tú 'snaidhm na n-eachtraí' in aon ghearrscéal leis agus siúd é is ciall d' '*action*' an Fhrancaigh. Níl 'action' in aon scéal le Chekhov.

Agus tá fáth leis sin. Thuig Chekhov nár tharla an fichiú cuid de na 'sean-snadhmana' nach raibh iontu ach rudaí saorga dá fheabhas an comhthéacs théann leo. Ní raibh iontu ach fráma ina ndéanadh scríbhneoir a chuid oibre. Dar leis, níorbh fhiú tada an tsnaidhm nach dtiocfadh caol díreach amach as saol an duine. Is amhlaidh a rinne sé aon ní amháin den tsnaidhm agus den chomhthéacs. D'fhigh sé ina chéile go caolchúiseach agus go hiomlán iad. Tá snáithe na snaidhme chomh caol chomh tanaí nach bhfuil ann ach scáile na Snadhmana Francacha. Ach tá sí chomh fírinneach gur léir duit ar an bpointe gur cuid den saol í. Cuimhnigh air sin ag léamh scéil ar bith dá chuid duit—'Ríocht na Mná' cuirim i gcás.

Banoighre a bhí sa mhnaoi seo a raibh fuil tuathánach inti agus tabhairt suas maith uirthi. Chuir sí aithne ar fhear ceannais i monarchain léi agus faoi cheann scaithimh shantaigh sí é phósadh. Lá Nollag agus í go breá sásta léi féin bhuail sí isteach i gcistin a tí féin, áit a raibh slua mór súdairí agus cosmhuintir—ba mhná ar fad iad idir óg agus aosta. Ní fada a bhí sí ann gur lig bean éigin acu sáiteán léi faoin bhfear ceannais agus d'admhaigh sise go spleodrach dóibh go raibh fúithi é a phósadh. Agus ní hé amháin sin ach d'iarr sí ar bhean acu cuidiú léi san iarracht. Ar dhul suas an staighre di ansin shuigh sí ar chathaoir an phianó agus sheinn léi agus chas amhráin.

Ansin shiúil an ceolán ba bhuitléar di isteach sa seomra lena cuid tae agus straois ó chluais go cluais air. D'fhiafraigh sí de cad chuige an ealaín sin.

'Tharla,' ar seisean, 'go bhfuil fút an fear ceannais a phósadh.' Dhearc sise go tobann air. 'Agus cén fáth . . . ?', ar sise. Ar seisean : 'Ba mhór an spóirt é bheith ina shuí ag an mbord in éineacht leis an huaisle a bhí ar dinnéar anseo anocht. Ar ndó, níl a fhios aige le scian ná le gabhlóg a láimhsiú mar is ceart.'

Dhúisigh sise ar an toirt. Rinne sprúáin bheaga dá haisling. Ba léir di go mba scéal cráite an cúrsa ar fad. D'éirigh sí díomúch di féin agus den fhear ceannais. Chaoin sí an séanmhaire a d'imigh uaithi. Níorbh fhéidir léi smaoineamh feasta ar an bpósadh. D'imigh léi agus dúirt leis na súdairí agus an chosmhuintir nach raibh sa rud ar fad ach scéal grinn.

Sin í an tsnaidhm ach tá sí chomh báite i mboladh agus i mblas an tsaoil is comhthéacs don scéal nach bhfuil ann ach go dtabharfá faoi deara é. Ach an *saol* a línítear taobh istigh d'fhoirlíne an scéil tá sé ag teacht le aidhm an scéil.

Agus tá nósanna eile ag Chekhov nach mór a thabhairt faoi deara. Ba bhéas leis an-leas a bhaint as an gcaolchúis. Is é sin mheabhraigh sé nithe don léitheoir gan caint a chur orthu. Is ceann dá chuid airíonna móra an ceann seo agus mura dtuga an léitheoir dá aire é rachaidh a lán lán den scéal amú air. Sa scéal úd 'Bean an Ghadhair' tháinig Gurov (an leannán ba Ghaiscíoch) don bhaile ina raibh cónaí ar an mbean, bliain díreach tar éis aithne a chur uirthi. Deir Chekhov : 'Chuir sé faoi san óstán ab fhearr ar an mbaile. Bhí an t-urlár falaithe ag éadach glas an airm. Bhí seastán dubhaigh ar an mbord, é liath ag an deannach, deilbh mharcaigh dhícheannta á mhaisiú, agus a hata ina láimh aige.'

Anois bhí imní ar Ghurov nach bhfeicfeadh sé an bhean. Ní raibh aon tsúil aici leis, bhí sí ina cónaí buil a fear féin agus ní fhaca sí Gurov le bliain. Le linn do dhuine bheith faoi anbhá is treise agus is gasta bhuaileas a chroí ná uair ar bith eile, agus sin é an uair a thugas sé mion-nithe greannúla nó mion-nithe aisteacha faoi deara. Ag léamh an ghiota sin fán seastán dubhaigh agus an marcach gan ceann mothaímid cén imní a bhí ar Ghurov. Theastaigh uaidh uair eile a thabhairt le fios go raibh fear i ngrá le mnaoi agus seo mar shamhlaigh sé é gan é a rá go lom díreach : ' An chuid dá comhrá bhí ciallmhar shíl seisean go raibh sé fíor-neamhchoitianta ; an chuid de nach raibh ag teacht lena thuairimí féin bhí sé simplí *naive* agus sé chorródh an croí ionat '.

Nós eile aige an scéal a ghreamú d'áit ar leith mar níodh na Gaeil—agus gan é chrochadh as an spéir.

' Fear óg ab ea Kunin, buanbhall de Bhord na Tuaithe, agus bhí sé ag teacht abhaile as cathair Pheadair go dtí na cheantar féin, Borisóvo.' (' Tromluí.')

' Mo sheasamh ar bhruach abhann Galtva bhíos agus mé ag fuireach chaltha.' (' Oíche na hAiséirí.')

Tá sé fíor-neamhchosúil lena lán scríbhneoirí Béarla ar an gcaoi sin. Ach tá tréith eile ann a sháraíos ar gach scríbhneoir eile dá ndeachaigh roimhe, .i. an domhnaíocht eolais a fháisceadh isteach ina chuid abairtí. Níl goir ar bith ag Maupassant air sa ní seo dá fheabhas é.

' Lá comhainm a fir a bhí ann, agus i ndiaidh an dinnéir gona ocht gcúrsaí agus an tseanchais gan sos chuaigh Olga Nic Mhíchíl amach sa ghairdín.'

Cúig focla is fiche atá san abairt sin agus nach iontach an lear eolais atá i bhfolach ann ?

Tuigimid, (1) go raibh sé amach sa lá, (2) go raibh teach i gceist agus gairdín lena thaobh, (3) go raibh slua daoine saibhre cruinn ag céiliúradh féile áirithe, (4) gur itheadar ocht gcúrsaí agus go raibh caint gan chuntas acu, rud a thaispeáineas gur thaitin an chóisir leo, (5) gur fear pósta bhí i gceist, go raibh sé cóir agus go raibh roinnt mhaith cairde aige, (7) go mba bhean phósta í Olga agus go raibh sí ina cónaí in aon teach lena fear, (8) go raibh cúram na cóisreach uirthi, (9) mothaímid go raibh sí tuirseach den iomlán mar chuaigh sí amach sa ghairdín gan aon bhlas a rá le haon duine agus gan aon duine in éineacht léi. Fiafraímid ansin céard a thug amach sa ghairdín í? Caithfidh sé go raibh údar mór aici a dhul amach léi féin tharla é ráite sa *chéad* abairt. Ní hamhlaidh bhí sí ag glaschaint le duine éigin. Dá mbeadh is cinnte go rachadh duine eile amach léi. Ní hamhlaidh a bhí sí tuirseach den obair. Dá mbeadh tá sé ar a sheans gur ar an leaba a rachadh sí scaitheamh. Ansin smaoinímid go raibh sí pósta—gur dhúirt an scéalaí sin, agus buaileann amhras muid go raibh sí le haghaidh clainne. Agus chomh tráthúil lena bhfaca tú riamh tá an méid sin dearbhaithe sa chéad abairt eile. Fágann sin go bhfuil ar a laghad fiche smaoineadh fáiscthe isteach sna cúig focla fichead úd. Sin ceann d'áilleachtaí scéalta Chekhov, an chaoi a dtig leis an domhnaíocht a mheabhrú agus a shamhlú gan mórán cainte a chur amú, gan an chaint a chur as a riocht, gan aon mhístuaim a chur inti ach an t-eolas a ligean chugat go neamhdhíreach. Cuimhnigh anois ar an méid cainte a déarfadh R. L. Stephenson leis an méid céanna smaointe a nochtadh. Ach ba chreideamh ag Chekhov an cineál sin scríbhneoireachta. Fuair sé gearrscéal uair amháin ó chara leis ina raibh cur síos fada fileata ar an ngealaigh. Scríobh Chekhov chuige 'Ná déan mar sin é. Más leat cur síos ar an ngealaigh ná habair tada ach go raibh seanbhuidéal briste ag scalladh i sruthán an mhuilinn. Is leor an méid sin.'

Ní mór a rá anseo nach foláir don léitheoir a shúile a choinneáil feannta ag léamh scéalta an údair seo. Mura gcoinní agus mura ndéana sé comhoibriú leis an scríbhneoir rachaidh an chuid is fearr dá scéalta amú air. Tá Chekhov ag cur i gcás gur duine tuisceanach é an léitheoir agus go bhfuil eolas cothrom aige ar imeachtaí an duine. Ní mór do dhuine fiafraí de féin céard atá sé a dhéanamh. Ní mór teacht ar an ní *nach ndeir* sé chomh maith leis an ní *a deir*, mar tá cuid mhór dá shaothar i bhfolach. Ní fear é a bhíos ag scríobadh leis an uachtar. Nuair thuigeas an léitheoir an méid sin beidh intinn Chekhov chomh soiléir le scéal scannáin agus tuigfidh sé go hálainn dó.

Tá a bhealach féin aige le pearsa a chruthú. Is gnáthach leis duine beo beithíoch a dhéanamh den chruth atá ina cheann le buille nó dhó den pheann. Seo mar chuir sé buachaill beag romhainn sa scéal úd—' An Bhean Phósta ' : ' Tháinig céile an dochtúra isteach, bean tanaí ghaelach a raibh gruaig ghearr aici agus cuma chantalach uirthi. Bhí a buachaill beag in éineacht léi ; malrach deich mbliana a bhí ann, súile gorma ina cheann agus éadan plucach aige. Agus ar éigean istigh sa mhacha é nuair a rith sé i ndiaidh an chait agus ar an bpointe chualathas ag gáire go haigeanta agus go háthasach é.'

Ní hé amháin go bhfeiceann tú an buachaill beag seo ach cloiseann tú é. Agus sin nós eile ar fónamh a chleacht an t-údar seo—leas a bhaint as cúpla ceann nó b'fhéidir trí cinn de na céadfaí corportha ina chuid scríbhneoireachta. D'inseodh sé duit ní hé amháin céard a chonaic an tsúil ach céard a chuala an chluas agus cén boladh a bhí ar áit. Amannta eile baineann sé úsáid as cuimhne na pearsan leis an bpearsain féin a chur i do láthair. Preabann tú do shuí nuair a léann tú sin mar mothaíonn tú go bhfuil duine ag caint leat nó go bhfuilir ag breathnú ar dhuine ag déanamh rud éigin drámúil. Léigh an giota seo as ' Anna ' —scéal ina bhfuil bean óg pósta ag sean-fhear agus an bheirt i láthair ag damhsa.

> Tháinig fathach d'oifigeach airm anall chuici—cuireadh é in aithne di nuair a bhí sí ina cailín scoile i Sráid Stáró ach níor chuimhnigh sí faoi láthair ar a ainm. D'impigh sé uirthi teacht ag damhsa leis. Theich sí leis óna fear céile agus shíl sí go raibh sí ag seoladh léi i mbád lá gála agus go raibh a fear i bhfad i bhfad taobh thiar di ar an tráigh.

Agus tá bealaí eile fós aige le duine a líniú. Nuair a fheileas an iaróin dó ní fhágann sé ina dhiaidh í.

> Bhí glór an tseanduine le clos gan sos. Ní raibh blas ar bith ar a aire agus bhí sé ag insint do chostaiméar cé mar ba cheart dó a bheart a tharainnt agus chuireadh sé féin mar shampla roimhe i gcónaí. Bhí ómós an domhain ag an seanduine dó féin. Bhí sé le tuiscint óna chaint gurbh

eisean a thug saol agus sláinte dá mhnaoi agus dá gaolta, go raibh sé thar a bheith gnaíúil lena chuid cléireach agus lena lucht oibre, agus nach raibh duine sa tsráid nár chóir dó bheith ag guí Dé ar a shon. An rud a rinne seisean sé bhí riamh ceart agus dá gceadaíodh daoine eile é faoina gcúrsaí ní rachadh beart ar bith ina n-aghaidh. Sa séipéal dó sheasadh sé i dtús an phobail agus chuireadh sé caidéis ar na sagairt mura mbeadh an tseirbhís ag dul chun cinn mar ba cheart. Chreid sé go raibh an méid sin taitneamhach i láthair Dé óir bhí grá ag Dia dó féin.

Níl amhras ar bith ort cén sort duine bhí san fhear seo. B'údar magaidh é ag scríbhneoir eile é. Ach ní dhéanann Chekhov magadh faoi ná ní dhearna sé magadh faoi aon phearsa dár línigh sé riamh. Mar thuig sé murab ionann is Maupassant nach bhfuil duine ar an saol dá anglánta aistí é nach bhfuil rún ann agus gurb é is gnó den scríbhneoir teacht ar an rún sin. Ní cháineann sé a chuid pearsana ná ní thugann sé breithiúnas ar a ngníomhartha mar ní aighne speisialta é; ach is breitheamh é a chruinníos an fhianaise go léir agus a chuireas roimh an gcoiste é—agus siad na léitheoirí an coiste. Céasann a gcoinsias féin iad de bharr a mí-bheart. Ach tabharfaidh tú faoi deara go bhfuil mar a bheadh miongháire ar a bhéal sula n-éalaí sé uait. Rud eile faoi ní thugann sé é féin isteach in aon áit ina chuid scéalta ach scaoileann sé chugat iad go drámúil.

Amannta chífidh tú rudaí aige a chuirfeas iontas ort ar an gcéad amharc. Chífidh tú beirt chara dílis ag ithe a chéile i láthair comhluadair. Agus chífidh tú daoine a chéas an saol ag déanamh gach dochair agus díobhála dá chéile. Ach nuair a dhearcfas tú an chúis níos grinne admhóidh tú nach bhfuil Chekhov ag dul amú. Chífidh tú gur beirt *ghiongach neirbhíseach* an chéad bheirt agus cuimhneoidh tú go múchann an céasadh an trua sa duine agus nach minic leis an duine céasta cás a bheith aige dá chomhthrúán.

Agus ag plé le daoine den sórt seo ba ghnáthach leis srian a chur leis na mothúcháin. Ba shin é a theagasc agus ba shin é a nós. Is nós é a mbeadh suim ar leith ag Gaeilgeoir ann mar is maith is feasach é go raibh an nós céanna ina litríocht féin ón deichiú go dtí an t-ochtú céad déag. Níl boige dá laghad inti. ' Níl ach aon locht amháin ar do chuid oibre,' ar seisean i litir a scríobh sé chuig Maxim Gorki, ' nach gcuireann tú gúm leat féin agus is máchail ar do shaothar sin. Is geall le dearcadóir in amharclainn tú a ligeann lena racht chomh tréan sin nach léar d'aon duine eile céard tá ar bun.' Agus ag scríobh chuig banscríbhneoir ba chara leis dúirt sé: ' Seo é mo chomhairle duit mar léitheoir ag líniú daoine brónacha duit nó daoine mí-fhortúnacha agus gur mian leat croí an léitheora bhogadh: déan go *fuaránta* é. Tabharfaidh sé sin cúlra don bhrón agus is léiride sin é.'

Fear ab ea Chekhov arbh ionann teoiric agus gníomh dó agus féach anois mar chuireas sé a chomhairle féin i ngníomh. Sa scéal úd ' An Dreolán Teaspaigh ' tá bean óg phósta a bhí ar bheagán céille. Chuir sí a saol amú ag cuartú *geniuses* agus sa chuartú di thug sí faillí ina fear féin agus chiontaigh sí le péintéir óg. Ansin tharla dhá rud. D'éirigh an péintéir tuirseach di agus buaileadh a fear féin tinn. Tinneas a bháis a bhuail é agus fuair sise amach go díreach sular éag sé go mba *genius* den chéad scoth é féin! Seo mar a scríobh Chekhov fúithi.

> Chuimhnigh Olga Ivanovna ar na blianta go léir a chaith sí in éineacht leis, ar gach mionrud a tharla agus in aon mheandar amháin thuig sí go mba duine neamh-choitianta ar fad é, agus i gcomórtas leis an muintir eile a chaidríodh sí go mba fear mór é. Agus ag cuimhniú di ar an méid a deireadh a hathair agus a chomhdhochtúirí faoi thuig sí go mba léir dóibh go mba fear é a rachadh chun cinn go mór. Chaoch na ballaí, an tsíleáil, an lampa, agus an brat urláir uirthi go fonóideach, mar a bheidís a rá léi: ' Chuaigh sé amú ort. Chuaigh sé amú ort.' Bhris deor uirthi. Phléasc sí amach as an seomra leapa, sceith sí thar fhear sa seomra suite agus isteach léi i seomra oibre a fir. Bhí sé sínte ar an tolg gan cor as agus é folaithe go bhásta i bpluid. Bhí a éadan slabhtha go millteach. Bhí sé tanaí agus dath buí-ghlas air nach bhfeictear choíche ar dhuine beo, agus murach a chláréadan, a mhailí dubha agus a mhiongháire ní aithneodh aon duine go mba é seo Dimov. Leag Olga a lámh go mear ar a chliabhrach, ar a chláréadan, agus ar a lámha. Bhí a chliabhrach te i gcónaí ach bhí fuacht mí-thaitneamhach ina chláréadan agus ina lámha. Bhí na súile leathdhúnta agus ní ar Olga ach ar an bpluid a bhíodar ag breathnú.

D'fhógair sí go hard ' Dimov! Dimov!' Theastaigh uaithi a mhíniú dó go mba dearmad an rud eile *úd*, nach raibh chuile shórt caillte fós, go mbeadh saol álainn aoibhinn go fóill acu, go mba fear neamhchoitianta, fear an-mhór é féin agus go gcaithfeadh sí a saol ar fad ag umhlú roimhe le urraim agus le ómós.

' Dimov!' D'fhógair sí, ag craitheadh a ghuaillí, agus é ag cinnt uirthi a chreidiúint nach ndúiseodh sé choíche. ' Dimov! ach Dimov!'

Lena linn sin bhí dochtúir istigh sa phárlús ag caint le cailín aimsire.

' Céard faoi mbeifí ag fiafraí? Níl agat ach dul síos ag lóiste an teampaill agus fiafraí cá gcónaíonn na mná bochta. Nífidh siad sin an corp. Cuirfidh siad os cionn cláir é. Déanfaidh siad gach ní theastós.'

Léigh an scéal sin agus chífidh tú an éifeacht atá leis an modh inste. Cuimhnigh ansin ar an méid maothnais a chuirfeadh Dickens, cuirim i gcás, sa scéal céanna dá mba ar a láimh a bheadh. Is geall le dán gach scéal dá dtáinig ó pheann an fhir seo—dán ina bhfuil píosa beag den saol agus píosa mór den tsamhlaíocht agus den chomhbhá. Tá atmasféar álainn, filíocht ghleoite agus daonnacht gan chuntas ina shaothar. Nuair a léifeas tú é cuirfidh tú aithne níos doimhne ort féin agus ar do chomharsana. Chífidh tú stiall mór den saol. Agus chífidh tú rud eile. Chífidh tú modh oibre nár chleacht aon duine eile roimhe agus scéalta atá ag cur thar maol le *Caritas Cristi*.

Pádraig Mac Piarais

◆

SAOTHAR LITEARTHA AN PHIARSAIGH

Tamall ó shin bhí an saol mór ag caoineadh Sheáin Uí Chinnéide, Uachtarán óg Mheiriceá, a maraíodh go fealltach i lár a óige agus a mhaitheasa—sula raibh leath a chuid oibre déanta aige. Is é barúil daoine meabhracha go mba fhear ar fónamh é, go raibh gníomh mór ann, agus dá bhfaigheadh sé saol go gcuirfeadh sé go rathúil lena raibh déanta aige le trí bliana. Is mian liomsa trácht ar fhear eile den sórt céanna a maraíodh sula raibh an dá scór slánaithe aige agus a rinne éacht i gcúrsaí liteartha arbh fhiú trácht air leathchéad bliain tar éis a bháis. Is fear é a bhfuil eolas maith ag an bpobal ina thaobh. Sílim ar a shon sin, go bhfuil sé in am athmheas a dhéanamh ar a shaothar, féachaint an bhfuil aon ní againne le foghlaim uaidh, nó aon rud nua le rá faoi. Is é Pádraig Mac Piarais an fear sin.

Mar is feasach, scríobh a lán daoine faoi, idir aistí agus leabhair, agus is iomaí sin léacht a tugadh air. Scríobh Monsignor de Brún réamhrá spéisiúil faoi i mbliain a '17 agus é ag cur eagair ar a chuid scríbhinní, agus bhreac Deasún Ó Riain cuid mhór, taca an ama chéanna. D'fhoilsigh Louis le Roux leabhar ina thaobh agus Séamas Ó Searcaigh, agus scaitheamh blianta ó shin, casadh Pléimeannach i Ros Muc orm a bhí ag tiomsú leabhair faoi ina theanga féin. Ní dhéanaim dearmad ach an oiread ar an méid a dúirt Frank O'Connor faoi ina bheatha de Michael Collins. Dúirt seisean de ghlan-Bhéarla nár scríobh an Piarsach faic ach truiféis mhaoithneach. Scuab sé de leataobh é mar a scuabfá téadracha damháin alla den fhuinneog.

Sílimse an mhuintir a labhair ar an bPiarsach go raibh siad ró-ghar dó lena fheiceáil i gceart agus gur ar a shaothar míleata a bhídís ag smaoineamh nuair a bhídís ag scríobh faoi. Tá ardmheas ag cách ar an ngné sin dá shaothar, ach ní air sin is mian liom trácht anois; ach ar an bPiarsach mar fhear liteartha.

Mar fhear liteartha amháin, tá fúm trácht air, scrúdú a dhéanamh ar an gcineál ealaíontóra a bhí ann; ar an intinn a bhí aige dá cheird; ar an ngléas a bhí air lena chleachtadh, agus ar an méid a rinne sé sular maraíodh é. Deánfaidh mé scrúdú beag ar a chuid oibre agus ansin beidh sé de dhánaíocht ionam a rá an bhfuil tábhacht leis nó nach bhfuil.

Is é chéad rud a thugaim faoi deara go raibh dearcadh nádúrtha an scríbhneora aige don ghairm uasal a lean sé agus go ndúirt sé nithe breátha ina taobh. Bhí tuiscint iontach aige don ealaíontóir agus dá shaothar. Cuirim i gcás, nuair a bhí na sluaite ag fógairt ar Synge, á rá gur mhaslaigh sé Éire agus bantracht na hÉireann, sheas an Piarsach leis, agus dúirt go raibh cion an domhain ag an bhfear uaigneach sin ar Éirinn, ach gur bhain sé earraíocht as samhail-chomharthaí nár thuig an pobal. Cuimhnigh go raibh dea-Éireannaigh, dála Airt Uí Ghríofa, ag béiceach an uair sin. Ach níor mhiste leis an bPiarsach sin. Sheas sé dá chomh-ealaíontóir; agus an mhuintir a tháinig ina dhiaidh dúirt siad gur aige a bhí an ceart.

D'éiligh an Piarsach saoirse don scríbhneoir agus bhí an ghráin aige ar na daoine a bhí ag léamh leabhar ag cuartú salachair iontu. Ní Piúratánach a bhí ann, ná *sentimentalist* ach chomh beag. Scríobh sé faoi na nithe sin sa bhliain 1906 go dearfa agus go deimhnitheach sa leabhar úd *First Century Ireland.* Is leabhar é nach bhfuil léite ach ag rí-bheagán, is cosúil.

An chéad ní eile a thugaim faoi deara go mba fhile é. Má tá aon éifeacht le file, is réabhlóidí é, ina intinn ar a laghad ar bith. Ba mhaith leis an bhfile an saol a chur droim ar ais le go dtiocfadh gach ní ina cheart arís. Ba duine den sórt sin Dante agus Shelley agus Yeats. Mar a dúirt an fear deiridh seo: 'The wrong of unshapen things is a wrong too great to be told, I hunger to build them anew. . . .'

Ba réabhlóidí an Piarsach ó bhun go barr. Ba réabhlóidí é i gcúrsaí polaitíochta, agus i gcúrsaí oideachais, agus ba réabhlóidí i gcúrsaí scríbhneoireachta é. Ba fhile é, agus tá a chuid filíochta le léamh ina chuid scríbhneoireachta go léir, pé acu dráma nó gearrscéal nó véarsaí nó aiste polaitíochta é. Cá bhfuil an té nach dtugann faoi deara an fhilíocht sna haistí a scríobh sé ar Tone, ar Emmet agus ar Ó Donnabháin Rosa? An úire agus an doimhneacht dearcaidh agus an neart atá sna tuairimí a nocht sé is filíocht iad, agus an gaisce a rinne sé Seachtain na Cásca, a dhul chun teagmhála leis an arm ba threise ar fáil, é féin agus buíon bheag fear, ba fhilíocht é chomh maith.

Chum sé véarsaí, scríobh sé gearrscéalta agus rinne sé drámaí. Má rinne, chímid na tréithe céanna ag dul tríothu ar fad, cé nach ar aon chéim amháin dóibh. Dála gach scríbhneora eile, thosaigh sé ina nóibhíseach agus tháinig fás faoina phearsantacht agus d'fheabhsaigh sé lena linn.

Mar scríbhneoir, tá airíona ar leith le feiceáil ann. Tá díocas cruthaithe (*creative urgency*) ann nach bhfuil i mórán dár scríbhneoirí Gaeilge. Sin an fonn dochoscaithe lena scéal a chur in iúl. Chíonn cách é seo ann, ach cuireann siad ainm eile air. An riachtanas agus an deifir seo síleann siad gur eagla a bhí air go gcaillfí gach ní gaelach. Ní léir dom sin. Ach is léir dom gur fonn a bhí air a anam a chur romhainn mar a ní gach file. Déanann sé a chuid oibre chomh díocasach sin go n-aithníonn tú nach ag cumadh ach ag cruthú atá sé.

Tréith eile atá ann, an chéadfaíocht álainn fhileata (*poetic sensibility*) de réim ard. Chímse sin ar fud a shaothair go léir agus cuireann sé in iúl dúinn é nuair a theagmhaíonn sé le nithe beaga tíriúla an tsaoil. Chífidh tú é sa dáinín álainn sin a scríobh sé ' Crónán Mná Sléibhe '.

Nuair a chíonn tú na nithe beaga tíriúla sin an tsaoil ag scríbhneoir, féadfaidh tú a bheith cinnte go bhfuil tú i bhfianaise litríocht ar fónamh.

Ba scríbhneoir traidisiúnta an Piarsach ina cheann sin. Nuair a deirim sin, ní chiallaím go raibh sé ag scríobh mar a bhí daoine sa líne a chuaigh roimhe. Níorbh fhéidir dó sin a dhéanamh mar nach raibh aon duine ag scríobh sa líne a chuaigh roimhe. Agus dá mbeadh, agus é ag aithris orthu, is gearr a rachadh lena chuid scríbhneoireachta agus ní hé go leor maitheasa a bheadh léi. Nuair a deirim gur scríbhneoir traidisiúnta é, ciallaím gur mhothaigh sé filíocht na Gaeilge agus cuid mhór d'fhilíocht na hEorpa istigh sna cnámha aige féin, go mba chuid de féin iad.

Is bua é seo nach dtagann ó shinsear chugat, agus is bua é nach bhfuil fáil air ach le tréanobair. Tá an bua sin le feiceáil i ngach ar scríobh an Piarsach, agus sin é a chuir ar a chumas na nithe is doimhne sa chine a scrúdú agus a chur in úsáid mar ábhar scríbhneoireachta.

Is eol dúinn na nithe is doimhne i gcine Gael, na nithe a rinne daoine ar leith dínn i measc ciníocha an domhain. Chuir Michael Davitt ainm orthu ceithre scór bliain ó shin i léacht a thug sé i Learpholl. Thrácht Chesterton orthu sa leabhar a scríobh sé ar Bernard Shaw, agus ba mhinic i gceist ag Dónall Ó Corcora iad. Is iad an Chríostaíocht, an Talamh agus Náisiúntacht na tíre iad. Tá an chéad nóta acu seo le feiceáil agat an chéad uair a léann tú scéal nó dán leis an bPiarsach, agus ní mar sheanmóir, ach mar ní is cuid bhunúsach dá phearsana. Ní thugann sé seanmóir in aon áit. Tá an iomad den ealaíontóir ann leis sin a dhéanamh. Scaoileann sé chugat an scéal agus fágann sé agat do mheabhair féin a bhaint as.

Ach feiceann tú go bhfuil an Chríostaíocht sna pearsana aige agus í chomh nádúrtha sin gur cuid dá ndúchas í. Mar a gcéanna leis an Talamh. Tá an nóta sin ar fud a shaothair. Baineann sé leis na scéalta go léir. Daoine a fuineadh amach as an talamh a láimhsíonn sé agus gí go mba fhear cathrach é, níor dheacair dó sin. Tá an chréafóg gar go maith do chách in Éirinn.

Ní call dom a rá go bhfuil náisiúntacht Gael le haithint air. Ní fhéadfadh sé dul uaidh agus féachadh sé leis. Ach ná measc an nóta seo le nóta nár bhain dó, mar atá, an ró-náisiúnachas.

Agus tá buanna eile aige, mar atá, bua na samhlaíochta agus na ceapadóireachta. Tá ar a chumas dul isteach in intinn malrach agus seanfhear agus mná agus a chur ina luí ort gur shiúil a leithéid an tír. Deir daoine nár theagmhaigh sé ach le malraigh. Ní bheadh locht air mura ndéanfadh sé ach an méid sin, ach é dhéanamh go maith. Ach rinne sé tuilleadh. Thug sé an Mháthair dúinn, agus Sean-Mhaitias, agus Múirne na gCaointe agus an Dearg Daol, an Fear Siúil, Bríd na nAmhrán, Mac Dara agus pearsana eile. Agus nach é is cúram d'fhile filíocht a fháisceadh amach as an ábhar, bíodh sé beag nó mór, óg nó aosta ? Scríobh daoine eile faoi pháistí chomh maith leis an bPiarsach. Scríobh Chekhov agus Mac Laverty fúthu go breá. Agus cá bhfuil ar scríobhadh i dteangacha na hEorpa faoin Leanbh Íosa ? Agus ba dhuine Eisean sna dánta agus sna scéalta.

Mar sin féin, tá ceist a chuireann daoine go minic faoi phearsana an Phiarsaigh agus sílim nach mór rud éigin a rá fúithi. Deirtear, cuid de na nithe a scríobh seisean, nach bhféadfaidís a bheith fíor. Cuirim i gcás an bhfuiltear á iarraidh orainn dáiríre a chreidiúint go dtáinig an Mhaighdean Muire go dtí an Mháthair an Oíche Nollag úd agus gur thug sí a hachainí di ? Nó an cailín beag i ' Na Bóithre ' a chonaic Mac Dé in aisling amuigh sa choill ? Mo fhreagra air sin, go raibh an Piarsach ag scríobh faoi dhaoine a mhair san am a raibh an creideamh níos tréine sa tír ná mar atá faoi láthair. Daoine a bhí domhain sa chreideamh ní iontas leat céard a d'fheicfí dóibh.

Táim ag teacht gar do dheireadh an áirimh. Tá áitiúlacht láidir agus boladh na staire i scéalta an Phiarsaigh, dála mar a bhí in úrscéalta Balzac. Tá an áitiúlacht seo ina dhlúth agus ina inneach ina chuid scéalta. Labhróidh sé ar theach faoi leith, ar bhóthar faoi leith, ar mhalraigh faoi leith, ionas go gceapann daoine go raibh na pearsana ann dáiríre.

Sin iad na nithe a fheicimse i scéalta agus i ndánta an Phiarsaigh. Cuirim ainm arís orthu : Díocas cruthaithe, Ceádfaíocht álainn, Traidisiúntacht, Samhlaíocht shrianta, Ceapadóireacht, Áitiúlacht, Stair, agus na nótaí is dual do chine Gael — an Chríostaíocht, an Talamh agus an Náisiúntacht.

Fear ab ea an Piarsach a rugadh i mBaile Átha Cliath agus a mb'éigean dó an teanga Ghaeilge a fhoghlaim.

Rinne sé chomh maith sin é go raibh sé in ann goireas litríochta a dhéanamh di. Cáineadh go nimhneach é dá bharr.

Nuair a thosaigh an Piarsach ar a chuid scríbhneoireachta, is beag eile a bhí ag scríobh. Go háirithe ní raibh aon ghearrscéalaíocht sa teanga. Bhí Pádraig Ó Conaire ag tosú ar dhúchan, ach má bhí, ní raibh aon chaint air (i bprionta) nuair a scríobh an Piarsach *Íosagán*.

Chomh luath agus a foilsíodh *Íosagán* thosaigh an gleo. Chuir na scoláirí Gaeilge a dtrealamh cogaidh orthu agus thosaigh an chaismirt. Ionsaíodh an Piarsach deiseal agus tuathal, agus dá mba duine eile é féin b'fhéidir go gclisfeadh sé. Ach bhí muinín an ealaíontóra ina chroí, agus is cruinne a bhí litríocht na Gaeilge léite aige ná ag lucht a threasnaíle. Rinne sé obair nach ndearnadh riamh roimhe. D'fhág a shaothar lorg buan ar an teanga. Is fearr an Ghaeilge a scríobh sé ná aon duine eile ón nGalltacht. Níl sé le meas as an gcéad obair a rinne sé. As a chuid filíochta agus cuid de na scéalta atá in *An Mháthair agus Scéalta eile* atá sé le meas. Níor fhorbair sé go hiomlán ná baol air. Dála Sheáin Uí Chinnéide chuir piléar an mharfóra deireadh leis.

◆

COSAINT DON PHIARSACH

AISTE a léas tá gairid ó shin ag cáineadh saothair an Phiarsaigh chuir sí mo shá iontais orm. An té scríobh í is fear ábalta é ach is mór é m'fhaitíos go raibh a theanga ina phloic aige agus é á scríobh. Níor chuir sé ach dán amháin inár láthair dár chum an Piarsach agus rinne sin, shílfeá, lena stialladh ó chéile. ' Bean tSléibhe ag caoineadh a Mic ' ainm an dáin, dán a leag an Piarsach ar chaointeoir bhocht mná a bhí thar bharr a céille ag an mí-ádh agus ag an mbrón.

Cailleadh a mac i bpríosún na Gaillimhe agus cé gur insíodh sin di ní chreidfeadh sí é agus chaitheadh a cuid ama ag réiteach cniséadach dó. Bhí súil abhaile aici leis pointe ar bith. Bean bhocht den sórt sin cá hiontas go ligfeadh sí lena racht go banúil brónach agus go seafóideach, b'fhéidir ? Sé locht is mó atá agam ar an aiste nach bhfuil aon tagairt inti do na dánta breátha a chum an Piarsach agus nach bhfuil aon scrúdú réasúnach ar an gceann seo.

Ar cheathrú amháin a labhair sé :

Ag gabháil an tsléibhe dom tráthnóna
Do labhair an éanlaith liom go brónach,
Do labhair an naosc binn 's an crotach glórach
Ag faisnéis dom gur éag mo stórach.

An Trua Bréagach (sic) nó an Bréagthrua (sic) a bheir sé ar an bpíosa. (Deir sé an ní céanna faoin Máthair : ' Bhí an teach, *dar léi*, ag éisteacht, etc.' Is léir gurbh í *an bhean* a chreid sin.)

Is seanscéal é seo a bhfuil meirg air, an dúlra bheith i gcomhbhá leis an duine le linn anachaine. Tá sin i litríocht na Gaeilge le hocht gcéad bliain ar a laghad agus tá sé i litríocht tíortha eile chomh maith. Bhí sé ag Antaine Ó Reachtaire :

Tá na healaí ar an gcuan naoi n-uaire chomh dubh leis an sméir
Ó d'éag an fear uainne a raibh an suairceas ar bharraibh a mhéir
Ba dheise a dhá shúil ghlas' ná drúcht na maidne ar bharr féir
Is ó chuaigh sé san uaigh tá an fuacht ag fáil treise ar an aer.

Tá sé ag Aodhgán Ó Raithile, file mór na Mumhan :

Do ghoil an Laoi trí mhí go ceolmhar;
Do ghoil an tSionainn, an Life 's an Chróinseach;
An Mang 's Fleasc, Ceann Mara is Tóime;
An Fhéil, 's an Ghnaoi, 's an Bhrighdeach mhór thoir.

Dála an scéil tá cosúlacht mhór idir caoineadh an Phiarsaigh agus caoineadh Uí Raithile :

An Piarsach :

Brón ar an mbás sé dhubh mo chroí-se
D'fhuadaigh mo ghrá is d'fhág mé cloíte
Gan caraid gan compánach fá dhíon no thí-se
Ach an léan seo im' lár, is mé ag caoineadh.

Ó Raithile:

Crá ar an mbás is gránna gníomhartha—
Argthóir d'fhág ar lár na daoine—
Do rug le fána bláth na tíre
A gceann gan cháim, 's a n-áras díona.

Bhí an nós céanna ceanann i bhfilíocht an dara céad déag:

Géisid cúan
ós buinne rúadh Rinn Dá Bharc:
bádhudh laíoch Locha Dá Chonn
is ed chaínes tonn re trácht.

Bhí sé ag Milton:

Where were you, nymphs, when the remorseless deep
Closed o'er the head of your loved Lycidas?

Bhí sé ag Shelley:

Where was lonely Urania when Adonais died?

Agus, ar ndóigh, bhí sé ag Virgil:

Bhí na crainn labhrais agus na miortail á chaoineadh
Agus go fiú Menelaus faoina chrann péinne,
Chaoin carraigeacha fuara Lycaeus féin é
Is é ina luí go huaigneach cois na craige léithe.

In aon fhocal amháin tá cead ag cách leas a bhaint as an dúlra le linn caoineadh a dhéanamh ach ag Pádraig Mac Piarais!

◆

AN PIARSACH AGUS LITRÍOCHT NA GAEILGE

Is maith luath ina shaol a chuir an Piarsach eolas ar an teanga Ghaeilge. Bhí sé ag dul di sular bunaíodh Conradh na Gaeilge. Aint leis de na Brádaigh sí chuir ar an eolas é. Bhíodh sé ag dul chuig an Leabharlainn Náisiúnta, agus é ceithre bliana déag agus deir sé linn gur chuala sé Gaeilge ón aint úd ' blianta roimhe sin '. Fágaim go raibh sé naoi mbliana san am. Ní hé amháin go múineadh an bhean úd focail Ghaeilge dó ach d'insíodh sí dó faoi ghaiscígh na Craoibhe Rua, faoi Fhionn agus a chuid fear, faoin Dá Aodh, faoi Eoghan Ruadh Ó Néill, faoi Wolfe Tone, faoi Ghrattan agus Emmet.

Níor múineadh aon Ghaeilge ar scoil dó go raibh sé sa Junior Grade agus ansin cé na téacsleabhair a gheobhadh sé ach *Laoi Oisín* agus *Diarmuid agus Gráinne*? Gheit a chroí le meidhir ó bhí na scéalta cloiste cheana aige óna aint. Ní raibh sé sásta lena bhfuair sé sna leabhair sin. D'imigh leis go scáfar isteach sa Leabharlann Náisiúnta go dtiocfadh sé ar thuilleadh leabhar Gaeilge. Agus céard a gheobhadh sé ach *Cois na Tine* agus *Leabhar Scéalaíochta* leis an gCraoibhín.

Bhí sé ag dul chun cinn ó ló go ló sa Ghaeilge agus i litríocht na Gaeilge. Is eol dúinn go raibh sé thiar in Árainn nuair a bhí sé ina stócach. Ach bhí sé sa Ghaeltacht in áit eile roimhe sin. É féin a deir sin linn freisin:

> Is beag áit in Éirinn is gile linn ná an Cladach. An chéad lá chaitheamar i measc Gaeilgeoirí is ar an gCladach a chaitheamar é. Chuireamar lá fada samhraidh dínn agus sinn inár stócach óg ag binn tí ann ag amharc amach ar Chuan na Gaillimhe agus ar Charn Boirne ' Sean Bhuirinn clochach carraigeach ' mar thugann na bádóirí uirthi. Níor chorraíomar ón áit sin go raibh ainm gach sórt báid, gach gléas iascaireachta, gach cineál éisc agus gach éan mara dá raibh ar eolas ag na hiascairí de ghlanmheabhair againn. Is mion minic a bhíomar ar an gCladach ó shin agus gach tráth dá dtugaimíd cuairt air sé an scéal céanna atá le cloisteáil againn, go bhfuil duine de na seanchaithe bhí thart timpeall orainn an lá sin imithe ar shlí na fírinne. Ar dheis Dé go raibh siad uile.

Is maith an aithne bhí ag an bPiarsach ar na Gaeilgeoirí ba bhinne i Ros Muc idir 1903 agus 1915. Ba mhinic sin ag comhluadar le Seán Ó Gaora, le Mícheál Ó Confhaola, le Conn Mór agus go háirithe le Seán Ó Cadhla, Gaeilgeoir chomh maith is casadh riamh orm. Is iad na múinteoirí Gaeilge céanna, féadaim a rá, is bhí ag Colm Ó Gaora agus Pádraic Óg Ó Conaire. Ina cheann sin thug sé leis ina gharraíodóir, go Scoil Éanna, Mícheál Mac Ruaidhrí as Maigh Eo. Bhí Gaeilge ag Mícheál a cheanglódh sa talamh tú. Mar a dúirt an Piarsach féin is í ba chosúla le Gaeilge Chéitinn dár chuala sé á labhairt ag aon duine.

Cor leis sin tá roinnt mhaith leabhar leis an bPiarsach ar fáil agus bhí sé de phribhléid agam iad a fheiceáil le gairid. Bhí gach leabhar Gaeilge aige a foilsíodh lena linn agus i bhfad roimh a am féin. Ní hé amháin go raibh foilseacháin Chonradh na Gaeilge ar fad aige ach bhí gach eagrán de Chumann na dTéx Gaeilge (Londain) aige—*Aislinge Mhic Chonglainne*, *Silva Gadelica*, saothar Todd agus Atkison. Tá a shliocht ar a chuid scríbhneóireachta. Ba é a chreideamh go mba cheart do scríbhneoirí a gcuid oibre a bhunú ar chaint na Gaeltachta ach gach ní a léamh chomh fada siar leis an ochtú céad leis an gcaint a ghlanadh agus a niamhadh. Ní le hornáidí a chur inti, mar duirt siúd.

Is beag nach ndéarfainn gur mó an aird bhí aige ar litríocht na Gaeilge ná ar an nGaeilge féin. Ach cén chaoi a bhféadfaimis an dá chuid a dhealú ó chéile ? Léadh sí í, mheabhraíodh sé í, scrúdaíodh sé í, agus chuireadh sé i gcomórtas le litríochtaí eile í. Dá shine í b'amhlaidh ab'fhearr leis í, is cosúil. Léigh sé cuid mhór d'fhilíocht an ochtú céad déag agus seo mar scríobh sé faoi chuid di :

> Munster poetry of the eighteenth century forms, in many respects, a curious chapter in literature. In the masters of the school one must recognise great qualities but also great deficiencies. Unrivalled command over language and metrical forms was theirs; a subtle ear for the music of words, vigour, fire, patriotic glow, tenderness, descriptive power, in a word all or nearly all the qualities of great lyric poets. But in their work we find little thought, little criticism of life. They do not see the depths of things. They do not question nature and cause her to yield up her secrets. Their poetry ravishes us with its delicious harmonies, fires us with its martial enthusiasm, melts us with its exquisite tenderness; but it does not help us to see more clearly, to understand more sympathetically, to live more wisely. And in so far as it so fails, it fails to discharge the highest function of poetry (1905).

AN PIARSACH AGUS DÓNALL Ó CORCORA

I *Studia Hibernica* 5 (1965) tá aiste ó láimh Sheáin Uí Thuama ar mheasadóireacht Dhónaill Uí Chorcora. Níl Ó Tuama ar aon scéal le Ó Corcora i dtaobh filíocht an ochtú aois déag. Baineann sé leathsciathán d'Aodhgán Ó Raithile agus an dá cheann d'Eoghan Rua Ó Súileabháin. Mura bhfuil corrphíosa ann—dála dán na rámhainne—ní admhaíonn sé go bhfuil maitheas i saothar an Fhile Bhinn. Fágann sin, is cosúil, go bhfuil Ó Tuama ar aon tuairim le Pádraig Mac Piarais gur beag an ghaisce rinneadh sa Mhumhain i gcúrsaí filíochta dhá chéad bliain ó shin ! Is mar sin a scríobh an Piarsach trí scór bliain ó shin.

Meabhraíonn Ó Tuama dúinn go bhfuil Dónall Ó Corcora agus T. S. Eliot ag teacht le chéile ar chuid mhór nithe agus deir nach amhlaidh bhí Ó Corcora ag teolaíocht. Níor chreideas riamh go raibh. Mar a dúras cheana is beirt iad a bhí ag comhsmaoineamh. Nuair a tháinig Eliot go Baile Átha Cliath (1936) bhain sé geit as Gall-Ghaeil. Dúirt sé an dearcadh caol Protastúnach bhí ag Gall-Ghaeil gur chuir sin as dóibh go mór mar scríbhneoirí cruthaíocha. Is beag d'Éirinn na nGael a thugadar leo. Siúd é an soiscéal a bhí Ó Corcora a chraobhscaoileadh le cúig bhliain roimhe sin agus ní ó Eliot a fuair sé é.

Mura uaidh fuair sé le léamh ó dhuine eile é ! Cháin Ó Corcora beagnach gach scríbhneoir Gall-Ghaelach. Bhain sé saothar Kickham, Colum, Murray, agus Synge (cuid mhór de) as margadh. Dá mba iad Carleton agus Griffin thug sé gob géar dóibh. Is iontach mar tá an tuairim liteartha sin ag dul i gcosúlacht lenar scríobh Pádraig Mac Piarais cúig bliana fichead sular fhoilsigh Ó Corcora *Synge and Anglo-Irish Literature*.

Arsa an Piarsach:

> Perhaps we ought to be ashamed to make the confession that we lived to be editor of an Irish Ireland magazine before it occurred to us to read Kickham's masterpiece; and *a fortiori* of the more vital confession, that for aught we know it would never occur to us to read it at all if we had not

> been called upon to write a notice of Mícheál Breathnach's Cnoc na nGabha. If the fact were of sufficient importance we might speculate interestingly on the psychology of it, that we who persistently heard the call of Gaelic Ireland, of Puritan England, of enthusiastic France, and of metaphysical Germany, have never heard even for a moment the call of Anglo-Ireland. Wolfe Tone's autobiography, Mitchel's *Jail Journal* (and certain noble ballads of Young Ireland and others), these alone of all that Ireland thought and wrote in English have ever appealed to us. We can feel kinship with an tAthair Peadar Ó Laoghaire on the one hand and with William Makepeace Thackeray on the other; we can feel none with Lever and Lover or even with Carleton and Griffin.

Mhol sé Colum, Synge agus cuid de Yeats in áiteacha eile. Agus nach é an scéal céanna atá in *Synge and Anglo-Irish Literature* ? Nach féidir a rá gurb éard atá ann forbairt ar intinn an Phiarsaigh do Litríocht Gall-Ghael ? Siad an chuid chéanna de threibh an phinn a mhol agus a cháin an bheirt.

Bhfuil an rud céanna le rá faoin measadóireacht a rinne Ó Corcora ar fhilíocht na Gaeilge ? Scríobh Ó Corcora nithe áirithe i dtaobh na litríochta sin atá go gléineach sa leabhar álainn úd, *The Hidden Ireland.* Ag scrúdú litríochta na Gaeilge don Phiarsach—agus ní hé mo mheas gur ghrinne scrúdaigh Éireannach eile í—thagair sé don chruas atá sna samhailtí atá inti; dúirt sé nach raibh aon ní riamh i bhfoirm boige inti. Thagair sé don nóta is treise inti nár athraigh riamh, an Chríostaíocht. Mheabraigh sé dúinn go bhfuil sí ag snámh trí na dánta a rinneadh ón seachtú céad go dtí amhráin an ochtú céad déag. Agus ní hé amháin sin ach in amhráin na ndaoine. Is mar sin freisin, a scríobh Ó Corcora. Ní á rá atáim gur ghoid Ó Corcora aon bhlas ó aon duine. Ach deirim nach bhfuair an Piarsach a cheart riamh mar mheasadóir liteartha.

Ní foláir a mheabhrú go raibh an Piarsach ag scríobh Gaeilge agus gan ann ach scorach. Ba shine Ó Corcora ach ní raibh Gaeilge aige go raibh sé gar do thríocha bliain d'aois. Shíl sé feadh blianta gurbh é Thomas Moore an file náisiúnta agus níor chuala sé go raibh filíocht Ghaeilge ann gur inis Piaras Béaslaí sin dó. Ar an bhfad sin go léir bhí an Piarsach ag scríobh agus tuairimí ag teacht uaidh go tiubh i dtaobh na seanlitríochta agus an litríocht a bhí ag fás. Is cinnte gur léigh Dónall Ó Corcora gach ní dár scríobh sé.

◆

DÁN A CHUAIGH AMÚ AR AN RIANACH

Nuair a d'fhoilsigh Deasún Ó Riain saothar an Phiarsaigh (1917) chinn air teacht suas leis an dán seo i mo dhiaidh. De dhéanta na fírinne shíl sé nach raibh a leithéid de dhán ann, sé sin, nár scríobh an Piarsach riamh é. Bhí dán den tsórt céanna a scríobh an Piarsach i mBéarla. De bhrí nach raibh aon leagan Gaeilge den dán áirithe sin le fáil facthas don Rianach gur i mBéarla a scríobh an Piarsach na dánta go léir atá in *Goltraighe agus Suantraighe* agus gur aistrigh sé go Gaeilge ina dhiaidh sin iad. Níl aon chruthúnas air sin feasta.

Ba ghnách leis an bPiarsach ainm pinn bheith aige. Colm Ó Conaire a thugadh sé air féin go minic, sin, nó C. Ó C. Ach ní hé sin an t-ainm a thug sé leis nuair a d'fhoilsigh sé an dán seo ach Cuimín Ó Cualáin, ainm agus sloinne atá go fada fairsing ar fud Chonamara. Cuireadh i gcló ar *An Claidheamh Soluis* é (9-9-1905). Mar is tuigthe ón nóta atá os cionn an dáin is faoi chara leis bhí sé ag scríobh. De réir mar deir Ó Riain linn (faoin leagan Béarla) is ar a dhearthár Liam a bhí sé ag cuimhneamh. Fágaim an litriú go díreach mar fuaireas é.

AR THRÁIGH BHINN ÉADAIR

(*Cara leis an bhfile d'imigh don Fhrainc. Iarann an file air cuimhniúghadh anois is arís ar na haiteachaibh do thaithidís i bhfochair a chéile.*)

Ar Thráigh Bhinn Éadair
Briseann tonn le fuaim,
Screadann faoileán aonrach
Os cionn an chuain.

O lár an léana
Le hais Glas Naoidhean
Labhrann an traona,
Ar feadh na hoidhch'.

Tá ceileabhar éanlaithe
I nGleann na Smól
An lon 's an chéirseach
Ag cantain ceoil.

Tá soillse gréine,
Ar thaobh Sléibh' Rua
'S an ghaoth ag séideadh
óna bharr anuas.

Ar chuan Dhún Laoghaire
Tá bád is long
Fá sheoltaibh gléasta
Ag treabhadh tonn.

Anso in Éirinn
Dom féin, a Bhré'ir,
Is tusa i gcéin uaim
I bPáras áigh——

Mise ag féachaint
Ar chnoc is cuan,
Ar thráigh Bhinn Éadair
'S ar thaobh Sléibh Rua.

'S tú go réimeach
I bPáras mhór
Na riogh-bhrúgh n-aolda
Is na dtreathan-slógh.

Sé'rd táim a éileamh
Ort féin a ghrádh
I bhfad i gcéin uait
Go smaoinir tráth.

Ar phort an traona
Le hais Glas Naoidhean,
O lár an léana
Ag labhairt san oidhch'.

Ar ghlór na héanlaithe
I nGleann na Smól,
Go sásta séiseach
Ag cantain ceoil.

Ar thráigh Bhinn Éadair
mar a mbriseann tonn,
'S ar Chuan Dhún Laoghaire
Mar a luascann long.

Ar an ngréin ag scéitheadh
Ar thaobh Sléibh' Rua,
'S ar an ngaoith a shéideas
On a bharr anuas!

CUIMÍN Ó CUALÁIN.

Nach é seo an t-aon dán amháin leis an bPiarsach ina bhfuil trácht ar Bhaile Átha Cliath agus an dúiche ina thimpeall?

◆

ATHAIR AN PHIARSAIGH

FEAR a raibh aithne mhaith aige ar na Piarsaigh scríobh sé (1917):

> Pearse was brought up in an enlightened home where art, literature and music were held in high esteem. They paid frequent visits to the theatre especially when Shakespeare was produced.

Tá cuid mhór scríofa faoi mháthair an Phiarsaigh agus faoina muintir agus is eol dúinn go mba dhaoine tuisceanacha saothúla iad. Éireannaigh ar na hailt ina cheann sin. Ach Sasanach ab ea an t-athair a tháinig go hÉirinn. Ba snoíodóir é. Deir an Piarsach go mba mhaith é mar Shasanach. Deir sé arís linn go raibh aithne mhaith aige ar Mhícheál Mac Daibhéid agus go mba mhór é a mheas air. Cailleadh é agus an Piarsach ina scorach agus nuair cailleadh bhí cáil mhaith ag daoine air.

Sa bhliain 1886 scríobh Ollamh as Coláiste na Tríonóide leabhrán faoi Éirinn agus d'iarr go tréan ar rialtas Shasana

Pádraig Mac Piarais

Athair agus máthair an Phiarsaigh

gan rialtas a bhunú in Éirinn ar a bhfacadar riamh. Thug sé teastas ar Éirinn mar thugann Ian Smith ar dhaoine dubha na Róidéise. Dá bhfaighidís cead a gcinn mharóidís gach duine sa tír a bhí dílis do Shasana! Rinne sé áireamh ar a nginealach agus ar a dtréithre. Ansin scríobh sé an giota álainn seo:

> Is daoine iad na Náisiúnaithe ar mian leo déantúsaí a chosaint. Dá shuaraí sin i gcúrsaí geilleagair tharraingeadh sé tuilleadh clampair. Ach a mbeidh rialtas in Éirinn, an dailtín a dteastóidh gloine fuisce uaidh níl aige ach an té bhfuil scáth báistí aige a rinneadh i Sasana a aimsiú agus gabhfar de chlocha agus de chiceanna air nó go ndéanfar corp de.

Scríobh an fear sin nithe scannalacha bréagacha faoi Éirinn. Agus cén bhrí ach go mba Chaitliceach é agus fuil Mhaguír Fhear Manach ann! Scríobh James Piarsach freagra fada feidhmiúil ar an duine aisteach seo.

D'ionsaigh sé go cliste é pointe i ndiaidh pointe. Thug sé farra faoin bpointe is mó bhí ag Maguire, .i. go raibh oiread ciní agus creidimh éagsúla in Éirinn nach bhféadfaidís teacht le chéile. D'fhreagair James Pearse á rá gur mhó na ciní a lonnaigh i Sasana agus go mba mhó na creidimh faoi dhaichead! Ina dhiaidh sin is uile is maith a bhíodar in ann an tír a rialú.

Ar seisean:

> Cén fáth atá leis sin? Ní insíonn Maguire dúinn é. Inseoidh mise dó sin é. Is nós leis na Sasanaigh conspóidí creidimh a fhágáil ina ndiaidh nuair atá polaitíocht i dtrácht acu agus tríd is tríd tá siad dílis don rialtas tharla gur leo féin an rialtas. Ar aon scéal ní rialtas coimhthíoch é. Siúd é an cineál rialtais atá Mr. Parnell iarraidh d'Éirinn. Is breá le Mr. Maguire go bhfuil rialtas dá gcuid féin ag na Sasanaigh ach damnaíonn sé na daoine a bhunódh rialtas saor in Éirinn. Is údar gaisce liom go dtig leis an Sasanach é féin a rialú. Ach tá súil agam go bhfuil mo dhíol cneastachta ionam agus nach ag sailiú mo nide féin atáim má deirim gurb olc agus gur fuilteach mar rialaíomar Éire. Tá oiread den Sasanach ionam go dtig liom a rá dá mba Éireannach mé gur ar thaobh Mr. Parnell a bheinn. Ba dhualgas liom sin ó bheadh grá agam dom náisiún.

> I may point out here that it is somewhat singular that in a people so ' mixed ' and disintegrated as not to be in a condition for self-government the flame of Nationality should burn so brightly and so strongly as not to be extinguishable but is ever bursting forth now under one guise and now under another, partly smothered from time to time but never totally put out, confined and damped only to break forth again with renewed brightness and vigour and always pointing to the same goal—Liberty which means self-government.
>
> This intense and unquenchable desire to be free is coupled with Catholicism, the great trait of the Irish character. It asserts itself at all points and at all times. The history of Ireland since its connection with England is the history of a long struggle for ' Faith and Fatherland '. That struggle is not yet finished. Mr. Parnell and his coadjutors are the present-day result of the everlasting desire for freedom.

Scríobh James Pearse as doimhneacht a chuid eolais ar stair na hÉireann agus le teasghrá don tír. Lasc sé Maguire agus dúirt go neamhbhalbh go raibh sé ag damnú a náisiúin agus a chreidimh féin. Sa roinn deiridh dá leabhar d'fhógair sé ar Shasana géilleadh do thoil mhuintir na hÉireann agus seo í an abairt dheiridh. ' Let this be done, and we may reasonably expect that bitterness and strife may depart from the land, in spite of all the professors and owls who hoot and screech from the walls of old Trinity.'

Is mór an spórt an leabhrán seo a léamh. Taispeánann sé dúinn cén mianach a bhí in athair Phádraig Mhic Phiarais agus cén dúil a bhí aige i gcothrom na Féinne. Rud eile is fear é d'fhoghlaim roinnt mhaith Gaeilge. Tá a dheimhin againn ó mhuintir Árann gur Gaeilge a labhraíodh sé nuair a théadh sé ar an oileán sin ag déanamh gnótha leo. Gura slán ar an tsíoraíocht dó.

Ruairí Mac Easmainn

◆

MAC EASMAINN AGUS AN GHAEILGE

A BHFUIL fágtha de chorp uasal Ruairí Mhic Easmainn tá sé ar ais in Éirinn againn. Céad míle fáilte roimhe. Codlóidh sé go sámh feasta buil a chairde agus a mhuintir agus is in Éirinn a bheas a aiséirí. Ar bhealach amháin níor fhág sé riamh sinn. Bhí a mheanma ar fud Fódla feadh na haoise seo go léir, bhí daoine nach ndearna dearmad riamh air agus nach ndéanfadh go brách.

Cén chaoi a bhféadfaimis dearmad a dhéanamh den fhear a scal solas na honóra ar thír a dhúchais i ngach áit a raibh meas ar an gceart, ar an daonnacht, agus ar an uaisleacht ? Séideadh na scaothairí ar a dtáirm, rachaidh dá ndícheall a chlú a bhaint den ghaiscíoch seo ba loinnir ghlé ar fud na hÉireann agus na hEorpa.

Bhí eolas feadh na cruinne ar Ruairí agus ómós dá réir dó ag daoine ard-aigeanta. Sé an t-aon duine de Mhuintir Sheachtain na Cásca a raibh cáil idirnáisiúnta air agus a bhí contúirteach ar bhealach ar leith. Bhí an Sasanach i sáinn. A chlú a mhilleadh agus rópa cnáibe a chur faoina mhuineál an leigheas a bhí aige ar an anachain. D'éirigh leis ar feadh tamaill. Chum sé na Dialanna Dubha agus thaispeáin iad do dhaoine nár deacair an dallach dubh a chur orthu. Cuireadh i bhfianaise Sheáin Réamainn iad agus nuair a léigh sé iad ghlac scanradh é agus ní chuirfeadh sé a ainm le hachainí trócaire ar a shon. Leagadh i láthair Mhíchíl Uí Choileáin iad nuair a chuir Dáil Éireann anonn go Londain é le socrú a dhéanamh idir Gael is Gall.

Níor chuala Ruairí riamh faoi na claonbhearta sin agus dá gcloiseadh féin is beag iontas a chuirfidís air. Bhí sé cleachtach go maith ar a mbeart is ar a mbealach. Is maith ab eol dó má ba leis an Sasanach duine a chur ó chion a mhuintire i gceart gur táir agus tarcaisne a thabharfadh sé ar dtús dó.

Breis is trí scór bliain ó shin scríobh Ruairí aiste ar iris-leabhar Ultach (*Uladh*) a thaispeánann cén tuiscint a bhí aige ar bhealach an tSasanaigh. Is aiste í atá lán de ghaois agus d'fhoghlaim agus tá eolas ar stair na hÉireann inti a chuirfeadh áilleacht ort. 'The Prosecution of the Irish Language' is teideal di agus ní hé amháin go nochtann sí a chuid eolais ach nochtann sí rún a chroí.

Tharla roinnt nithe neamhchoitianta sa tír go hathghearr roimhe sin a ghluais i gcionn pinn é. Fáisceadh dlí ar fhear i dTír Chonaill as ucht a ainm is a shloinne a bheith ar a charr i nGaeilge. Rinneadh an ní céanna ar Dhónall Ó Buachalla as Má Nuad. Lena linn sin díreach bhí díospóir-eacht i bParlaimint Shasana faoi mhúineadh na Gaeilge sna scoileanna agus buaileadh an rialtas sa vótáil a thárla ina dhiaidh. Spréach páipéir Shasana. 'Irish is a barbarous language,' a dúirt an *Daily Mail.* 'The Irish language has as much relation to Imperial concerns as the teaching of Kitchen Kaffir has with the administration of the War Office,' a scríobh an *Morning Post.*

Go díreach agus na nithe sin ar bun ag na páipéir laethúla, bhí arm Shasana ag earcaíocht ábhar saighdiúirí i gCiarraí, agus bhí 'A Dhia, Saor Éire' i nGaeilge ar na postaeirí acu. Is leis sin a chuir Mac Easmainn tús leis an aiste agus mheabhraigh do na léitheoirí go ndeachaigh £2 cánach ar óstóir i gCiarraí sa bhliain 1887 de bharr 'God Save Ireland' a bheith scríofa ar an taobh amuigh dá theach aige. Ró-luath sa saol a rugadh an Ciarraíoch, a dúirt Ruairí. Ach an ghéarleanúint a bhí ar bun i dTír Chonaill agus i gCill Dara is amhlaidh a thiomáinfeadh sí an teanga ar aghaidh. Bhí sí chomh maith ar a slí féin le hobair Chonradh na Gaeilge.

D'ionsaigh sé leis ansin ag cur síos ar an 'Kitchen Kaffir'. Mheabhraigh sé dá léitheoirí go mba daoine foghlamtha iad muintir na hÉireann nuair nach raibh focal Béarla in Éirinn. Thug sé caint Stanihurst mar fhianaise. 'The Irish speak Latin like a vulgar language.' Chuir sé ar a súile dóibh nach raibh Béarla ag na Tiarnaí féin in aimsir Anraoi a hOcht agus go mb' éigin Gaeilge a chur ar an dlí a d'fhógair Anraoi ina rí ar Éirinn.

Ansin tharraing sé anuas na dlithe barbartha a d'achtaigh an rí céanna in aghaidh na Gaeilge. Nocht sé an t-eolas cruinn a bhí aige ar stair na teanga.

> At the beginning of the nineteenth century Connaught and Munster may be said to have been almost entirely Irish speaking and a large part of Ulster, with several extensive districts of Leinster. Probably two-thirds of Ireland in the early years of the last century habitually spoke Irish and there could not have been less than four and a half million of Irish speakers in Ireland at the coming of the National Schools in 1831.

Scríobh sé faoi na ' Kaffirs ' a labhair an teanga agus an cineál daoine a bhí iontu.

> The old literary imagination still held the land, the songs of the Munster poets mingled in every cottage with the old heroic themes of Finn and Oscar, Diarmuid and the Sons of Uisneach. A people bred on such soul-stirring tales linked by a language, ' the most expressive of any spoken on earth', in thought, song and verse with the very dawn of their history wherein there moved as familiar figures men with the attributes of gods—great in battle, grand in danger, strong in loving, vehement in death—such a people could never be vulgar, could never be mean—could never be illiterate. The passing of the tongue of Gaeldom brings with it the extinction not only of an ancient language possessing the oldest vernacular literature in Europe but of a national character without which the race of men will be the poorer and Ireland will indeed be the field of the stranger.

Bhí focal ar leith aige le rá faoi chathair na Gaillimhe. Sa bhliain 1820 dúirt sé, ag tabhairt Hardiman mar fhianaise, go raibh dhá scór míle duine ann.

> Bookshops and circulating libraries have increased and a love for reading and literary taste is becoming observable among those of the middle class, a numerous and respectable class which includes a great part of the people of the town. All ranks from the highest to the lowest with very few exceptions speak their vernacular language, the Irish, fluently.

Agus cé mar chuaigh an t-iomlán i bhfeidhm ar Ruairí, stair na Gaeilge, an fhoghlaim a chuaigh léi agus caint pháipéar Shasana. Éist leis arís :

> I have said that the *Morning Post* likened Irish to Kitchen Kaffir. . . . This classic allusion to Irish appeared in a

> leading article which the *Post* devoted last year to a review of the debates in the House of Commons on the teaching of Irish in the National Schools, a debate which ended in the defeat of the Government. Indignant at the overthrow, the *Post* declared that 'the Irish language has as much relation to Imperial concerns as the teaching of "Kitchen Kaffir" has with the administration of the War Office.'
>
> As an Irishman I applied the *Morning Post* invective to myself. I bethought myself that a people's language is a living thing and that it was a shameful thing for an Irishman to stand by and see the soul of his country being dragged out through its lips. I accordingly gave up my club in London, and devoted the amount of the annual subscription thus saved to a training college in Munster where teachers are perfected in a fuller knowledge of and a more scientific method of imparting 'Kitchen Kaffir'.

Rinne Ruairí i bhfad níos mó ná sin ar son na Gaeilge. Sé is mó a bhí freagrach as Coláiste Tamhain a bhunú agus bhí lámh mhór aige in obair Choláiste Chloich Cheann Fhaolaidh.

Rinne sé tuilleadh. Chuaigh sé siar don Cheathrúin Rua i gConamara agus chonaic sé an bhochtaineacht bhí san áit—istigh i lár na Fíor-Ghaeltachta. Rinne sé socrú go mbeadh béile bia in aghaidh an lae le fáil ag na malraigh sa pháróiste sin. Mhair sin ó 1912 go dtí 1931, an t-am ar tugadh béilí amach do réir dlí. Mar is léir chaith sé suim mhór airgid ar na Gaeilgeoirí bochta sin. Solas na bhFlaitheas go bhfeice sé go buan!

◆

NA DIALANNA DUBHA

1.

Is FADA a bhíomar ag súil leis an leabhar sin *The Accusing Ghost, or Justice for Casement* le Alfred Noyes [Gollancz, London. 15s.]. Nuair a scríobh an Dochtúir Ó Maoldomhnaigh a leabhar féin sa bhliain 1936—*The Forged Casement Diaries*—fiche uair a thrácht sé ar Alfred Noyes sa leabhar. Ar a éamh do Yeats bhuail riastra feirge é le Alfred Noyes, tharraing chuige a pheann agus scríobh sé dán a bhain geit as cách agus codladh na hoíche de Mr Noyes. Bhí cáil air an uair sin mar fhile agus mar phrósadóir; bhí cuid den phobal ag caint ar a thuairimí i dtaobh creidimh is cráifeachta agus bhí roinnt ag cur a gcosa uathu faoi gur naomhaigh sé Voltaire. Ach níor shíl aon duine go raibh sé ina tharbh tána ar an gcluiche a bhain a chlú de Ruairí Mac Easmainn. Spréach Yeats i gceart agus léas leis.

Come Alfred Noyes, come all that troop
That cried it far and wide
Come from the forger, and his desk,
Desert the perjurer's side,
Come speak your bit in public
That some amends be made
To this most gallant gentleman
That is in quicklime laid.

Bliain a '16 a tharla na heachtraí a dhúisigh an stoirm mhór seo nár lag go fóill. Bhí an chéad chogadh mór ina reacht seoil lena linn agus bhí Noyes ag bolscaireacht do Shasana sna Stáit. Lá dár shiúil sé isteach ina oifig chonaic sé moll mór páipéar ar an mbord agus ar dhearcadh dó tríothu léigh sé beagáinín díobh. '*Errotica* uafásach', ar seisean ' iad seo '. Dialanna Dubha Ruairí Mhic Easmainn siad a bhí os a chomhair. An chaint a chaith do dhuine fúthu scaipeadh ar fud Mheiriceá í agus ní nach ionadh rinne sí dochar do chlú Ruairí.

Tamall ina dhiaidh sin agus é ag tabhairt léachta i halla i Philadelphia d'éirigh bean den lucht éisteachta ina seasamh agus thug ' deargscabhtéara ' ar Noyes os comhair a raibh ann. Sí Mrs Nina Newman, deirfiúr Ruairí a labhair. Chreid Noyes an uair sin go mba sodamóir cruthanta Ruairí Mac Easmainn ; creideann sé a mhalairt anois ina sheanaois agus tá sé de chneastacht ann a rá leis an saol mór nach é amháin gur cuireadh an dalladh dubh air ach ina cheann sin go bhfuil oibleagáid ar Rialtas Shasana cúiteamh éigin a dhéanamh le Ruairí. Deir sé go neamhbhalbh leis an rialtas sin coiste eolaithe a bhunú leis na Dialanna Dubha a scrúdú.

Is spéisiúil linne go bhfuil éileamh den sórt sin déanta ag Sasanach ach is spéisiúla linn an méid atá ina leabhar. Tá daoine céimiúla á rá i gcónaí gurb iad dialanna dílse Mhic Easmainn na Dialanna Dubha seo. Táthar á rá gurb é scríobh iad gan aon amhras agus tá Éireannaigh ina measc. Agus dúradh linn go gcuirfeadh Alfred Noyes ainm ar an mbrionnadóir a chum na Dialanna Dubha. Ní dhéanann sé an méid sin cé go gceapfá ó am go ham go gcreideann sé go mb'é Sir Basil Thomson, cinnire ar Bhleachtairí Shasana, a rinne an beart. Ní hé amháin nach gcuireann sé ainm ar an mbrionnadóir ach scríobh sé píosa i dtús caibidil a dó a chuireas teorainn chinnte le cuspóir an leabhair: 'This book is chiefly concerned with the manipulation of the diaries officially circulated behind the scenes of the trial.'

Naoi scór go leith leathanach atá ann agus é roinnte i gcúig chaibidil déag. Tráchtann Noyes ar scéal beatha Mhic Easmainn, ar an uaisleacht a bhí ann, agus ar an obair gaiscígh a rinne sé do na dúchasaigh san Aifric agus i Meiriceá theas. Chomh maith leis sin labhraíonn sé ar na daoine a raibh aithne mhaith acu air agus a mhol é féin agus a shaothar go hard. Níl locht ar bith air sin ach is fearr a rinne daoine eile an scéal seo a insint. Insíonn sé scéal na hÉireann ansin ó 1886 go dtí 1919, agus an bhaint a bhí ag Mac Easmainn leis an dúiseacht náisiúnta. Cuntas cneasta a bheir Noyes anseo cé nach cruinn ná cuimseach é; ach an oiread le Mrs Mary Bromage is beag é a chuid eolais ar chúrsaí na hÉireann dáiríre.

Ach ní hionann cúrsa dó i gcás a thíre féin. Is eol dó go maith agus go mion cén t-uisce faoi thalamh bhí ar bun i Sasana ó 1886 anall leis na Coimeádaigh a chur in uachtar agus cé mar a rinneadar cnáimh spairne de scéal na hÉireann lena aghaidh. Léasann sé Lord Birkenhead gan trua gan trócaire. Ní fhágann sé liobar ar a chraiceann polaitíochta nach dtógann sé léas air. Ansin déanann scrúdú ar Sir Basil Thomson, 'an té a chum na Dialanna Dubha'. Tugann sé a *cheithre* insint seisean ar cé mar tháinig sé orthu. Tá an chuid seo den leabhar go maith: is píosa é léifear go mion má déantar scrúdú éargnúil choíche ar an gcúrsa gránna seo go léir.

Tráchtann sé ansin ar na Dialanna Dubha féin, ar an *errotica* atá iontu agus ar an neamhchosúlacht atá idir iad agus gach ní eile dár scríobh Mac Easmainn, ach ní *foláir cuimhneamh, d'eile, nach bhfaca Alfred Noyes na Dialanna Dubha riamh.* Chonaic Mr Singleton-Yates iad, adeir sé, os cionn scór go leith bliain ó shin iad agus deirtear go bhfaca Frank iomráiteach McDermot iad. Is doiligh a mheas go bhfaca Alfred Noyes cóipeanna díobh ach an oiread. Ní abraíonn sé go bhfaca agus is cosúil gur as leabhar René Mhic Coill a tharraing sé na píosaí beaga ar a labhraíonn. Nílim á ligean i ndearmad gur teaspáineadh cóipeanna dó bliain a '16 thall i Meiriceá. Ach deir sé féin nár fágadh aige iad ach ar feadh ala an chloig. Dá léadh sé cóipeanna de na Dialanna seo ní mheasaim go bhféachfadh sé le Mac Easmainn a chosaint ar an gcaoi a dhéanann. Ní thráchtfadh sé chomh mion ar chúrsaí Armando Normand is a níonn sa leabhar.

Ba é Normand an té úd i Meiriceá ó dheas a chéas agus a chráigh agus a bhásaigh na hIndiacha i dtús an chéid seo. Ar lorg an chorpadóra seo a chuaigh Ruairí Mac Easmainn. Scríobh sé cuntais fhada anall chuig Roinn Eachtrach Shasana faoi ainghníomharthaí an duine seo agus deirtear go dtáinig sé ar dhialann leis, gur chuir sé Béarla uirthi agus gur sheol sé anall go Sasana í. An Dialann seo Normando is í is máthair do na Dialanna Dubha deirtear. Dar liomsa seo é an chuid is laige den leabhar. Níor mhínigh aon duine dúinn cé mar tháinig Ruairí ar an Dialann seo. An raibh Normando ina leibide chomh mór is go ligfeadh sé uaidh í ? Cinnte tá fianaise P. S. Uí Éigeartaigh agus Bulmer Hobson againn gur inis Mac Easmainn dóibh go raibh a léithéid de dhialann ann. Ar inis sé dóibh cé mar tháinig sé uirthi ? Nach raibh sé ag luí le réasún go gcuirfí ceist ar Mhac Easmainn ina taobh agus scéal chomh spéisiúil sin aige á insint dóibh ? Ní léir dom go bhfuil smais ar bith ar an scéal seo dialainne Amando Normand agus ní chreidim gur maith ach mí-mhaith a dhéanann sé do chúrsaí Ruairí Uasail Mhic Easmainn.

Ar an gcéad iarraidh tá trácht ar an gCongo san Aifric sna cóipeanna de na Dialanna Dubha a teaspáineadh: tá trácht ar ghníomharthaí gránna a rinneadh sa Phoirtingéal, san Fhrainc, agus i Sasana. Tá trácht ina cheann sin ar Éirinn, ar dhaoine ar nós an Chraoibhín Aoibhinn, Seán Réamainn, agus Bulmer féin. Tá sé leanbaí bheith á áiteamh orainn go mbeadh mioneolas den sórt sin ag fear as Bolivia ar chúrsaí na hÉireann. Ní á rá atáim nach bhféadfadh a leithéid de Dhialann a bheith ann. Ach táim dearfa gur beag an leas a baineadh aisti le dochar a dhéanamh do chlú Mhic Easmainn—má baineadh leas ar bith.

Sé deirim mar sin faoin leabhar seo gur gníomh álainn cúitimh é atá déanta ag Sasanach le Ruairí Mac Easmainn san éagóir a rinne sé air i ngan fhios dó féin breis is caoga bliain ó shin. Más leabhar é a scríobh sé as racht mothúcháin féin cén dochar sin?

2.

Chuir an leabhar seo an-fhearg ar chuid de na measadóirí i Sasana. Insíonn a gcuid aistí dúinn go bhfuil Sasanaigh cuid maith agus roinnt Éireannach a chreideann go diongbháilte fós gur dialanna dílse le Ruairí Mac Easmainn iad seo. Tá dréachta cuid mhaith ar na tréimhseacháin mheasúla féin i Sasana ina raibh an méid sin á dhearbhú gan spalpas. Ní mór dúinne aghaidh a thabhairt ar na haistí sin agus féachaint cén fhírinne atá iontu. Más amhlaidh a bhí Ruairí Mac Easmainn mar a deir siad ní healaí dúinne fiacal a chur sa scéal. Caithfimid glacadh leis mar a chaithimid glacadh le adhaltranas Pharnell. Beirt a scríobh agus a dheimhnigh a dtuairim faoin gcúrsa is ea Mr M. Hyde, M.P., agus an Dochtúir Lititia Fairfield. Sa *Sunday Times* a scríobh an Feisire; sa *New Statesman and The Nation* a bhí dréacht na dochtúra mná. Tá an bheirt acu dearfa go bhfuil fianaise dho-shéanta sna dialanna nach bréag a cuireadh ar Mhac Easmainn. Trí údar a thugas Mr Hyde lena thuairim. B'fhéidir nach miste focal nó dhó a rá fúthu.

(1) Deir sé gur thaispeáin Lord Birkenhead na Dialanna Dubha do Mhícheál Ó Coileáin le linn na gcainteanna bhí

ar siúl idir Sasana agus Éire sa bhliain 1921. Chreid Mícheál Ó Coileáin go raibh siad fírinneach. D'aithin sé, dúirt sé, scríbhneoireacht Mhic Easmainn. Ní cruthú ar bith é seo ar thada. Fear óg ab ea Mícheál Ó Coileáin a bhí ina thimire thar cionn agus é lán de mhisneach agus de dhíograis. Ach níor thimire criticiúil é i gcúrsaí áirithe. Is beag an oiliúint a bhí air i gcúrsaí leabhar agus léinn agus ní raibh aon scil aige sna nithe a bhain le scríobh-eolaíocht. Ar aon nós níl againn uaidh ach a *bharúil.* Ach rinne Mr Hyde, M.P., dearmad de dhá ní eile a chaitheas amhras ar éifeacht a argóna. Do dhuine neamhoilte a taispeáineadh na dialanna seo. Bhí fear oilte i gcosamar Mhíchíl Uí Choileáin, mar tá Gábhánach Ó Dufaigh. Bhí seisean in ann doiciméid a léamh. *Ní dó sin a taispeáineadh í.* Agus cuimhnigh gur iarr sé an dialann fheiceáil arís agus arís eile bliain a '16 agus nach bhfuair sé ach bonnachaí gach uair. Eisean a bhí ag cosaint Mhic Easmainn. Ansin chomh tráthúil lena bhfaca tú riamh bhí aiste ar *Times* Londain san am chéanna ag Sir Basil Thomson (Samhain 21, 1921) ar Dhialanna Dubha Mhic Easmainn!

(2) Deir sé go bhfuil oiread mionthagairtí do Thuaisceart Éireann iontu nach bhféadfadh aon bhrionnadóir a gcumadh ach Ruairí Mac Easmainn. Aontaímse gurb é Ruairí Mac Easmainn a scríobh 95% de na Dialanna Dubha: ní aontaím gurb é scríobh an 5% díobh ina bhfuil an *errotica* (féach Roinn 3). Níor thug Mr Hyde aon ábhar nua dúinn le go bhféadfadh duine glacadh leis. Dáiríre níl ina argóint ach freagra ar na daoine leanbaí a labhraíonn ar Dhialann Normando.

(3) Deir sé go bhfuil dán sa Leabharlainn Náisiúnta a chum Mac Easmainn a chruthaíos go raibh luiteamas aige le sodamacht. D'fhoilsigh seisean an dán; léas-sa é agus ní fheicim sodamacht ann. Tá dhá chineál duine a chífeadh sodamacht ann: (*a*) an té a chreideas go daingean gur shodamóir é Mac Easmainn, (*b*) an duine bhfuil an nós sin aige féin—chífeadh seisean i ngach aon áit é. Ach cuirim i gcás go bhfuil sodamacht go hoscailte nó faoi cheilt sa dán ní chruthaíonn sin go mba chiontach é Mac Easmainn ná

go raibh an nós aige. An té a bhfuil cuid mhaith filíochta léite aige tá a fhios aige nach pictiúr i gcónaí d'intinn an fhile an ní a bhíos ina dhán. Baineann sin le gach cineál scríbhneoireachta. Más fíor scéal Mr Hyde ní foláir nó is págánach bhí san fhear a scríobh *Agallamh na Seanórach.* Tá aithne agam féin ar úrscéalaí mná i Sasana a ndeir cách gur Caitliceach í i ngeall ar a cuid leabhar. Is feasach mise nach é amháin nach raibh sí ina Caitliceach riamh ach nach gcreideann sí i nDia. Sa *New Statesman and The Nation* a scríobh an Dr Letitia Fairfield. Aithníonn duine uirthi nach priompallán ise fearacht scríbhneoirí eile thall ach gur duine í atá ar thóir na fírinne. Deir sí (Beal. 4.) ' Looking at the obscene passages one asks " Could this be Casement ? " Looking at the remainder one says " It could not have been anyone else. How he escaped detection is a mystery ".' (Féach cuid 3 thíos.)

Is léir óna haiste gur chuir leabhar Noyes fearg mhór uirthi. Agus ní chuidíonn fearg le eolas a chuartú.

Tá rud amháin le rá faoin mbeirt seo nach féidir a rá faoi chuid eile atá ag scríobh faoi na Dialanna Dubha. *Chonaic siad cóipeanna díobh—cóipeanna a fhreagraíonn don chuntas thugas Éamann Ó Dúgáin orthu, fear eile a chonaic na bunscríbhinní buil Mícheál Ó Coileáin. Tá cóipeanna díobh agamsa chomh maith céanna. Tá siad scrúdaithe agam go mion. 'Siad an chuid chéanna iad atá ag Dr Letitia Fairfield. Ní aontaím go bhfuil sise ceart in aon bhlas dár scríobh sí fúthu.* Dhá dhialann agus leabhar cuntais atá sna Dialanna Dubha seo. Baineann an chéad cheann le 1903—ón 13ú d'Eanáir go dtí Eanáir 1904. Le 1910 a bhaineas an dara ceann. Tarraingt ar 21,000 focal atá i nDialann 1903. Tuairim is 22,000 atá sa cheann eile. Tá 95% den dá cheann ag cur síos ar ghnáthimeachtaí consuil, rud a mbeadh súil leis. Níl ach 5% den iomlán ag tagairt don *errotica.* Cuireann an scríbhneoir síos ar an obair atá ar bun aige. Ar a chuid gadhar, ar an mbia a d'itheadh sé, ar na daoine a casadh dó ar a chuid siamsaí agus ar na páipéir a d'fhaigheadh sé. Is furasta gach ceann acu a léamh go fiú is nuair nach bhfuil scríofa aige ach focal amháin.

Mar a dúras roimhe táim dearfa gur le Ruairí Mac Easmainn 95% de na Dialanna seo nó go bhféadfadh sé gur leis iad. Ní chreidim gur leis an 5% *errotica.* Creidim gurb amhlaidh a sacadh isteach an *errotica* ag brionnadóir cliste éigin in aon turas. B'fhurasta cuid den scríobh a shíogadh amach agus caint eile a chur isteach ina áit. Bhí cluiche cliste i mbun propaganda i Sasana bliain a '16. Ní agamsa atá a rá cé mar rinneadh an obair seo. Mura b'ea tá sé air agam údar a thabhairt lem bharúil nach le Mac Easmainn an *errotica.*

3.

Roinnt laethanta sular crochadh Mac Easmainn scríobh sé litir chuig cara leis. Is maith a bhí a fhios aige san am céard a bhíothas á rá faoi. Scríobh sé. ' It is a cruel thing to die with all men misunderstanding—misapprehending and to be silent forever.' Ba chóir go gcuirfeadh an litir seo ar ár n-airdeall sinn cuma cé na tuairimí atá againn faoi chúrsaí náisiúnta Mhic Easmainn. Is *cri de coeur* ón uaigh féin í.

Ní chreidim gur fíor an chúis a chuirtear ina aghaidh ar an ábhar:

(1) Nár cruthaíodh riamh í. Ná níor féachadh lena cruthú ná ní thabharfaí deis do Mhac Easmainn é féin a chosaint. Fuair sé amach céard a bhí a naimhde ag scaipeadh ina thaobh. Shéan sé an chúis le fuinneamh agus le feirg. D'iarr sé ar na dlíodóirí féachaint le cóipeanna de na Dialanna fháil. Níor thug Rialtas Shasana dóibh iad. Níor thugadar d'aon duine iad ach do dhream bheag tofa le haghaidh ócáide ar leith.

(2) Tugadh cóip don Iriseoir Ó hAilín le foilsiú i bpáipéir Mheiriceá. Bhí sé sásta sin a dhéanamh ach cead a fháil Mac Easmainn a cheistiú fúthu. Ní bhfaigheadh sé an cead sin cé gur iarr sé trí huaire é. Ní ligfeadh Rialtas Shasana cead do dhuine neamhspleách cóip de na Dialanna Dubha a leagan i láthair Mhic Easmainn!

(3) Freagraíonn an feachtas go léir ró-álainn do riachtanais na huaire. Na Dialanna seo agus an t-ábhar atá iontu siad san amháin a d'fhóirfeadh ar an Sasanach sa bhliain 1916; agus ní hé amháin sin ach cuimhnigh ar an uair a friothadh iad—go díreach nuair a bhí Sir Basil Thomson ag ceistiú Mhic Easmainn — cé go raibh na truncanna ina rabhadar i seilbh na bpóilíní le bliain is ráithe roimhe. Ba nioscóid Mac Easmainn ar mhuineál an tSasanaigh bliain a '16. Na cinnirí eile a bhí san Éirí Amach bhíodar sínte in uaigheanna aoil agus gach duine ' measúil ' sa tír tar éis a gcáinte go géar. Ar chaoi ar bith céard a bhí iontu ach filí fánacha agus máistrí gan aird ! Ach ba dhuine eile Sir Roger Casement. Bhí cáil ar fud an domhain airsean; bhí meas air i ngach cuideachta lerb áil an ceart, an chóir, an daonnacht agus an ridireacht. Bhí aistí ar *Times* Shasana á mholadh is dá mhóradh. Luaigh Ard-Easpag Chantarberí a ainm in Ard-Eaglais Westminster. Rinne Rí Shasana ridire de. Ní dhúnfadh an bás a bhéal seisean, ní chuirfeadh tada ina chónaí é ach a chlú a smearadh le héifeacht mar a smearadh clú an Athar Damien.

(4) Tá an *errotica* ag teacht salach ar na tuairimí a bhí aige i dtaobh an nóis mhí-nádúrtha seo. Tá a thuairimí le fáil sna Dialanna Dubha féin. Sasanach a mharaigh é féin de bhíthin an nóis seo tháinig a thásc don Aifric san áit a raibh Mac Easmainn i 1903. Scríobh seisean sa Dialann, Aibreán 17 (1903). ' H.M.S. O Din arrived. Brought news of Sir Hector McDonald's suicide in Paris. The reasons given are pitiably sad. The most distressing case this, surely, of its kind, and one that may awaken the national mind to saner methods of curing a terrible disease than by criminal legislation.'

(5) Tá na céadta mílte focal eile scríofa ag Mac Easmainn — idir litreacha, aistí, cuntais oifigiúla agus dhá dhialainn (nach ndeachaigh go Scotland Yard). Níl fiú *siolla* iontu a thugas lide dúinn go raibh sé tugtha don mhínós úd.

(6) ' How he escaped detection is a mystery ' adeir an Dr Fairfield. Níorbh fhéidir do Mhac Easmainn an nós sin

bheith aige i ngan fhios don saol in Éirinn. Níl blas ar bith nach feasach an pobal in Éirinn faoi na fir chéimiúla atá againn. Bhí Mac Easmainn os comhair an phobail ó 1903 amach. Bhíodh bleachtairí á leanúint ó 1913 ar a dheireanaí. (Féach *Dublin Magazine* 1931.) Bhí sé thall sa Ghearmáin sa bhliain 1915 agus i dtús 1916. Bhí dlúthbhaint aige le saighdiúirí as Éirinn bhí ina bpríosúnaigh ann. Tháinig cuid acu sin anall le fianaise a thabhairt ina aghaidh. Thugadar a bhfianaise i Londain ach ní raibh aon bhlas acu le rá faoin mí-nós úd.

(7) Tá difir an domhain idir stíl an *errotica* agus an stíl atá sa chuid eile de na Dialanna Dubha. Cúrsaí an lae atá idir chamáin ag an scríbhneoir go hiondúil. Caint phrósúil gan anam gan samhlaíocht a chleachtas sé. Ach bíogann sé ar fheiceáil daoine áirithe dó nó ar chuimhneamh dó ar nithe neamhchoitianta. Cuireann caint dhathannach ghraosta in úsáid a bhaineas geit asat. Ansin *de thurraic* téann ar ais go dtí a sheanstíl chomónta phrósúil. Cén chaoi a bhféadfadh duine é seo a dhéanamh agus é dhéanamh *go seasta* .i. an modh agus an mothú a choinneáil in áit amháin i gcónaí—agus ansin iad a shrianadh go tobann? Is ionann é agus abhainn a chuirfeadh thar maol gan na páirceanna lena taobh a fhliuchadh. Sna píosaí fada *errotica* tá caint dhathannach ag an údar. Tá na habairtí ar dhéanamh ar leith agus is gnáthach caint dhrámathach ina dheireadh. Ní fhaigheann tú an nós seo scríobh sa chuid eile de na Dialanna. Is spéisiúil an cúrsa é go bhfuil stíl an *errotica* go mór ag dul i gcosúlacht le stíl Sir Basil Thomson, go mór mór stíl na ngiotaí ina gcuireann sé síos ar Mhac Easmainn.

(8) An chuid is troime ar fad de na hiontrála gránna is i dtús nó i ndeireadh píosa fhada atá siad sin nó i lár leathanach fada scríbhneoireachta san áit a mbeadh do shúil le briseadh nó le alt nua. (B'fhurast do bhrionnadóir píosa a shíogadh amach as seandialann agus caint nua a chur isteach ina tús agus ina deireadh.)

(9) Ba dhuine é Mac Easmainn a thuig go maith cén mhortabháil a bhí air i gcúrsaí oifigiúla. Is fear é a rinne

a ghnó le éifeacht is le dúthracht. Obair an-chontúirteach a bhí idir lámha aige. Bhfuil sé ag luí le nádúr go mbeadh a leithéid ina sclábhaí ag a chuid ainmhianta ? Bheadh trí ní ar a laghad a choiscfeadh é. D'fhéadfaí cíos dubh a bhaint de, d'fhéadfaí é ghearradh amach as comhluadar geanúil, agus d'fhéadfaí é chur i bpríosún.

(10) Ba duine é Mac Easmainn a raibh coinsias aige. Tá a lucht aitheantais go léir ar aon scéal faoi sin. ' Protastúnach cráifeach ' a thug Joseph Conrad air. Sa bhliain 1910 scríobh sé ina Dhialainn dhlisteanaigh—an ceann atá sa Leabharlainn Náisiúnta :

> It is now 3.40 a.m. God guide me aright. God keep me for the sake of these poor unhappy beings. . . . One moves here in an atmosphere of crime, suspicion, lying and mistrust in the open, and in the background these revolting and dastardly murders of helpless people. . . . God help the poor beings; only He can help them.

Is cruthúnas an píosa sin thuas go raibh coinsias aige. An té a scríobh an giota sin sa bhliain 1910 an bhféadfadh sé bheith ina bheithíoch bhrúidiúil lena linn ? B'fhéidir, go bhféadfadh. Ach táimid cinnte de rud amháin. Dhúiseodh a choinsias agus dhéanfadh sé rud éigin faoi.

Níl aon chruthú sa Dialainn Duibh (1910) go raibh coinsias ar bith aige i leith an ní ná go dtáinig aiféala ar bith air. Ná go raibh coimhlint ina choinsias. Is amhlaidh a neartaigh sé ar a mhaidí an bhliain sin. Cén fáth nár dhúisigh a choinsias uair éigin—ó bhí a leithéid aige ?

(11) Is duine réasúnach a bhí ann. Ní hiondúil leis an duine réasúnach labhairt go hard ar nithe a rinne sé féin as bealach. Plúchann sé na scéalta sin. Ach maidir le rudaí náireacha a scríobh a dhéanfadh díobháil thar fóir dó féin ach teacht orthu ní chuimhneodh air sin ach fear buile. Dá mba iad a naimhde féin iad níor dhúradar go raibh Mac Easmainn ar buile. An *errotica* seo bheith ar pháipéar is cruthú ann féin é nach é Mac Easmainn a scríobh. Cé chonaic riamh cheana Dialanna ar an nós seo ? Ní hé amháin nár chualas féin faoina leithéid ach ní chreidim go gcuala mórán eile fúthu ach an oiread.

(12) Tá ní eile fós le rá faoi na Dialanna Dubha. Ní mise an chéad duine a thug faoi deara cén difir atá idir Dialann 1903 agus Dialann 1910. Thug a lán daoine faoi deara é idir chairde agus naimhde Mhic Easmainn. Sílim gurb é Sir Edward Grey, Aire Eachtrach Shasana, is túisce a labhair faoi. Thagair Blackwell dó, an comhairleach dlí a bhí ag Rialtas Shasana bliain a '16. Thrácht A. Noyes air agus Mr M. Hyde, M.P., agus an Dochtúir Leititia Fairfield. Níorbh iontas ar bith sin dóibh mar tá difir an domhain idir an dá chuid.

I nDialann 1903 cé go bhfuil tagairt sách minic don sodamacht is beag iontas a chuireas an cúrsa ar an scríbhneoir agus ní airíonn tú go bhfuil aon díocas mór ann. Tá an scríbhneoir fuarchúiseach go maith i dtaobh a cheirde más ceadmhach scríobh mar sin. Ach ní hionann do Dhialainn 1910. Tá ragús ainmhianta air; tá cuthach buile air. Mothaíonn tú ag léamh na dtagairtí duit gur *nuaíocht* leis é, gur aoibhinn leis é, gur iontach leis é, nach bhfuil aon bhlas eile ionchomórtais leis ar an saol seo.

Anois cén aois a bhí Mac Easmainn nuair a scríobh sé na Dialanna seo ? (Má scríobh.) Sa bhliain 1864 a rugadh é. Fágann sin go raibh sé naoi mbliana déag is fiche (39) nuair a scríobh sé an chéad cheann agus go raibh sé sé bliana is daichead (46) nuair a scríobh sé an dara ceann. An fear atá i lúib an daichid is beag atá ag dul amú air i gcúrsaí gnéis. Tá eolas aige ar a acmhainní féin agus ar an saol : agus is cuma cén nós nó mí-nós atá saothraithe aige ní *nuaíocht* leis é, san aois sin. I dtús a óige agus a mhaitheasa agus é ag borradh le neart, le fuinneamh, agus le baois is iomaí áilleacht bhréige a chuireas ar a aimhleas é; ach, do réir mar a théann sé in achrann sna blianta maolaíonn ar an díocas, imíonn an dúthrúch agus déanann sé talamh slán de gach nós agus mí-nós dá bhfuil aige. Ní thugann sé suas iad—i gcónaí ar aon nós—ach ní fhaigheann sé an *sásamh* céanna iontu a fhaigheadh. Ní fhaigheann tharla go bhfuil an *óige* téaltaithe léi. Ansin sea thuigeann sé céard a bhí i gceist ag Byron nuair a labhair sé ar 'love's sad satiety'. Ar dhaoine a bhfuil an tsláinte go maith acu a labhraím. Ach más duine é ar nós Ruairí Mhic Easmainn nach raibh neart mná seolta ann sa bhliain 1910 céard déarfar faoi ? Go raibh sé chomh haineolach i gcúrsaí an tsaoil go mba *nuaíocht* leis an tsodamacht, go mba ghreann leis í, go mb'aoibhinn leis í, chomh haoibhinn sin go gcaithfeadh sé í chleachtadh go mion is go minic sa bhliain 1910, go mór mór sa ráithe deiridh den bhliain sin agus é 46 bliain d'aois. Tá an scéal chomh háiféiseach ó thaobh céille agus cleachtadh gur cúis mhór iontais liom nach bhfaca aon duine a bhrí i bhfad roimhe seo.

Ní nach ionadh tá fianaise na heolaíochta ag teacht leis seo mar is léir d'fhear meánaosta ar bith a bhfuil radharc ina shúil agus ciall ina cheann. Tá scrúdú éargnúil déanta ag eolaithe Mheiriceá ar an mí-nós seo na sodamachta agus tá toradh a saothair ar fáil. I dhá imleabhar a foilsíodh é, imleabhar a haon sa bhliain 1948, an dara ceann sa bhliain 1954. Is amhlaidh a scrúdaíodar cúis na mílte fear idir phósta agus singil agus d'fhoilsíodar a gcuid eolais le táblaí, le fíoracha, agus le grafanna. Triúr fear a bhí i mbun na hoibre, Kinsey, Pomeroy, agus Martin.

Ar leathanach 291, imleabhar a haon, deirtear an té a bhfuil an nós aige go gcleachtann sé go tréan é nó go mbí sé scór is cúig bliana déag (35) d'aois. Ach idir 39 agus 46 go maolaíonn an nós go mór. Taispeánann siad an t-athrú seo le graf chomh maith. Tá titim tobann géar sa ghraf sin a thugann an t-eolas seo dúinn. In aois a shé bliana is daichead uair sa tseachtain a chleachtas fear singil an mí-nós seo (291).

Scrúdaímis na Dialanna Dubha anois i bhfianaise an eolais seo. Agus Mac Easmainn 39 mbliana bhí an nós aige (má bhí) tréan go maith ach ní raibh sé ró-dhona. Ach céard a tharla (más fíor do na Dialanna) agus é 46 bliana d'aois ? An ndeachaigh na mí-ghníomharthaí ar gcúl mar a deir an t-aos eolaíochta. Ní dheachaigh. Ag méadú orthu a bhí. Bhí néall air chucu agus é ag breith suas leis an leathchéad ! Leis an scéal sin a thuiscint ní foláir coinneáil i gcuimhne gur *uair* sa tseachtain mar mheán, a chleachtas an fear singil sláintiúil an mí-nós in aois a 46 bliain. Más fíor do na Dialanna Dubha chleacht Mac Easmainn é :

2.8 uair sa tseachtain i Mí Dheireadh Fómhair 1910.
4.8 uair sa tseachtain i Mí na Samhna 1910.
3.6 uair sa tseachtain i Mí na Nollag 1910.
5.0 uair, an chéad tseachtain de Dh. Fómhair 1910.
7.0 uair, an chéad tseachtain de Mhí na Samhna, 1910.
10.0 uair, an chéad tseachtain de Mhí na Nollag, 1910.

Is féidir an scéal a mhíniú ar bhealach eile. Do réir fianaise na heolaíochta tá na Dialanna Dubha ag dul amú :

180% i Mí Dheireadh Fómhair 1910.
360% i Mí na Samhna 1910.
280% i Mí na Nollag 1910.
400% an chéad tseachtain de Dheireadh Fómhair 1910.
600% an chéad tseachtain de Mhí na Samhna 1910.
900% an chéad tseachtain de Mhí na Nollag 1910.

An fear singil a chleachtódh an mí-ghníomh sin uair sa tseachtain is fear sláintiúil atá i gceist. Ní bheadh baol ar othar é a dhéanamh leath chomh minic. Ós othar bhí in Ruairí Mac Easmainn sa bhliain 1910, ní raibh gar aige na mí-ghníomhartha seo a dhéanamh; ní raibh, ach an oiread is a bheadh ag bean leanbh a bheith aici ina sean-aois thall.

Faoistin Naomh Pádraig

IS BEAG misinéir a ndeachaigh a theagasc agus a shampla i bhfeidhm ar a mhuintir mar a chuaigh teagasc agus tionchar Naomh Pádraig ar mhuintir na hÉireann. Ghéilleadar dá ghlór chomh mór sin nach é amháin gur chaitheadar uathu na déithe págánta dá dtugaidís adhradh, ach ghlacadar leis an gCríostaíocht chomh dúthrachtach sin gur bhunaíodar mainistreacha agus clochair ar fud na tíre agus gur chaith uimhir mhór díobh a saol i seirbhís Dé. Rinneadar tuilleadh. Le linn ama agus an creideamh Críostaí ag dul ar gcúl ar fud na hEorpa, d'imigh na sluaite díobh thar sáile agus scaipeadar creideamh agus léann ó Í na hAlban go dtí Kiev na Rúise. Tá an obair chéanna ar bun acu anois san Áise, san Aifric agus sa dá Mheiriceá. Tá cáil idirnáisiúnta orthu de bharr an mhisinéara seo. Chraobhscaoil siad soiscéal Chríost agus scéal Phádraig in éineacht. Níl aon áit dá ndeachadar nár thugadar leo ina gcroí é. Agus tá a shliocht ar Phádraig. Níl naomh san Eaglais is mó a bhfuil eaglaisí ainmnithe dó ar fud an domhain mhóir ná é. Nuair a tháinig an chéad Mhór-Chomhairle den Eaglais le chéile sa Róimh (1870) tugadh rud iontach faoi deara. Is mó de chlann Phádraig ná de chlann Pheadair a bhí ann! Ba líonmhaire i bhfad na hEaglaisigh Éireannacha ná na hEaglaisigh Iodáileacha féin.

Thug Pádraig agus a chomh-mhisinéirí an creideamh go hÉirinn, ach rinneadar i bhfad níos mó ná sin. Thugadar leo an tsibhialtacht a d'fhás sa Ghréig agus a d'fheabhsaigh sa Róimh. Mheascadar í leis an tsibhialtacht Cheilteach a bhí in Éirinn rompu, agus is dá bharr a shaothraigh Éire ainm nua di féin—*Insula Sanctorum et Doctorum.* Thug Pádraig cor nua ar an stair a bhí le feiceáil ar fud na tíre de réir a chéile. Na mainistreacha agus na clochair a cuireadh suas i ngach aon bhall ní raibh iontu ach cuid de. Bhí sé le feiceáil sna croiseanna iontacha a rinneadh, sna lámhscríbhinní a maisíodh agus san fhilíocht a scríobhadh.

Bhí scríbhneoireacht in Éirinn sula dtáinig Pádraig anall. Ach níl aon scríbhinn againn i nGaeilge ná i Laidin a breacadh roimh lár an chúigiú céad. Tá nithe againn a scríobhadh ar chlocha, agus tá tábhacht nach beag leo. Ach is ó aimsir Phádraig atá ré na staire le háireamh in Éirinn. Ní beag le rá an méid sin. Ach de bharr Phádraig tharla rud eile ba thábhachtaí fós. Rinne an Eaglais in Éirinn ní nár ghnách léi a dhéanamh san Eoraip. Ní hí an Laidin ach an Ghaeilge is mó a saothraíodh sna mainistreacha, agus tamall tar éis teacht an chreidimh, scríobhadh síos cuid mhór de na ságaí a bhaineann le fréamhacha ár gcine. Cuireadh an cine daonna faoi mhórchomaoin nuair a rinneadh sin, mar is seoda staire na ságaí sin. Á scrúdú do scoláirí ar fud an domhain inniu tig leo eolas a chur ní hé amháin ar an saol a bhí in Éirinn roimh an gcúigiú haois, ach ar shaol na hEorpa roimh aimsir Hóiméir.

Bhí cion croí ar Naomh Pádraig ag na hÉireannaigh riamh agus is iad nach ndearna dearmad air. Scríobhadar beatha i ndiaidh beatha de i nGaeilge agus i Laidin, agus d'fhíodar isteach sa seanchas agus sna scéalta é. Chumadar dánta diaga agus dánta saolta faoi. D'ainmníodar toibreacha beannaithe agus eaglaisí agus scoileanna uaidh. Thugadar isteach sna beannachtaí laethúla é. ' Dia is Muire duit,' a deir duine go minic lena chomharsana in Éirinn. ' Dia is Muire duit is Pádraig,' an freagra a fhaigheann sé. Go deimhin, bhí Pádraig go mór i gceist ag an Éireannach riamh; labhair sé chomh minic sin air, scríobh sé chomh minic sin faoi, go sílfeá amanna go ndearna Éireannach de. Rinneadar dearmad den Phádraig ceart a tháinig in Éirinn agus a d'inis scéal Chríost dóibh.

Ach scríobh Pádraig leabhar dúinn faoi féin tamall roimh a bhás, agus is ann a chímid é féin. Chímid ann fear dícheallach, fear a chéas a lán, fear a fuadaíodh as a thír féin agus a bhí ina sclábhaí ar feadh sé bliana. Chímid é ag coimhlint leis an anró ar feadh a shaoil go léir; chímid é i gcontúirt a mharfa gach lá in Éirinn fad a bhí sé ag misinéaracht inti, agus chímid a chroí á bhriseadh i ndeireadh a shaoil, áit a raibh a chlú á bhaint de sa Bhreatain.

Insíonn sé cuid mhaith dúinn i dtaobh Éire an chúigiú céad, ach is mó a insíonn faoi féin agus faoina mhisean. Labhraíonn sé chomh díocasach, chomh hoscailte sin linn go bhfeicimid a phearsantacht ghleoite ag féithiú amach trí na leathanaigh mar a chímid pearsantacht Johnson i leabhar Boswell. Labhraíonn sé go beo bíogúil linn; ligeann sé lena racht. Ní cheileann dada orainn a chuirfeadh dí-mheas air féin, dá mba é an peaca é a rinne sé in aois a chúig bliana déag.

Déanaimid iontas den scríbhinn seo Phádraig. Ní hé an chuid is lú den iontas go bhfuil sí againn ar chor ar bith. Tá sé míle go leith bliain ó scríobh sé í agus cuimhnímid ar ar mhill idir Lochlannaigh agus Sasanaigh de lámhscríbhinní Gaelacha. Oiread is lámhscríbhinn amháin Gaeilge dar scríobhadh in Éirinn roimh an naoú céad níl in Éirinn inniu. Ceann ar bith dá bhfuil fágtha is san Eoraip a fritheadh í. Ach tá tábhacht eile fós le *Confessio* Phádraig. An lá a scríobh sé í, scríobh sé an chéad leabhar a scríobhadh in Éirinn riamh, go bhfios dúinn, an chéad bheathaisnéis, agus an chéad leabhar staire. Nach orainn atá an t-ádh agus í a bheith againn !

Déanann Pádraig an fhaoistin chomh hard go mothaímid an-ghar dúinn é. Chímid go mba dhaoine ar fónamh a mhuintir—ba *Decurio* a athair, comhalta de bhardas Bhaile Bannavem Taburniae sa Bhreatain mar a rugadh é féin. Bhí áitreabh ansin aige nuair a fuadaíodh é. Insíonn sé sin dúinn :

> Bhíos tuairim is sé bliana déag d'aois an tráth sin. Níorbh aithnid dom an fíor-Dhia agus tugadh i mbraighdeanas go hÉirinn mé in éineacht leis na mílte duine—rud a bhí tuillte againn de bhrí gur thugamar cúl do Dhia agus nár choinníomar a aitheanta agus nach rabhamar umhal dár sagairt a bhíodh ag comhairliú ár slánaithe dúinn. Agus scaoil an Tiarna anuas orainn cuthach a fheirge agus scaip Sé sinn trína lán ciníocha, fiú go himeall an domhain, mar a bhfuil mé suite go suarach anois i measc coimhthíoch.

Chímid gur duine umhal thar na bearta é agus nach miste leis a bheith ag síorchoiriúint air féin de bharr a chionta agus a bheag-léinn :

> Is fada ó chinneas scríobh, ach ba leasc liom é go dtí seo : bhí faitíos orm teanga daoine a tharraingt orm, óir níl foghlaim orm mar atá ar dhaoine eile a fuair sár-eolas ar an dlí agus ar na scríbhinní naofa i dteannta a chéile, agus nár athraigh a dteanga ó aois linbh dóibh, ach iad ag síorchur feabhais uirthi. Maidir liomsa, athraíodh mo chaint agus m'urlabhra go teanga iasachta, ionas gur furasta a chruthú ó bhlas mo scríbhinne a laghad oideachais agus léinn a fuair mé : óir tá sé ráite : is tríd an teanga a aithnítear an t-eagnaí, agus tuiscint agus eolas agus teagasc na fírinne.

Is furasta a rá go raibh sé ar bheagán léinn de bhrí go bhfuil a chuid Laidine lochtach—agus ar ndóigh, is lochtach atá sí—ach is eol dúinn go raibh a lán daoine léannta sa chúigiú haois a scríobh droch-Laidin. Bíodh sin mar atá, ní raibh aon mhuinín aige as a acmhainn féin chun scríofa agus dheimhnigh sé sin :

> I mo bhuachaill dom, nó ionann agus i mo pháiste ó thaobh cainte de, gabhadh mé sularbh eol dom céard ba cheart dom a lorg nó a sheachaint. Mar sin, tá scáth agus an-fhaitíos orm anois m'aineolas a nochtadh mar nach dtig liom m'intinn a mhíniú do dhaoine atá cleachtach ar chaint ghonta—is é sin le rá, de réir mar ba mhian le m'anam agus le m'aigne agus mar atá claonadh mo chroí ag cur ar mo shúile dom. Ach dá mbronntaí orm mar a bronnadh ar dhaoine eile is mé nach mbeadh i mo thost.

Is furasta dúinn é a shamhlú in Éirinn ina scorach lag dó. Ag aoireacht caorach a bhí sé ar shliabh ar ar fhás coill. Ní obair ró-dheas a bhí ann do dhuine a tógadh i mbaile, beag nó mór, agus nach raibh cleachtach uirthi. Níorbh eol dó teanga na tíre, mar a deir sé linn, agus d'fhág sin go raibh sé tamall sularbh fhéidir leis labhairt go réidh le daoine. Is cinnte nach bhfuair sé cúnamh ó leabhair.

Cuimhnímid freisin ar fhliuchras na haimsire agus ar an bhfuacht sa gheimhreadh ar chnoic na hÉireann. Ní foláir nó chéas sé míonna fada faoi anró de bharr aoráid na tíre. Agus na daoine ar chónaigh sé ina measc, cén sórt daoine a bhí iontu ? Insíonn sé dúinn é. ' Náisiún barbarach ' a thugann sé ar Éirinn, agus ní nach ionadh ní ag áibhéil atá sé. Ach ba bharbartha gach náisiún nár Ghréagach nó Rómhánach an tráth sin ag daoine a tógadh mar Rómhánaigh nó mar Ghréagaigh. Is é bunchiall atá leis an bhfocal *Barbarach* an té nach dtiocfadh leis Gréigis a labhairt, agus a deireadh *bab-bab*, *bab-bab*, dar leis an nGréagach. Níos deireanaí ina shaol bhí Pádraig, deir sé, i gcontúirt a mharfa gach uair den lá. Tuigimid as sin go raibh na draoithe siúlach, gurbh iad a bhí ar a thí.

Ach le linn a bhraighdeanais in Éirinn d'athraigh sé ó bhonn. Bhí sé i bhfad óna mhuintir, i bhfad óna thír féin, i measc strainséirí ar imeall an domhain nárbh eol dó a mbealach, agus gan mórán tuisceana aige ar a dteanga. Is beag an t-ionadh linn mar sin gur chas sé ar chreideamh a mhuintire agus ba Chríostaithe iad sin. Ba dheochan a athair, agus ba shagart a sheanathair (*Confessio*, Alt a I). Céad uair sa lá agus céad uair san oíche ghuíodh sé i dteannta troscadh a dhéanamh go minic.

Sé bliana a d'fhan sé ar an ordú sin, ag guí, ag troscadh, ag aoireacht muc is caorach. Is beag a deir sé faoi na daoine a bhí ina thimpeall ach tuigimid go mba mhór an difir a bhí idir iad agus é féin. Is maith a bhí a fhios sin aige féin ó thús, agus de réir mar a d'fhás sé, agus de réir mar a neartaigh a intinn, is amhlaidh is mó a thuig sé é. Ba phágánaigh na hÉireannaigh an uair sin, nó ar a laghad ar bith, an chuid acu a bhí ina thimpeall. Bhí Críostaithe sa tír sula dtáinig sé inti, ach ó nach bhfuil trácht ar bith ag Pádraig orthu féadfaimid a bheith cinnte nár casadh air iad le linn a bhraighdeanais. Don ghrian agus do nithe neamhghlana a thugaidís adhradh agus dá réir sin is daoine iad nach dtaobhódh sé ach a laghad agus ab fhéidir. Ach ní deir sé in aon áit go bhfuair sé aon spídiúlacht mhór uathu, agus tá le tuiscint uaidh go rabhadar cineálta. Is leis sin a bheadh do shúil, mar is daoine geanúla a bhí riamh sna hÉireannaigh, go mór mór le strainséirí. Ó tháinig Pádraig i measc muintir na tíre, ón am ar díoladh é, ní foláir nó caitheadh leis mar a caitheadh le gach sclábhaí eile de bhunadh na hÉireann nó de bhunadh iasachta. Ach níor luigh sé leo agus níor mhian leis fanacht go deo ina measc. Tuigimid sin ónar scríobh sé. Bhí sé de rún aige éalú dá bhféadfadh sé é :

> Ach ar mo theacht dom go hÉirinn, mar a mbínn ag aoireacht caorach gach lá, agus mar ar mhinic mé ag guí in aghaidh an lae, bhí grá agus eagla Dé ag teacht i dtreise chugam i ndiaidh a chéile, agus bhí mo chreideamh ag dul i méid agus bhí m'anam á ghríosadh. Dá thoradh sin, deirinn suas le céad urnaí sa lá agus an oiread céanna beagnach san oíche, go fiú sna coillte agus ar an sliabh dom. Dhúisínn chun urnaí roimh sholas, in ainneoin sneachta agus seaca agus báistí. . . .
>
> Agus san áit sin, oíche amháin dom, chuala mé glór á rá liom : ' Ní miste duit do throscadh : is gearr uait triall ar do thír dhúchais.' Agus arís i gceann tamaillín, chuala mé glór á rá liom : ' Féach, tá do long faoi réir.' Agus ní raibh sí i ngar dom, ach b'fhéidir dhá chéad míle uaim, agus ní raibh mé riamh san áit ná ní raibh aithne agam ar dhuine ar bith ann. Ina dhiaidh sin theitheas, agus d'fhág mé an fear ar chaith mé sé bliana leis. Is trí chumhacht Dé, a stiúraigh ar bhealach mo leasa mé, a tháinig mé, agus níorbh eagla dom tada nó gur shroich mé an long sin.

Faoin am seo, dar le Pádraig, is le leonú Dé a tharla gach ní dó. Cá hionadh dó sin ? Bhí air céad míle Gaelach a chur de ón áit a raibh sé go dtí an calafort ina raibh an long, agus d'éirigh leis an t-aistear a dhéanamh. Tháinig sé slán sábháilte trí thír anaithnid go dtí caladh anaithnid. Nach follas go raibh lámh Dé san eachtra !

Insíonn sé dúinn faoi mhuintir na loinge. Ba dhaoine iad a bhí ag tabhairt conairte don Eoraip. Ní raibh siad sásta glacadh leis an chéad uair ach rinneadar intinn eile faoi, agus ó bhí sé in ann freastal ar ' bheithígh bheaga,' mar a deir sé, thugadar leo é :

> An lá a tháinig mé cuireadh an long ag snámh agus dúirt mé go bhféadfainn díol as mo thuras leo. Ach ní raibh an captaen sásta agus d'fhreagair sé go borb feargach : ' Tá sé fánach agatsa a bheith ag iarraidh teacht linn.' Nuair a chuala mé seo scaras leo go bhfillfinn ar an mbothán a rabhas ag cur fúm ann, agus ar an tslí dom thosaíos ag urnaí, agus sara raibh an urnaí críochnaithe agam chuala mé duine acu ag screadaíl in ard a chinn i mo dhiaidh : ' Tar anseo go beo, mar tá na fir úd ag

> glaoch ort.' Agus d'fhilleas orthu ar an bpointe agus thosaíodar á rá liom : ' Tar linn mar glacaimid le dúthracht tú. Déan cairdeas linn ar bhealach ar bith is mian leat.' . . . Is mar sin a d'éirigh liom i mo theagmháil leo agus sheolamar láithreach.

Sheoladar leo go ceann trí lá, thángadar i dtír agus shiúladar trí fhásach ar feadh ocht lá fichead agus gan mórán bia le fáil acu. Bhíodar cloíte ag an ocras agus is measa a bhí na cúnna. Bhíodar sin tite de leataobh an bhealaigh le lagar. Ansin labhair an captaen le Pádraig :

> ' Féach, a Chríostaí, deir tú gur mór agus gur uile chumachtach do Dhia, cén fáth mar sin nach féidir leat guí ar ár son, mar gur baol dúinn an gorta ? Óir ní móide go bhfeicfimid duine ar bith feasta.' Dúirt mise leo go dána : ' Iompaigí le creideamh de lánchroí i leith an Tiarna, mo Dhia, mar nach bhfuil aon ní thar A chumhacht, ionas go gcuirfidh Sé bia chugaibh ar bhur mbealach nó go mbeidh bhur sáith agaibh, mar is Aige atá flúirse i ngach áit.'
>
> Agus trí chúnamh Dé b'amhlaidh a tharla. B'shiúd os comhair ár súl tréad muc agus mharaíodar a lán díobh, agus d'fhanadar ansin dhá oíche agus beathaíodh go maith iad agus fuair a gcuid cúnna a sáith. . . . Ina dhiaidh sin thugadar ardbhuíochas do Dhia agus ba ábhar onóra acu mise agus ón lá sin amach bhí bia go fairsing acu.

Insíonn Pádraig a scéal dúinn le dúthracht. Bhain sé a mhuintir féin amach : ' I gceann beagán blianta bhí mé sa Bhreatain in éineacht le mo mhuintir. Ghlacadar mar mhac mé agus d'impíodar orm go díograiseach gan imeacht uathu feasta tar éis a raibh de chruatan fulaingthe agam.' Ní deacair dúinn a shamhlú dúinn féin cén t-áthas croí a bhí ar a mhuintir nuair a d'fhill sé ar ais chucu. Chuile sheans go raibh a súil curtha de acu. Chuile sheans gur shíleadar nach bhfeicfidís go deo arís é. Ach bhí a rún féin i gcroí Phádraig. Bhí Dia ag gairm air :

> Ansin chonaic mé i bhfís oíche fear agus é mar a bheadh sé ag teacht ó Éirinn, arbh ainm dó Victorius, agus litreacha gan chuimse leis. Agus thug sé ceann acu dom agus léigh mé tosach na litreach mar a raibh ' Glór na nÉireannach ', agus nuair a bhíos ag léamh tosach na litreach b'fhacthas dom an nóiméad sin gur chuala mé a nglór, agus is le hais Coill Acla atá in aice na farraige thiar a bhíodar. Is mar seo a ghlaodar, mar a bheadh d'aon ghuth : ' Iarraimid

ort, a bhuachaill, teacht i leith agus a bheith ag siúl athuair inár measc.'

Agus tháinig an-bhriseadh croí orm agus níor fhéadas a thuilleadh a léamh agus ansin dhúisíos. Buíochas le Dia gur thug an Tiarna dóibh i ndiaidh fad de bhlianta de réir a nglao.

Bhí sé leagtha amach aige teacht go hÉirinn ina mhisinéir. Ba é mian a chroí é. Ina cheann sin thuig sé go raibh Dia á iarraidh sin air. Ach ní raibh sé éasca aige dul ann go ndéarfadh a chuid uachtarán leis go raibh a chead sin aige. Níl a fhios cén fhad a bhí sé ina shagart nuair a cuireadh a ainm os comhair na n-uachtarán le heaspag a dhéanamh de. Ansin tharla rud iontach. Cuireadh ina aghaidh go millteach. Nuair a chuala sé sin baineadh siar as go mór. Is beag nach ndeachaigh sé in éadóchas. Céard a tharlódh ach an cara is mó a bhí aige ar inis sé peaca éigin dó a rinne sé ina óige, nár inis sé an peaca sin don mhuintir a bhí lena cheapadh ina easpag ?

Ach rinneadh easpag de agus fuair sé cead teacht go hÉirinn. Ní deir sé sa *Confessio* go raibh oiread is Críostaí amháin in Éirinn ar a theacht ann dó, cé go mb'fhéidir go bhfuil sin le tuiscint in áit amháin inti. Ach meabhraíonn sé dúinn gur baisteadh na mílte agus na mílte, go raibh clann ríthe ina measc agus go ndeachaigh uimhir mhór díobh sna mná rialta.

Leis sin a dhéanamh, chaithfí a lán oibre a dhéanamh, chaithfí a lán siúil a dhéanamh, agus chaithfí cairdeas prionsaí na tíre a fháil. Mar a fheicfimid amach anseo chaithfí airgead a íoc leis na prionsaí go minic. Má rinne Pádraig a chuid misinéireachta ní gan fhios dá cheithre chnámh é. Bhí sé i gcontúirt a mharfa gach lá dár éirigh air. Ba mhór é comhairle na ndraoithe in Éirinn lena linn. Dá nglacfaí leis an gcreideamh nua b'ionann sin agus iad féin a chur i leataobh. Céard a tharlódh ansin dóibh féin agus dá dteagasc—teagasc a bhí in Éirinn leis na céadta bliain ? Ar an taobh eile den scéal, cén sórt saoil a bhí ag an bhfear a raibh eagla a mharfa air in aghaidh an lae ? Agus deir Pádraig gur mar sin a bhí. Deir sé freisin gur cuireadh cuibhreacha air féin agus ar a mhuintir uair.

Ainneoin nár maraíodh aon mhisinéir dá raibh ina chuideachta agus nár díbríodh iad, is olc an saol a bhí acu go léir. Mar sin féin, ní hiad na hÉireannaigh is measa a chaith leis.

Is iad na Breatnaigh a bhuail an buille tubaisteach air. I ndeireadh a shaoil agus an obair ag dul chun cinn ina reacht seoil in Éirinn, tháinig scéala chuige go rabhthas ag baint a chlú de thall. Bhí daoine céimiúla san Eaglais á rá nach ar mhaithe leis an gcreideamh a tháinig sé go hÉirinn ach ar mhaithe leis féin ! Ní misinéaracht ach maoin a thug anall é ! Bhí sé ag fáil airgid as éadan ó dhaoine a bhaist sé !

Ghoin an masla go croí é. Is beag nár cuireadh dá threoir é. Airímid a phian sa *Confessio*, agus tá trua againn dó. Séanann sé an bhréag a cuireadh air. Ligeann sé lena racht agus níl fear a léifeadh a scéal nach gcreidfeadh láithreach é.

Is aisteach linne, b'fhéidir, go ndéarfaí rudaí den sórt sin faoi mhacasamhail Phádraig, ach cuimhnímis gur gearr a mhaireann buíochas daoine agus gur minicí an drochscéal ná an dea-scéal á chreidiúint ar an saol seo. Cuimhnímis freisin, gur corr-uair a tugadh a cheart do cheannródaí. Mar sin féin, bímis buíoch do na daoine seo a mhaslaigh Pádraig Naofa. Murach iad ní bheadh an *Confessio* againn, agus mura mbeadh, ní bheadh a fhios againn i gceart cén sórt duine a bhí san fhear iontach seo a thug ár sinsir chun creidimh. Scríobh sé an *Confessio* le freagra a thabhairt ar na daoine úd. Agus nach é d'fhreagair iad. Ní bhfuair sé oiread agus leath-réal geal ó Éireannach ná ó aon duine eile de bharr an tsoiscéil a chraobhscaoileadh ! Má fuair insítear cén áit é féin agus tabharfaidh sé ar ais é ! Ní bhfuair sé cianóg rua ó na daoine a ndearna sé cléirigh díobh agus níor iarr sin ach oiread ! Is é a mhalairt a rinne sé ! I leaba a bheith ag fáil íocaíochta, is amhlaidh ab éigean dó airgead a íoc le go bhfaigheadh clann prionsaí cead óna muintir a bheith ina gCríostaithe. Is fíor gur duine gan léann gan leabhar é, an duine is táire dár chruthaigh Dia. Mar sin féin, is tríd a rinne Dia Críostaithe de na hÉireannaigh !

Tá sé míle go leith bliain ó scríobh Pádraig an *Confessio* seo. Ach airímidne a ghlór ag caint linn chomh hard le lucht a sháraithe. Chímid go bhfuil sé gonta go croí go gcasfaí a leithéid d'achasán leis. Ní bhfaigheadh óna chlaonta a leithéid de dhó-bheart a dhéanamh. Níor chuimhnigh a chroí ar a leithéid riamh. Ní hamhlaidh nár tairgeadh bronntanais dó. Tairgeadh agus fuair sé milleán ó ardshagairt nuair nach nglacfadh!

> Agus is iomaí bronntanas a tairgeadh dom le caoi agus le deora, agus thógadar orm é, agus bhí mé ag cur i gcoinne tola chuid de m'ard-shagairt. Ach trí stiúradh Dé níor aontaigh mé leo ná níor ghéill mé dóibh ar bhealach ar bith. Ní liomsa a bhuíochas ach le Dia a rug bua tríom agus a sheas ina n-aghaidh uilig, i dtreo gur tháinig mé chun muintir na hÉireann leis an Soiscéal a fhorleathadh agus le tarcuisní a fhulaingt uathu siúd a bhí gan chreideamh. . . .
>
> Is eol daoibh agus do Dhia cé mar chruthaigh mé in bhur measc ó m'óige agus i bhfírinne an chreidimh agus le dúthracht croí. Na Págánaigh féin a bhfuil cónaí orm ina measc, níor chliseas orthu agus ní chlisfead. Tá a fhios ag Dia nár imreas feall ar aon duine agus gur fada uaim a leithéid. . . .
>
> Óir cé gur aineolach mé ar gach bealach, mar sin féin thug mé iarracht mé féin a shábháil fiú ar na bráithre críostaí, ar na hógha le Críost, agus na mná cráifeacha a bhíodh dá ndeoin féin ag tabhairt bronntanas dom agus ag fágáil roinnt dá n-ornáidí ar an altóir. Thugainn ar ais arís dóibh iad agus thógaidís orm é go ndéanainn amhlaidh. . . .
>
> B'fhéidir, tar éis dom a liacht sin mílte daoine a bhaisteadh, go raibh súil agam ó dhuine acu le oiread agus leath-screaball (leathréal)! Insígí dom é agus tabharfaidh mé ar ais daoibh é. . . . Má d'iarras ar aon duine go fiú luach na mbróg, insígí i m'aghaidh é agus tabharfaidh mé ar ais daoibh é. . . .

Má tá ní is mó ná a chéile a chímid in *Confessio* Phádraig is é ní é nach sprid ná púca a scríobh í, ach fear a raibh fuil ina chroí agus feoil ar a chnámha. Tá oiread díocais ann, sea, agus oiread tíorthúlachta go ndeirimid gur duine againn féin é. Cloisimid glór a chinn mar a bheadh sé ag caint linn ó ardán:

> Is amhlaidh a íocas féin airgead ar bhur son, ionas go nglacfaí liom, agus shiúlas in bhur measc agus i ngach áit

trína lán contúirtí, fiú gus na réigiúin in imigéin nach raibh duine ar bith is sia siar, áit nár tháinig duine riamh le baisteadh ná le cléir a oirniú ná leis an bpobal a chur faoi láimh easpaig. . . .

Amanna thugainn bronntanais do na ríthe lasmuigh den tuarastal a thugainn dá gclann mhac atá ag triall in éineacht liom, ach mar sin féin, rugadar orm agus ar mo chompánaigh agus ba ró-mhian leo mo mharú an lá sin, ach nach raibh an t-am tagtha fós. Gach ní dá bhfuaireadar againn sciobadar leo é, agus chuireadar iarainn orm féin, agus ar an gceathrú lá shaor an Tiarna óna smacht mé, agus tugadh ar ais dúinn gach ar bhain linn ar son Dé agus ar son na gcairde dílse a bhí soláthraithe agam roimh ré.

Agus labhraíonn sé go dúthrachtach ar thoradh a shaothair. Labhraíonn sé le húdarás. Cá bhfuil an té nach gcreidfeadh é ?

Cé mar a tharla in Éirinn daoine a bhí riamh gan eolas ar Dhia ach iad i gcónaí go dtí seo ag adhradh íol agus nithe neamhghlana, cé mar tharla le deireanaí go ndearnadh pobal an Tiarna díobh agus go ngairmtear clann Dé díobh, go bhfuil clann mhac na Scot agus clann iníon na ríthe le feiceáil ina manaigh agus ina n-ógha le Críost ?

Seo iad na daoine a shaothraigh Pádraig don Tiarna faoi luí an Tiarna. Seo na hanamacha a cheannaigh sé go daor. Ba chuid den náisiún barbarach roimhe seo iad. Féach mar atá siad anois ! Agus ní rún dó iad a fhágáil. Tá ceangailte ag an Spiorad Naomh air gan iad a thréigint. Is eagal leis an saothar ar chuir sé tús leis a chailliúint. Ach ní hé a chuir tús leis. Is é Dia a ordaigh dó é dhéanamh.

Agus ná ceaptar nárbh áil leis dul don Bhreatain agus cuairt a thabhairt ar thír a dhúchais agus ar a ghaolta. Ní hé amháin sin, ach dul don Ghaill agus cuairt a thabhairt ar na Bráithre agus Naoimh an Tiarna a fheiceáil in athuair. ' Ag Dia atá a fhios go mba mhian liom go mór sin.' Agus dearbhaíonn sé go sollúnta dúinn arís nach ar mhaithe le hairgead a tháinig sé go hÉirinn :

Dá mb'áil liom an saibhreas féin, níl sé agam ná ní thugaim breith orm féin, mar is é a bhraithim gach lá go marófar mé nó go gcuirfear faoi dhaoirse mé, nó go bhfaighfear faill éigin orm. . . .

Féach, tá mé chun briathra m'fhaoistine a nochtadh go hathghearr arís agus arís eile. Is é m'fhianaise le fírinne agus le lúcháir chroí os comhair Dé agus a naomh-aingeal nach raibh cúis ar bith riamh agam seachas an Soiscéal agus a gheallúna go bhfillfinn choíche ar an gcine úd gur ar éigean a d'éirigh liom éalú uathu cheana. . . .

Agus siúd í m'Fhaoistin roimh bhás dom.

An fear a scríobh an Fhaoistin sin is eol dúinn cé hé tar éis a léite. Lig sé a rún linn. Is é fear an chroí mhóir é; fear a raibh a chroí lán de ghrá Dé agus de ghrá cine Gael. Eisean a chuir Éire ar bhealach na Críostaíochta. Eisean is athair don ní sin ar a dtugaimid an Cultúr Gaelach.

Beathaisnéis Údaraithe de Valera

1.

Sa bhliain 1963 d'fhógair na páipéir laethúla gur éirigh Tomás Ó Néill as a phost le beatha an Uachtaráin a scríobh. Dúradh go mbeadh fáil aige ar pháipéir, ar litreacha agus ar cháipéisí eile nach bhfaca solas an lae roimhe sin agus go ndéanfadh sé a chuid oibre in Áras an Uachtaráin. Taca an ama chéanna bhí Proinsias Mac Mánais, go ndéana Dia trócaire air, ag caint liom i dtaobh an phíosa eolais sin agus dúirt sé: 'Níl *fact* ar bith i dtaobh Dev nach dtiocfaidh Tomás air agus nach bhfoilseoidh sé.' Tar éis an leabhar seo* a léamh féadaim a rá go raibh cuid an-mhór den cheart ag Mac Mánais, nuair a chuimhníonn tú ar an gcaoi a scríobh Tomás an leabhar. Deirim gan spalpas go bhfuil eolas fada fairsing i dtaobh Uachtarán na hÉireann agus daoine eile sa leabhar seo nár foilsíodh riamh cheana. Deirim tuilleadh. A lán dá bhfuil léite againn i dtaobh imeachtaí na haoise seo caithfimid é a mheas in athuair, agus an beathaisnéisí nó an staraí a scríobhfas faoi chúrsaí an ama úd, nó faoi aon duine de *Mhandarins* an ama úd, caithfidh sé an leabhar seo a cheadú. Ní fearr an stair ná an ré ina scríobhtar í. Ach tá d'éifeacht sa leabhar seo nach é amháin go bhfuil ábhar ann nár foilsíodh riamh cheana ach nach bhfuil líne ann (de réir mar a dúirt na húdair linn) nár pléadh le de Valera. Cor le beatha an Uachtaráin tá a intinn i dtaobh cúrsaí agus daoine nár labhair sé orthu go dtí seo.

Gar do thrí chéad leathanach atá in *De Valera*, mar aon le pictiúir bhreátha úrnua. Is álainn liom pictiúr Éilís Ní Chearúill, máthair mhór an Uachtaráin, gona dhá súil gheala

---

* *De Valera*, I. Tomás Ó Néill agus Pádraig Ó Fiannachta a scríobh. (Cló Morainn 1968).

ghaoismheara. Ní foláir nó ba bhean stáidiúil dhathúil í Cáit Nic Colla. Tá a chosúlacht sin ar a pictiúr. Agus tá feiceáil againn ar athair de Valera don chéad uair. Is ard leathan an clár éadain aige agus is mín a cheannaithe mar is dual don té a raibh mianach ealaíontóra ann. Ní fhéachann na húdair le de Valera a mholadh ná a mhóradh sa leabhar seo agus ní fhéachann siad lena mheas. Scaoileann siad a sceol chugainn de réir mar a fuair siad é uaidh féin agus ón stair. Cuntas fuarchúiseach an staraí sea atá againn : an teasghrá atá i leabhar Bharra Uí Bhriain do Pharnell agus i leabhar Abbott do Napoleon ní fhaigheann tú anseo é, agus b'fhéidir gurb amhlaidh is fearr. Tar éis an tsaoil, an té ar a bhfuil siad ag scríobh tá sé go beo bíogúil inár measc, agus gura fada amhlaidh é. Maolaíonn na húdair a lán nithe a rinneadh bliain '22, agus is minic leo ascathannaí de Valera a mholadh. Is lách carthanach mar a scríobhann siad faoi Loingseach an Chláir, an fear a sheas in aghaidh de Valera in Oirthear Dhál gCais i mbliain a '17. Is amhlaidh a dhéanann siad i gcás Airt Uí Ghríofa agus Mhíchíl Uí Choileáin chomh maith. Ní dhéanann siad fiú an Draíodóir Breatnach a mheas, cé gur iomaí sin léitheoir a dtaitneodh sin leis. Ar an taobh eile, nach fearr a thuigfimis de Valera féin, agus nach spéisiúla a bheadh an leabhar, dá mbeadh tuilleadh faoina chuid ascathannaí, faoina ndearcadh, faoina modhanna oibre agus propaganda ? Ach ní hé sin a thogair na húdair agus níl amhras nár chuimhnigh siad air.

Meabhraíonn siad dúinn gur in aon bhliain amháin a rugadh de Valera agus Séamus Seoighe (Cár fhág siad Pádraic Ó Conaire ?). B'údar gaisce leis an Seoigheach sin agus bhíodh sé ag síorchaint air. Fad a bhí an Seoigheach beo scríobh Herbert Gorman beatha dhearfach de, cé nár foilsíodh an leabhar go dtí gur cailleadh é. Tá lear mór eolais ann faoin Seoigheach, cé nach bhfuil teacht ar an bhfear féin ann ná ar na nithe a mhúnlaigh é. Dá dhonacht é radharc an tSeoighigh, shílfeá go raibh sé ag faire ar gach deoir dúigh dar shil ó pheann Uí Ghormáin. Tá an leabhar féin chomh leamh le seanmóir sheansagairt agus, mar a déarfadh Céitinn, é liosta don léitheoir. Is iomláine, is doimhne, is éifeachtaí agus is fírinní leabhar Elman ná leabhar Uí Ghormáin. Tá fáil ar an Seoigheach ann, ar na nithe a mhúnlaigh é, ar na nithe a rinne fear de. Cé gurb é seo beatha údaraithe de Valera is mó a chosúlacht le leabhar Uí Ghormáin ná le leabhar Elman. Is geall le croinic cuid de.

2.

Trí chuid a bheas sa bheatha seo, sin taca ocht gcéad leathanach. Deich leathanach amháin atá faoi de Valera ón lá a rugadh é go raibh sé cúig bhliain déag, *na blianta a mhúnlaigh é de réir mar a dúirt sé féin linn. Sin 2% den iomlán*! Ar bhealach amháin is cosúil an leabhar leis an gcineál beathaisnéise ar ar labhair Mark Twain. 'Níl againn ann ach culaith éadaigh an duine. Níl teacht ar an duine féin ann,' arsa Mark. *Tar éis an tsaoil, ní deilbh chloiche é Dev ach duine.* Ní shílfeá ar an leabhar seo gurbh fhear é a chaitheadh píopa tobac, ná gur cuireadh príosún air, ná go n-óladh sé buidéal leanna ina óige, ná go n-ólann sé gloine puins i gcónaí.

Ní hé amháin gur duine é, ach is duine de chinnirí móra na haoise seo é. Is fearr é a bhfuil comharthaí cinnte an chinnire mhóir air. Déanann an cinnire mór trí ní. Greamaíonn sé cumhacht agus coinníonn sé ar feadh i bhfad í, déanann sé nithe a théann i bhfeidhm ar a náisiún agus deir sé cainteanna a neadaíonn i gcroí a mhuintire. Ba bheag caint ar de Valera go dtí bliain '16. Bhain sé cáil amach dó féin an bhliain sin mar shaighdiúir a chuir an Ginearál Risteard Ó Maolchatha ag filíocht faoi cúig bhliain ina dhiaidh sin. Taobh istigh de thrí bhliain tar éis an Éirí Amach bhí sé ina Cheannasaí ar na hÓglaigh go léir, ina cheann ar pháirtí polaitíochta agus ina Uachtarán ar Phoblacht na hÉireann. An páirtí tréan a bhí ina aghaidh leáigh sé in aon oíche amháin (1918) agus ní raibh de mhisneach iontu oiread agus fear a chur ina aghaidh i dtoghchán 1921. Ag ceiliúradh do cheann an pháirtí úd dúirt sé leis na daoine: 'Is bladhaire as tinte na Cásca é de Valera. Seasaigí leis.' Tharla sin go léir leathchéad bliain ó shin agus tá de Valera agus a pháirtí i gceannas i gcónaí! Ar an bhfad sin anall tá gníomhartha státaireachta agus míleata, gníomhartha taidhleoireachta agus riarachain déanta aige a chuaigh i bhfeidhm ar an tír agus ar chuile dhuine sa tír. 'He never changes', a deireadh Lloyd George (1932). An beartas lenar thosaigh sé—saoirse a bhaint amach don tír, an teanga a thabhairt ar ais agus maoin na tíre a shaothrú —is é atá i gceist aige go síoraí. Dála Pharnell ní óráidí mór é, ach fearacht Pharnell dúirt sé caint is ceol le cluasa gach Éireannaigh nár dhíol a oidhreacht. Arna thoghadh mar chinnire ar Shinn Féin (1917) dúirt sé: 'Tá an bhratach greamaithe de chrann na loinge agus go deo arís ní ísleofar í.' Dhá lá sular síníodh an Conradh le Sasana dúirt: 'Go brách na breithe ní bhfaighidh siad géillsine ón náisiún seo.' I mbliain 1932 dúirt sé le rialtas Shasana: 'Ba thúisce liom bás a fháil ná móid dílseachta thógáil daoibh.' Le linn na Díospóireachta Móire ar an gConradh, an taoille tuile ag teacht ina mhullach agus an *Freeman's Journal* á chasadh leis nár thuig sé don Éireannach ó ba Spáinneach a athair, d'fhógair sé: 'I dteach fir oibre anseo in Éirinn a tógadh mé.' Agus mar fhreagra ar an gcuid den IRB bhí ag tréigean na Poblachta dúirt: 'Ní ball den IRB mé, ach tá súil agam gur i leaba Fhínín a luíod ar uair mo bháis.'

Ós comhair Chumann na Náisiún dó sa bhliain 1932 chuir sé de leataobh an óráid a réitíodh dó agus thug píosa cainte uaidh faoin gcor a bhí ar an saol a bhain caint amach ó thoir an domhain go thiar an domhain. Bhí suan ar Éirinn sna fichidí, ach ní raibh de Valera bliain i gceannas arís (1933) go raibh siúl fúithi agus cluineadh a glór ar an gceann eile den domhan, i dtír a bhí sna trínsí dála mar a bhí Éire go haimsir de Valera. 'Ireland to-day is defiant and aggressive,' arsa Pandit Nehru. Thug sé a mhuintir slán as an gcogadh ba mhilltí mharfaí dar chéas an saol riamh, agus ar bheith thart dó chuaigh chun teagmhála le hardnamhaid na hÉireann (Churchill) agus níor fhág focal aige. Is fear é de Valera a bhfuil eolas air feadh an tsaoil mhóir. Is é cáil atá air gur duine é a sheas ar son ceart a chine, ar son saoirse Gael, agus nár fheac a ghlúin riamh i bhfianaise Gall.

Fágann sin go léir gur duine ar leith é, agus is feasach sin. Níl Éireannach ná eachtranach dar labhair leis riamh nach bhfuil fhios aige ní hé amháin cén chúirtéis álainn atá ann ach cén phearsantacht tréan atá aige ionas go dtig leis é féin a chur i bhfeidhm ort gan dua agus nach féidir aon bhlas a áiteamh air mura bhfuil sé ag teacht leis an gceart de réir mar a thuigeann seisean féin an ceart. 'I made no impression on him,' a dúirt Lloyd George go héadóchasach, tar éis trí uair an chloig a chaitheamh ina chosamar ag iarraidh tabhairt air éirí as an bPoblacht agus dul isteach san Impireacht. *Níor fhéach na húdair leis an taobh sin de de Valera a scrúdú. Ní mór é a dhéanamh.*

Ar an gcéad iarraidh ní Éireannach ach Spáinneach ba athair dó. B'ionann é ar an gcaoi sin agus a lán eile cinnirí suathanta. Meiriceánach ba mháthair do Pharnell. Meiriceánach a chin ó na hIndiaigh Dhearga ba mháthair do Churchill. Níorbh Fhrancach é Napoleon ach Corsaiceach. Níor Ghearmánach é Hitler. Mac cigire scoileanna as an Mongóil be ea Lenin agus níor Rúiseach é Stalin ach Georgian. Ina dhiaidh sin bhí ceannas dochuimsithe ag na cinnirí sin ar a muintir. Ar an dara hiarraidh bhí lámh mhór ag an gcinniúint i saol de Valera. Is mór an difir idir é féin agus Éireannaigh eile, ar an ábhar

gur Spáinneach a athair,
gurbh ealaíontóir é,
gurbh Éireannach a mháthair,
gur bhaintreach óg í,
gurbh imirceoirí an bheirt,
gur i Meiriceá a rugadh é,
gur in Éirinn a tógadh é,
nár aithríodh agus nár máithríodh é,
gurbh iad a mháthair mhór, a aint agus a uncail a thóg é,
gur Ghaeilgeoir dúchais a mháthair mhór,
gur tógadh é in áit de na háiteanna ba Ghaelaí in Éirinn,
gur tógadh é le linn Chogadh na Talún, réim agus céim síos Pharnell, agus tús Chonradh na Gaeilge,
gur Caitlicigh a mhuintir ar an dá thaobh,
go raibh síorchaint i dteach a uncail ar pholaitíocht náisiúnta agus ar pholaitíocht áitiúil,
gurbh oibrí iontach é féin sa bhaile ar an talamh agus ar scoil,

gur stóicín fíormheabhrach é nár freastail an mhionscoil
go féiltiúil,
go raibh fuil saoraicme ina chuislí.

Níl ann ach go bhfaighimid spléachadh fánach ar óige de Valera sa leabhar, ar na gaolta ceannasacha a thóg é agus ar shaol buacach Bhrú Rí. Ar éigean atá feiceáil ar Éilís Ní Chearúill, máthair mhór an Uachtaráin. Is mór an trua sin. Seanbhean láidir déirceach den seandéanamh Gaelach ba ea í, a chaitheadh boinéad geal agus seál dathannach. Ba bhreá an soláthraí i dteach í agus thugadh sí bia agus beatha agus lóistín na hoíche saor in aisce do mhná bochta na tíre. Is maith buíoch di a bhíodh 'Peig Chiarraí', seanbhean as Uibh Ráthach a thagadh aniar go Brú Rí ar a siúl ionsaí. Is iomaí oíche a chaith sí faoi chaolach a tí. Ba ghráin le hÉilís Ní Chearúill duine ar bith a chaitheadh éide Shasana. Ní raibh seasamh aici le *peeler* ná le saighdiúir dearg. Bhain sí le líne tuistí a thuig cén dualgas atá orthu i leith a gclainne agus thóg sí de Valera go ciallmhar ceanúil. Uair ar bith ar theastaigh an teanga uaidh fuair sé go binn í ach níl aon tuairisc gur theastaigh sin go minic, cé go ndeir na comharsana gur ghéire a tógadh é ná malraigh eile san áit. Ba ghearr ina teach é 'faoina veidhlín beag bréige' gur ghléas sí altóirín dó ina sheomra codlata. Chroch sí dhá phictiúr bheannaithe ar na ballaí ann agus ceann úrghránna den diabhal! Ghléasadh sí go gleoite é. Deireadh na seanchomharsana go mba mhór an áille an 'stóicín beag Francach' mar a thugaidís air. Nuair a chruaigh sé cuireadh chun na scoile é, ach de réir mar a neartaigh sé choinnítí sa bhaile ag obair é. De réir rolla na scoile níorbh annamh leis bheith suas le 70 lá ón scoil sa bhliain. Ach ba iontach an scoláire é, agus an méid a chaill sé de bharr neamhthinrimh thug sé isteach le dúthracht é. Is é córas na dtorthaí a bhí ag imeacht san am, agus an bhliain deiridh a bhí de Valera ar mionscoil fuair sé an marc ab airde ab fhéidir a fháil i ngach ábhar cé is moite den mhatamataic. Fuair sé an marc ab airde ach ceann san ábhar sin. Nuair a chuaigh sé don Charraig Dhubh bhí na cúrsaí tosaithe coicís roimhe, ach bhí na múinteoirí ag caint faoi an uair sin féin. Bhí siad á rá go gaibh 'genius as Charleville' ar a bhealach chucu agus nár mhór dóibh coinneáil orthu.

Duine ar leith ba ea uncail de Valera, Pádraig Mac Colla, fear tréan cumasach a bhí sé throigh is ceithre orlach ó thalamh. Fear intleachtúil a bhí ann agus oideachas cothrom air. Bhí suim aige ina thír. Cheannaigh sé pictiúir de laochra na hÉireann agus chroch sé suas ina theach iad. Fear oibre a bhí ann a cheannaíodh talamh agus a shaothraíodh í. Ní i gcónaí a d'éiríodh leis ach bhí sé ionúsach toineanta agus nuair a chliseadh rud air d'fhéachadh rud eile. Ba mhór é meas na gcomharsana air agus thogh siad go minic é ina theachta do Chomhairle Chill Mocheallóg. Deir na comharsana gur stuacach an duine é nuair a d'fheileadh sin dó agus gur thaghdach ar a mheisce. I gcúrsaí polaitíochta is é Liam Ó Briain, Feisire, a leanadh sé, ach murab ionann agus an Brianach bhí suim mhór aige i gcor an fhir oibre. Thuig sé dá fheabhas a chruthaigh Cogadh na Talún nach ndearna aon duine faic na fríde don fhear oibre faoin tír ná sna bailte móra. Sin é a thug air féin agus ar dhaoine eile cumann a bhunú ar ar thug siad 'Land and Labour'. Bhí sé ina chathaoirleach ar an gcumann sin ar feadh blianta, agus mar a deir na húdair ba é an chéad Chumann Lucht Oibre é riamh in Éirinn. Tig linn dhá rud a rá faoi sin. *Ní raibh aon rialtas riamh in Éirinn is fearr a chruthaigh do na boicht agus don lucht oibre ná rialtais de Valera. Na ceantair i gCúige Mumhan ina bhfaigheann Lucht Oibre an lae inniu tromlach a gcuid vótaí is iad na ceantair chéanna iad ina raibh craobhacha 'Land and Labour'.*

Roinnt bheag bhliain ó shin casadh isteach i dteach óil i mBrú Rí mé agus thosaigh ag sioscadh orm le cuid de na comharsana. 'Ní raibh aon aithne agat ar Phádraig Mac Colla ?' a deir seanfhear liom tar éis gloine a ligean siar. D'admhaigh mé dó nach raibh. 'Is mór an feall sin,' ar seisean. 'Dá mbeadh, is réidh éasca a thuigfeá de Valera. Is é a bhealach atá leis; is í a chaint atá aige. Níl uair dá gcloisim Dev ar an raidió nach é Pádraig Mac Colla a shílim bheith ag caint.'

Saol sláintiúil folláin a bhí i mBrú Rí le linn óige de Valera. Níl gaoth dá séideann nach seolann cumhracht an cheantair chugat. Daoine breátha misniúla a bhí ann. Tá cuid mhór de stair na hÉireann san fhocal *résistance* agus bhí an *résistance* i mBrú Rí i bhfad sular tháinig de Valera ann. Dhá scór bliain sular rugadh é tharla an Gorta Mór, gorta a scuab milliún Éireannach leis agus a chuir milliún eile thar sáile. Ghéill na hÉireannaigh dó ach níor luigh muintir Bhrú Rí faoi. Chruinnigh céad fear ar an droichead ann agus bheartaigh siad ar bheithígh na mbodach a thógáil agus a mharú. D'fhan siad ann gur scaip na *peelers* iad. Seacht mbliana déag sular tháinig de Valera don áit d'éirigh na Fíníní amach. Bhí siad go tréan i mBrú Rí agus chuaigh broscán díobh isteach go Cill Mocheallóg agus d'ionsaigh beairic mhór na b*peelers*. Níor éirigh leo í a thógáil, ach mhair cuid acu anall go dtí aimsir Chogadh na Saoirse agus an lá a ghabh an IRA an bheairic chéanna, deir Mainchín Seoighe, thosaigh duine díobh ag Gaeilgeoireacht le teann spleodair. Fearadh Cogadh na Talún go fearúil sa cheantar seo. Is ann a cuireadh an tAthair Ó Síthigh, an sagart ar ar baisteadh The Land League Priest. Fear é a céasadh ag Eaglais agus ag Stát de bharr a dhílseachta do na feirmeoirí bochta. Bhíodh de Valera ag friotháil Aifrinn dó. Ceann de na cuimhní is faide siar ina cheann is ea daoine a bheith á gcur as seilbh i mBrú Rí.

Tír mhór scéalaíochta ba ea í. Bhí beirt scéalaí ach go háirithe ann, de Chlann Mhic Confhaola, ar chumas dóibh scéalta a insint a mhaireadh seacht n-uair an chloig. Bhíodh de Valera ag éisteacht leo. Bhí máistrí rince sa phobal, agus is beag rud a tharlaíodh ann nach raibh rannairí ann lena chur i véarsaí. Bhí a gcion féin de phiseoga ann. Théadh daoine siar ó thuaidh go Contae an Chláir le Biddy Early a cheadú, an bhean feasa a bhí in ann an saol go léir a bharraíocht! Seo é an *milieu* inar tógadh de Valera, agus d'fhás sé suas ina stócach fíriúil anamúil nó go raibh sé cúig bhliain déag. Tá a mhac-ghníomhartha i gceist i gcónaí i mBrú Rí. Tuigimid uathu gur mhalrach aigeanta é nár mhiste leis na hailt a oibriú dá dteastaíodh sin!

Sin cuid de na nithe a mhúnlaigh é i mBrú Rí. Chuaigh nithe eile i bhfeidhm air chomh maith, cuirim i gcás an t-oideachas a fuair sé sa Charraig Dhubh. An tOrd Rialta atá i mbun an Choláiste sin is Ord Rialta Francach é, agus níor ghlac siad le córas oideachais an tSasanaigh go raibh siad blianta in Éirinn. Rialacha agus foghlaim agus oiliúint Fhrancach a bhí orthu féin agus iad faoi réir an *Logique Française*. Is léir sin i gcónaí. Scríobh Liam Ó Briain, Feisire, faoi de Valera: ' Bhí sé ceanndána ag cosaint a théise . . . faoi mar dá mba rud éigin é san ardmhatamaitic, agus breis agus cantam na bhFrancach de dhúil sa loighic aige ' (lch. 106). Mar a chuaigh na sagairt Shasanacha i bhfeidhm ar Dhónall Ó Conaill i Saint Omér chuaigh Ord an Spioraid Naoimh i bhfeidhm ar de Valera. Is beag Éireannach Caitliceach a chuaigh ar choláiste nach raibh ag cuimhneamh uair éigin ar bheith ina shagart. Bhí de Valera luite leis an Ord seo agus bhí sé ag aisling ar dhul leo de réir tuairiscí an Choláiste, rud nach bhfuil aon tagairt dó sa leabhar. Deir na húdair go raibh aiféala ar de Valera nár fhoghlaim sé Gaeilge sa choláiste seo. Is doiligh a dhéanamh amach cén chaoi a bhféadfadh sé sin a dhéanamh. Ba nós leis an gColáiste na mic léinn a chur leis na hábhair léinn is mó lena raibh a n-acmhainn, agus bhí a súil acu ar na scrúdaithe, go háirithe ó bhí cuid mhór de na mic léinn nach raibh deisiúil. Ba mhian leis an gColáiste é a chur ar a gcumas scoláireachtaí a bhaint amach le dul chun cinn lena gcuid oideachais. Deir na húdair go raibh de Valera bliain san áit sula raibh fhios aige go raibh Gaeilge á múineadh sa Choláiste. Is furasta sin a thuiscint. An múinteoir Gaeilge a bhí acu—Torna—dúirt sé liomsa i litir nach istigh sa Choláiste a bhíodh sé ag múineadh ach amuigh i sean-seid. Triúr a bhíodh ag foghlaim uaidh — sean-Phádraic Ó Conaire, Tomás Ó Rathaile agus Máirtín Mac Mathúna.

3.

Is mór an uireasa ar an leabhar gan caibidil ann ar Valeras na Spáinne, ós uathu a chin an tUachtarán. Níl duine ar bith nár thug bua éigin leis óna shinsear: deir Alexis Fitzgerald gur mór an chomaoin a chuir na Quakers ba shinsear dó (*National Observer*) ar Risteard Ó Maolchatha. Níl aon dream daoine sa Spáinn is céimiúla a bhí ná is fearr a chruthaigh feadh na gcéadta bliain ná na Valeras nó na de Valeras, óir is aon dream amháin iad. Is ionann stair na Valeras agus stair na Spáinne. Ón am is faide siar bhain siad cáil amach dóibh féin san Eaglais agus sa Stát. Bhí lámh acu sa litríocht, sa dealbhóireacht, sa taidhleoireacht, sa pholaitíocht, san arm, sa chabhlach agus i gcúrsaí gnó. Chuaigh a lán lán díobh thar sáile go deisceart Mheiriceá sa séú agus sa seachtú céad déag le linn Ré Órga na Spáinne agus bhunaigh siad creideamh agus sibhialtacht na Spáinne sa Mhór-roinn sin. Uaislíodh cuid díobh feadh na n-aoiseanna agus uaislíodh cuid díobh lenár linn féin. Ach níorbh uaisle iad muintir de Valera.

An *de* atá roimh a shloinneadh ní hé réamhfhocal na huaisleachta é, ar neamhchead de fhiodhmhagadh Frank O'Connor (féach *Michael Collins*). Is ionann é agus an réamhfhocal *ó* sa Ghaeilge. Baile ba ea Valera ar theorainn na Portaingéile míle go leith bliain ó shin agus an té a bhfuil de Valera air ciallaíonn sin gurbh as an mbaile sin a phríomhshinsear agus go raibh an sinsear ina thiarna nó ina cheann ar an mbaile sa chianaimsir. Is nós le cuid de na Valeras an *de* a choinneáil. Tá gaolta leo a chaith in airde é. Níl ann ach faisean, is cosúil.

Is beag sa leabhar i dtaobh Vivion de Valera, athair an Uachtaráin, agus ní insítear dúinn cén t-ainm a bhí ar a athair mór (Juan Ricardo), ná ní labhraítear i dtaobh a uncail Leon, ná i dtaobh a aint Carlota, beirt a cailleadh sular phós athair an Uachtaráin. Ní insítear dúinn gurbh fhear teangacha é Vivion de Valera. Labhair sé Spáinnis, Fraincis, Béarla, Gearmáinis, agus is cosúil go raibh eolas éigin aige ar an Laidin agus ar an nGréigis. Ní insítear dúinn ach an oiread cén gléas ceoil a sheinneadh sé. An veidhlín, nach ea ? Le snoíodóireacht a chuaigh sé ina óige. Le snoíodóireacht a chuaigh fear dá chine ab óige ná é freisin, Coulant Valera as ceantar Sevilla (1876-1935). D'fhoghlaim an fear sin snoíodóireacht gan chabhair ollaimh ná acadaimh agus tá saothar a shiséil le feiceáil inniu ó Santander go Sevilla. I Sevilla a rugadh Vivion de Valera, sa chathair is teo san Eoraip, agus sa chathair is mó dall chomh maith. Deir daoine go raibh baint ag Vivion de

Valera le tuaisceart na Spáinne. Is furasta sin a thuiscint. Níl duine deisiúil i Sevilla nach bhfuil baint aige leis an tuaisceart. Tá an teas chomh bruite chomh dóite sin i Sevilla go mbailíonn na mílte leo ó thuaidh gach bliain ó lá Bealtaine go deireadh Lúnasa nó ina diaidh. Is mór an lán Valeras agus de Valeras i Sevilla. Tá aithne agam féin ar dhá theaghlach déag díobh. Bhí fear foghlamtha díobh, darbh ainm Eduardo Valera, a bhí ina oifigeach sa chabhlach i gCuba (agus a athair roimhe sa phost céanna san áit chéanna). Bhí sé ann le linn na Spáinne a bheith ag cogadh leis na Stáit Aontaithe. Nuair a chuir mise aithne air bhí sé ochtó a dó bliain d'aois. Dúirt sé rud an-tábhachtach liom : 'Todos los Valeras aquí en Sevilla son una familia. Son todos parientes de Juan Valera de Cabra' (Aon mhuintir amháin iad Valeras Sevilla agus iad go léir i ngaol le Juan Valera as Cabra). Siúd é an Valera niamhrach (1824–1905) a cailleadh ina dhall. Col ochtar é féin leis, dúirt sé. Fágann sin go bhfuil gaol ag de Valera leis an Valera mór a chum litríocht, a bhí ina thaidhleoir dheargsnach agus ina fhear tréan polaitíochta. Siúd é an fear a chuaigh in aghaidh chách i gCortes na Spáinne in 1870 agus a d'iarr orthu admháil a thabhairt don Rialtas Iodáileach a dhíbir an Pápa as a chuid stát. 'Cén chumhacht aimseartha atá ag an bPápa,' ar seisean, 'ó chuaigh sa faoi choimirce gunnaí na Fraince, na Spáinne nó na hOstaire ?' Fear fadcheannach agus fear misniúil a déarfadh an chaint sin san am agus tá staraithe maithe á mholadh faoina rá.

Ach an oiread le Juan Valera sa chás úd bhí sé de mhisneach in de Valera dul in aghaidh an Chonartha a rinneadh le Sasana, Conradh a cuireadh siar ar lán-chumhachtaigh na hÉireann dá mbuíochas. Ní raibh rud ar bith ab éasca ná glacadh leis. Níl rud is mó a tharraing an mí-ádh ina mhullach ná seasamh go fearúil ina aghaidh. Mar ba dhual dó, níor ghéill sé. Is fear é an Spáinneach nach ngéillfeadh nuair a ghéillfeadh các uile. Agus sin é is dual dóibh. Léimid faoi na hIbéirigh agus iad tairneáilte do chroiseanna go gcasaidís a gcuid amhrán náisiúnta nó go n-imíodh an t-anam astu, rud a chuireadh iontas ar na Rómhánaigh a smachtaigh iad, agus ba thúisce lena gcuid ban a gclann a mharú faoi na clocha ná iad a bheith ina sclábhaithe. Tá tuilleadh de chomharthaí an Spáinnigh air. Tá sé ina shiúl agus ina iompar, agus, mar a dúirt G. B. Shaw, sa chúirtéis agus san uaisleacht atá ann.

Agus tá caint an Spáinnigh aige. Is mór i gceist ag an Spáinneach na seanfhocail, agus go mór mór an ceann seo: *Mañana será otro día* (Beidh lá eile ann amárach), cuma céard a rachas ina aghaidh. Tá sé i gcónaí ag breathnú roimhe. Tá a fhios aige ina chroí 'nach é seo deireadh an tsaoil'. Is é focal is mó i mbéal de Valera, 'Beidh lá eile ann'. Tá sé i gceist aige go háirithe nuair a théann rud ina aghaidh. Dúirt sé an chéad uair é (chomh fada agus is eol dom) thiar i Ros Muc (1924) agus é ag caint le broscán beag den IRA a chuaigh chun cainte leis. Bhí Éire ina ciseach an uair sin de bharr an chogaidh chathartha, agus gan aon chosúlacht uirthi go dtógfadh sí a cloigeann go ceann i bhfad.

Bliain roimhe sin ghabh saighdiúirí an tSaorstáit é agus cuireadh príosún bliana air. Ag tabhairt óráide in Inis a bhí sé nuair a gabhadh é. Bhí sé ar ais arís ann i gceann bliana agus slua mór ag fáiltiú roimhe. 'Mar a dúras libh,' ar seisean, 'nuair a cuireadh isteach orainn. . . .' Agus thosaigh an slua ag bualadh bos. Ní raibh suim aige sa rud a tharla bliain roimhe! Ach dúirt Spáinneach céimiúil an chaint chéanna agus é sa riocht céanna a bhí de Valera, mar a bhí an tOllamh Fray Luis de León. Chaith seisean cúig bhliain á chéasadh i bpríosún de bharr breith a thug Cúistiúnacht na Spáinne air. Ar a dhul abhaile go Salamanca dó chuaigh sé i mbun a chuid léachtaí agus dúirt, mar ba iondúil leis: 'Mar a dúras libh sa léacht deiridh. . . .'

Chastaí coitianta leis gur *rainbow-chaser* é. Chuireadh a chuid ascathannaí i gcomórtas le Don Quixote é, fear na n-aislingí móra. Fear a rachadh in aghaidh impireacht mhór Shasana agus a shíl go bhfaigheadh sé an ceann is fearr uirthi! Ach nuair a scríobh Cervantes *Don Quixote* línigh sé dhá thaobh an Spáinnigh, an taobh idéalach de agus an taobh praiticiúil. Ba é Sancho an duine praiticiúil, agus a bhéal lán de sheanfhocail. *Níl duine in Éirinn inniu is praiticiúla ná de Valera.*

4.

Is breá an dá chaibidil atá sa leabhar faoi chuairt de Valera ar Mheiriceá. Cuireadh i leith de Valera go ndearna sé dhá mhuintir d'Éireannaigh na Stát. Sin í an chéad bhréag a cuireadh air agus is fada go mbéarfaidh sí ar an gceann deiridh. 'The fate of great geniuses is like that of great ministers: though they are confessedly the first in the commonwealth of letters, they must be envied and calumniated only for being at the head of it,' arsa Pope (*Introduction to Homer*).

Bhí Éireannaigh Mheiriceá ina dhá muintir i bhfad blianta sula ndeachaigh de Valera anonn. Bhí an smál orthu a bhí ar a samhail i ngach tír ar domhan a smachtaíodh. Baineadh as a lúdracha thall iad agus, ní nach ionadh, is do Mheiriceá a thug siad géillsine dá mhéid a ngean ar Éirinn. Bhí Fionlannaigh, Úcráinigh, Polannaigh, Gréagaigh, Seirbigh i Londain, i bPáras agus i Nua-Eabhrac sa naoú céad déag, agus sa chéad seo féin, agus iad go síoraí ag míréiteach lena chéile. Fágann an sclábhaíocht a lorg ar gach duine a bhfuil a thír i bhfad faoi chois. Chonaic mé daoine i gCeanada a throid in aghaidh na d*Tans* anseo in Éirinn agus iad go nimheanta i gcoinne Francaigh Quebec faoi nach labhróidís Béarla. Bhí an sclábhaíocht gafa go smior iontu chomh fada is a chuaigh a gcuid cultúir. Maidir le de Valera, tá dhá thuairisc againn ó bheirt (nach raibh ag réiteach leis ina dhiaidh sin) ar a chuid oibre thall. Scríobh Liam Ó Maolíosa faoi na míorúiltí a rinne sé, agus dúirt Mícheál Ó Coileáin sa Dáil (26/8/1921): 'In America they had been enabled to collect through him [de Valera] a comparatively colossal sum.'

Tá nithe tábhachtacha nár thagair na húdair dóibh. Níl aon tagairt do de Valera a bheith ina mhac léinn i gColáiste na Tríonóide. Tá a ainm ar an liosta mar *senior freshman* (1906) agus is cosúil gur scríobh sé dhá litir chuig an b*Provost* ag iarraidh dul saor ó léachtaí áirithe. Níor inis siad gur thug sé Eoin Mac Néill leis siar don Chlár i mbliain a '17. Bhí dhá údar aige lena dhéanamh. Thug sé leis é ó ba é Ceannfort na nÓglach é roimh an Éirí Amach, agus i ngeall ar an bhfrithordú bhí daoine ag ceapadh go raibh scoilt éigin sna hÓglaigh. Thug de Valera le taispeáint nach raibh. Fáth eile fós a bhí aige is ea gurbh fhear óg é féin (35 bhliain d'aois) agus bhí de thuiscint ann an seanfhear a thabhairt leis. Ní de na nithe a bhíodh á rá faoi de Valera an uair sin is ea gur chinnire an-óg é! Deir na húdair nár mhór an chabhair do chúis na Poblachta Seosamh Mac Aonghusa a chur isteach i Longphort. Is iontach liom é sin. Dúirt *Manchester Guardian* an ama úd *gur mheasa de bhuille do Shasana é ná briseadh mór ar pháirc an áir.* Níor spíon siad ceist an mhionna do Dháil Éireann a chaithfeadh gach teachta a thógáil. *Nach raibh de Valera ina aghaidh sin?* Nuair a tháinig an chéad Dáil le chéile bhí de Valera i bpríosún i Lincoln. An lá céanna d'ionsaigh Dónall Ó Braoin agus daoine eile na *peelers* i dTiobraid Árann. Deir Ó Braoin go raibh gach duine de mhuintir na Dála ina n-aghaidh agus go rabhthas ag réiteach lena gcur go Meiriceá. Bhí roinnt bhá ag Mícheál Ó Coileáin leo (a deir sé). Is eachtra mór le rá é, mar is é a thosaigh an cogadh arís. Níor inis na húdair dúinn céard a shíl de Valera dó. Ní foláir nó bhí tuairimí tréana aige ina thaobh. D'inis siad cuid mhaith dúinn i dtaobh na bpost a bhí aige, agus is maith cruinn a gcuid eolais. Ach rinne siad droichead de phost amháin a tugadh dó, mar atá Seansailéireacht na hOllscoile Náisiúnta. Ba mhór an onóir é agus is maith a bhí tuillte sé aige. B'fhiú é a lua, agus b'fhéidir freisin an óráid a thug an Seanadóir Mícheál Ó hAodha an lá céanna, ag 'ardmholadh de Valera'.

5.

Tá píosaí breátha stairiúla sa leabhar. Ní spéisiúla ceann díobh ná an píosa a deir go raibh cochall ar an gCoileánach nuair nach ligfeadh an tUachtarán go Londain é (11/7/1921). Nuair a chuaigh sé go Londain ina dhiaidh sin (14/10/1921) dúirt sé gur in aghaidh a thola é. An raibh a theanga ina phluic aige an uair úd? Níl beatha iomlán Mhíchíl Uí Choileáin againn go fóill ainneoin a bhfuil scríofa ag Béaslaí agus ag daoine eile. Bhí fear de chlann Dhonnchadha

(Tomás) i Londain agus aithne mhór aige ar Mhícheál roimh 1915. Deireadh sé 'rud ar bith a theastaíodh ón gCoileánach gheobhadh sé é cóir cam díreach'.

Chuaigh de Valera go Londain (11/7/1921) le hidirbheartaíocht a dhéanamh le Lloyd George agus bhí duine de rúnaithe an Phríomh-Aire, Sir Geoffrey Shakespeare, ag fanacht leis le fáilte a chur roimhe agus lena thabhairt go Sráid Downing. Blianta ina dhiaidh sin scríobh Shakespeare faoi de Valera, mar a chonaic sé an lá sin é:

> Lloyd George and de Valera were closeted together for over three hours in the famous cabinet room. It was four o'clock when the interview started and at seven o'clock there was no sign of it ending. I waited in the Secretary's room to catch Lloyd George so as to take him out to an official dinner at seven o'clock. Presently he came out white and exhausted. In the car I enquired how he got on. Lloyd George replied, 'I made no impression'.

Scríobh sé faoi Art Ó Gríofa agus faoi na daoine eile a shínigh an Conradh míonna ina dhiaidh sin. Mar is feasach, bhagair Lloyd George cogadh millteach marfach ar Éirinn mura nglacfaidís leis an gConradh a bhí sé a thairiscint dóibh agus é a mholadh do mhuintir na hÉireann. Scríobh Shakespeare faoi:

> I have sometimes wondered since whether Lloyd George was right in presenting that ultimatum. . . . I have, however, never understood why the Irish accepted the ultimatum at its face value. Why did they not call the bluff? Lloyd George stated over and over again that he promised to let James Craig know next day [Tuesday, December 6] one way or the other. Supposing Arthur Griffith had said, 'What is sacrosanct about Tuesday? We have waited hundreds of years for a settlement. Ask Craig to wait one week. If you feel you must inform him tomorrow telephone to Dublin Castle or directly to Belfast and explain the delay. Are you really going to break the Truce and plunge Ireland again into war without giving the Irish Cabinet the chance of even discussing your last proposal?' How could Lloyd George have persisted with the ultimatum if Arthur Griffith had argued like this? (*Let Candles Be Brought In*).

Nuair a chuaigh de Valera anonn i mí an Iúil roimhe sin bhagair Lloyd George cogadh ar Éirinn mura nglacadh seisean lena thairiscint. Dúirt de Valera go fearúil agus go daingean leis nach nglacfadh. 'Má bhíonn cogadh ann is ortsa a bheas a mhortabháil', a dúirt le Lloyd George. Ag cuimhneamh dúinn air sin, agus ar bharúil rúnaí Lloyd George (Sir Geoffrey Shakespeare), is fearr a thuigimid cén fáth ar scríobh de Valera an litir ghéar úd chuig Joseph McGarrity (27/12/1921):

> Ní hé amháin gur bhris na toscairí an briathar a thugadar cúpla lá roimhe sin á rá nach síneoidís aon doiciméad dá shórt agus nár leanadar na treoracha . . . ach ina theannta sin bhíodar mídhílis dá nUachtarán féin agus dá gcomhleacaithe sa chomh-aireacht ar shlí, is dócha, nach bhfuil a leithéid eile sna hannála. Ní hé amháin gur chuireadar a n-ainm leis an doiciméad, ach d'fhonn deimhin iomlán a dhéanamh den *fait accompli*, d'fhoilsíodar é roinnt uair a' chloig sula bhfaca a nUachtarán ná a gcomhleacaithe é; bhí agallaimh ar siúl acu i Londain agus iad á fhógairt a fheabhas a bhí sé, agus ag claonadh breithiúnas an phobail nuair a bhí sé á leamh in Áth Cliath den chéad uair.

Ag scríobh do na húdair faoi mar glacadh leis an gConradh sa Dáil deir siad murach óráid fhada Mháire Nic Shuibhne gur óráidí gearra a dhéanfadh an chuid eile de na teachtaí agus go mbeadh an scéal go léir thart faoi Nollaig. Dá gcaithfí vótaí air roimh an Nollaig bheadh formhór na dteachtaí ina aghaidh. Ar na heaglaisigh, ar na páipéir nuachta agus ar an IRB a bhuaileann siad a mhilleán gur glacadh leis as a dheireadh. Tá an ceart ar fad ansin acu.

Bhí an *Irish Independent* in aghaidh gach dul-ar-aghaidh náisiúnta dá ndearnadh roimh an gConradh agus ina dhiaidh. Ba é bainisteoir an pháipéir sin (William Martin Murphy) a chéas an lucht oibre i mBaile Átha Cliath nuair a chuaigh siad ar stailc i mbliain '13. I mbliain a '16 d'iarr siad ar na Sasanaigh Seán álainn Mac Diarmada agus Séamus mór Ó Conghaile a chur chun báis. Nuair a d'ionsaigh saighdiúirí na Poblachta Lord Lieutenant Shasana maraíodh duine acu, Martin Savage. Dúirt an *Irish Independent* gur mhurdaróir é. Níor lig rialtas na Poblachta leo é. Chuir Risteard Ó Maolchatha slua den IRA isteach in oifigí an

Independent agus rinne siad poiteach dá gcuid meaisíní le ceapoird. Le linn na gcomhráite idir Éire agus Sasana mhol siad Lloyd George go cranna na spéire mar fhear stáit, ach focal ní dúirt siad i dtaobh a nUachtaráin féin de Valera. An lá a foilsíodh téarmaí an Chonartha thug siad aghaidh a mbéil go nimheanta air.

Ní fearr scéal na n-easpag. Nuair a bhí Maxwell na fola díreach leis an bPiarsach agus an chuid eile de na mairtírigh a mharú tar éis na Cásca chuaigh sé siar go Má Nuad ar cuairt agus, creid é nó ná creid é, glacadh leis ann. Insíonn an *Catholic Encyclopedia* an chuid eile den scéal : 'The Irish hierarchy refused formally to recognise Ireland's independence or the legitimacy of Dáil Éireann.' Insíonn an t-imfhoclóir céanna mar a ghearr Easpag Chorcaí saighdiúirí na Poblachta amach ón Eaglais, agus aon duine a chuideodh leis an Dáil, agus mar a dúirt Ardeaspag Thuama go raibh sé in aghaidh an dlí mhorálta saighdiúirí ná *peelers* Shasana a mharú. D'aithin na heaspaig agus an *Independent* a chéile. Ar theacht don Chonradh chuir an *Independent* cuireadh ar dháréag easpag scríobh ina fhábhar. Is iad a ghlac go sásta leis. Ní hé amháin sin, ach rinne siad a seacht míle dícheall le tabhairt ar theachtaí go príobháideach vótáil dó. Teachta Dála i Maigh Eo ba ea Tomás Mac Uidhir, duine de na hÓglaigh ba chliste chróga dar throid in aghaidh Shasana. Scríobh cluiche sagart chuige ag achainí air vótáil don Chonradh. Níor fhreagair sé ach an t-aon sagart amháin díobh. An sagart úd, ní raibh baint ná páirt aige riamh le cúrsaí poiblí, agus níor thug sé cabhair ná cúnamh do na daoine in aghaidh na m*Black and Tans*. Dúirt Tomás go raibh iontas air eisean a bheith ag cur a ladair isteach i gcúrsaí poiblí an tráth sin de ló. D'fhreagair an sagart agus dúirt nach raibh suim soip aige riamh i gcúrsaí poiblí agus gurbh amhlaidh dó i gcónaí. Ní scríobhfadh sé ach an oiread chuige, dúirt sé, murach gur ordaigh Ardeaspag Thuama dó é. Is é Tomás uasal Mac Uidhir a d'inis an méid sin dom. Is é an t-aon teachta amháin é (chomh fada agus is féidir liom a dhéanamh amach) nár labhair le linn na Díospóireachta Móire. Ní nárbh ionadh dó, vótáil sé in aghaidh an Chonartha.

6.

Ní rómhinic, faraoir, a scríobhtar leabhar den sórt seo i nGaeilge. Bhí iontas orm riamh nach i nGaeilge a scríobh Piaras Béaslaí leabhar éigin den dá leabhar úd aige ar an gCoileánach. Ba Ghaeilgeoir é agus suim mhór aige sa teanga; mar sin féin, cé is moite de phíosaí beaga fánacha, is i mBéarla a scríobh sé an cín lae barrúil sin aige. Ar an taobh eile, d'fhéach de Valera chuige gur i nGaeilge a scríobhfaí a bheatha féin agus tríd is tríd, agus ainneoin gur geall le croinic cuid di, tá an insint go maith.

An tAthair Peadar Ó Laoghaire

1.

Bhí an tAthair Peadar Ó Laoghaire ar Eaglaisigh mhóra na hÉireann lena linn. B'fhéidir go bhfuil daoine ann nár chuala trácht riamh air agus nach gcloisfidh go deo. Ach an mhuintir a chuala agus a bhfuil eolas acu air féin agus ar a shaothar ní hé amháin go bhfuil ardmheas acu air ach tá siad buíoch ó chroí dó as ucht a ndearna sé don teanga Ghaeilge, óir is é an tAthair Peadar Ó Laoghaire a mhúin do chách le Gaeilge a scríobh san am a raibh an ealaín sin dearmadta ag Gaeilgeoirí, agus gan aon duine feidhmiúil acu lena dtreorú.

In Iarthar Chorcaí a rugadh é Bliain na Gaoithe Móire agus, féadaim a rá go raibh an ghaoth ag séideadh ina thimpeall ar feadh a shaoil go léir, mar is lena linn a d'éirigh Gaeil dá nglúine agus a bhain siad ceart amach dóibh féin agus dá dtír. Scaitheamh gearr sula rugadh é bhí Dónall Ó Conaill—pearsa mhór aighneasach—ag siúl na tíre, ag gríosadh na ndaoine le seasamh go dúshlánach in aghaidh a namhad. Dhá bhliain d'aois a bhí sé nuair a baineadh ceart oideachais amach sna Scoileanna Náisiúnta. Ba stóicín fánach é agus Cogadh na nDeachúna á thabhairt. Bhí sé naoi mbliana nuair a bhánaigh an Gorta Mór Éire ó chladach go cladach. Ina shagart óg dó chonaic sé na Fíníní ag aclaíocht agus ag dul amach chun catha. Chuala sé faoi Allen, Larkin agus O'Brien á gcrochadh agus 'God save Ireland' ar a mbéal acu le linn don sealán a dhul faoina muineál. Fear meánaosta a bhí ann nuair a bhí Parnell in airde lán a réime agus Cogadh na Talún ina reacht seoil. Bhí an leathchéad scoite aige nuair a bunaíodh Conradh na Gaeilge—an ghluaiseacht a raibh sé ag súil léi ar feadh a shaoil go léir.

Tamall ina dhiaidh sin is ea thosaigh sé ag scríobh, agus is ag scríobh a chaith sé an fiche bliain deiridh dá shaol. Ag scríobh a bhí sé agus an briatharchath ar siúl ar son ' Home Rule '. Bhí a pheann ina láimh aige Seachtain na Cásca agus Baile Átha Cliath faoi bharr lasrach. Bhí sé fós aige Bliain na nDúchrónach. Cailleadh an bhliain sin é, an lá céanna ar mharaigh amhsanna Shasana Tomás uasal Mac Curtáin i ndoras a thí féin. Thug Dia saol fada dó agus chonaic sé Éire ina fód creathach ar feadh i bhfad, ach ar leaba a bháis bhí de shásamh aige go raibh an teanga Ghaeilge ag fáil greim ar aos intleachta na tíre agus grian gheal na saoirse ag scalladh ar bhánta Fáil.

Ba mhór an t-aoibhneas sin don Athair Peadar, mar is as an nGaelachas amach a fuineadh agus a fáisceadh é. Is í an teanga Ghaeilge a bhí os cionn an chliabháin aige. Is í a labhraíodh gach duine ina theach agus gach duine de na comharsana. Ní hé amháin sin, ach dúiche leathan Ghaelach ba ea an chuid is mó de Chúige Mumhan le linn a óige. Deir an tOllamh Ó Cuív go raibh os cionn leath-mhilliún Gaeilgeoirí i gContae Chorcaí agus i gContae Chiarraí i lár an naoú céad déag, agus bhí na mílte orthu sin nár labhair focal Béarla. Ina cheann sin, an tseanmhuintir a bhí suas le linn óige an Athar Peadar, is í Gaeilge an ochtú céad déag a labhraídís, agus dá réir sin chuala seisean coitianta á labhairt í. Chomh maith leis sin bhí an tír go léir ag snámh i seanchas béil, agus mheileadh na seanchaithe oícheanta fada geimhridh ag aithris dánta agus laoithe Fian-naíochta agus ag eachtraíocht ar ghníomhartha a rinneadh sular céasadh Críost. Bhíodh an stócach ba Pheadar Ó Laoghaire ag éisteacht leis an litríocht sin agus níor fhág sí a chuimhne nó gur fhuaraigh an bás a bhéal. Nach air a bhí an t-ádh !

Bhí an t-ádh air ar bhealach eile. Gheall Dia máthair dó a raibh riar maith den fhoghlaim uirthi. Ní hé amháin go raibh Béarla ar fónamh aici agus Fraincis ina aice sin, ach bhí sé de thuiscint inti an dá theanga sin a mhúineadh dó ina mhionaois. Ar an gcaoi sin bhí aige, mar déarfadh sé féin, trí arm aigne nach raibh ag duine as deich míle san am. Bhí a shliocht air. Tháinig an Laidin agus an

Ghréigis go saoráideach chuige ar theacht in aois dó, agus léigh sé neart leabhar sna teangacha sin a thug smacht agus cothroime intinne dó, a thug léargas ar shaol na hEorpa dó agus a d'fhóin thar barr dó nuair a chuaigh sé ag scríobh. Cultúr na hÉireann mar bhí sé ar bhéal na ndaoine agus cultúr ársa na hEorpa, sin iad an dá oidhreacht a thug an tAthair Peadar Ó Laoghaire leis.

2.

Agus go deimhin, theastaigh sin go léir uaidh nuair a chuaigh sé i mbun oibre. Bhí faillí uafásach tugtha i scríobh na Gaeilge leis na céadta bliain agus nuair a chuathas ina chionn arís bhí aos intleachta na tíre i dteannta dáiríre. Ní raibh a fhios ag aon duine cén sórt cainte ba cheart a scríobh. Bhí formhór na scoláirí á rá go mba cheart ionsaí faoi Ghaeilge an tseachtú céad déag ós í ab fhearr agus ab fhuinte. Bhí Gaeilge Chéitinn os a gcomhair—caint álainn uasal ar saothraíodh an chuid is mó di i Scoileanna na bhFilí. Ach an oiread le scríbhneoirí eile a linne ní raibh smaoineamh ag imeacht nár chumas don Chéitinneach culaith nádúrtha Ghaelach a chur air. Cá bhfaighfí a shárú de mháistir ?

Ansin ba ea a thaispeáin an tAthair Peadar cén mianach a bhí ann. Chuir sé a chleite comhrá sa scéal sin le fuinneamh agus le feidhm. Chuaigh sé glan díreach in aghaidh na scoláirí. Ní amhlaidh a bhí dímheas aige ar shaothar na scoláirí ná ar shaibhreas na sean ach b'fhollas dó go raibh caint an tseachtú céad déag chomh marbh le hArt agus gan aiséirí i ndán di. Ach cén sórt cainte a scríobhfaí ? B'shin í an cheist. Agus cá bhfaighfí an freagra ? 'Ar bhéal na ndaoine a labhraíonn an teanga i gcónaí,' ar seisean, go dúthrachtach, agus lán loinge ag sárú air. Níor thuig scoláirí an uair sin, agus tá daoine nach dtuigeann fós, cén chumhacht a bhí sa chaint bheo ná cén scóip a bhí inti. Ach duine daingean dílis ba ea an tAthair Peadar nach ngéilleadh go réidh nuair a thuigeadh sé an ceart a bheith aige. Agus de réir a chéile chuir sé ina luí ar an tír gurbh í ' caint na ndaoine ' an chaint a bhí ag cách le labhairt agus le scríobh. Is é an tAthair Peadar agus an tAthair Peadar amháin a chuir agus a bhain an cath sin lena theagasc agus lena shampla.

Agus, ar ndóigh, is aige a bhí iomlán an chirt. Ní raibh aon duine ann an uair sin a d'fhéadfadh caint an tseachtú céad déag a scríobh ná a labhairt go nádúrtha, ach bhí na mílte a raibh Gaeilge na linne seo ó dhúchas acu agus é ar a gcumas í a lúbadh agus í a chasadh ar a mian. Ba dhuine acu sin an tAthair Peadar féin : chuaigh sé i mbun oibre láithreach agus scríobh sé úrscéal Gaeilge a chuir iontas agus áilleacht ar na mílte. Is é *Séadna* an leabhar sin agus sin é an leabhar a thug bua do chaint na ndaoine ar Ghaeilge an tseachtú céad déag. Is suntasach an leabhar é. Féadaim a rá gurbh é an chéad leabhar Gaeilge é a scríobhadh san fhichiú aois. Agus is leabhar é nár sáraíodh ar bhinneas, ná ar chruinneas, ar shaibhreas ná ar shoilbhire na cainte atá ann. Is leabhar é a chuir draíocht ar gach duine a léigh é. Is leabhar é a mheallfadh chuige tú arís agus arís eile, agus níl aon uair dá léifeá é nach bhfeicfeá rud éigin nua ann le tabhairt leat.

Chuaigh sampla an Athar Peadar i bhfeidhm ar an saol Gaelach. Ní fada go raibh daoine as gach páirt den Ghaeltacht ag scríobh leabhar Gaeilge agus caint a dhúiche féin ag gach duine acu. D'fhág sin go raibh canúintí ag teacht chun tosaigh. Ach níor chuir sin corrabhuais dá laghad ar an Athair Peadar. 'Scríobhadh cách caint a cheantair féin agus ansin beidh a fhios againn cá bhfuilimid,' a deireadh sé. Bhí daoine eile agus thosaigh orthu ag aithris ar chaint an Athar Peadar féin. Ní scríbhneoirí ró-thábhachtacha a bhí iontu, ach daoine meabhracha ba ea iad ar shlite eile, ollúna Ollscoile dála Chormaic Uí Chadhlaigh, aistritheoirí ar nós an Dochtúra Ó Mathúna, iriseoirí mar Sheán Ó Cuív agus gramadóirí fearacht Ghearóid Uí Nualláin. An aithris a rinne na fir seo air taispeáineann sé cén tionchar a bhí ag an sagart mór Muimhneach seo.

3.

Ach tá nithe i *Séadna* nach caint álainn. Tá bunús béaloidis leis an scéal, ach má tá, is é rud atá ann dáiríre tuarascáil ar nósanna, ar intinn agus ar ghníomhartha slua mhór de mhuintir na tuaithe i gCúige Mumhan. Is é Séadna príomhfhear an scéil. Is gréasaí bocht simplí é ar dtús, ach de réir mar a ghluaiseann an scéal agus de réir mar a théann sé féin in achrann sa saol ina thimpeall déanann fear feidhm-iúil eagnaí saibhir de agus comhairle aige ar leath na tíre. Agus tá daoine breátha eile sa scéal. Tá Diarmaid Liath ann, siopadóir meánaosta nach dtéann lag air ach é ina sheasamh idir dhá ghiall an dorais ag féachaint suas an bóthar agus síos an bóthar, ar fhaitíos go ngabhfadh toirt fia ná fionnóige thart gan fhios dó. Agus tá a iníon Sadhbh againn, sciolladóir mná ar éirigh cor den saol di, a chuaigh trí ghábha cuid mhaith, ach a thug na cosa léi slán i ndeireadh na dála. Tá Cormac Báille ann, fear diongbháilte nach ligfeadh lena mháthair féin dá mbrisfeadh sí an dlí. Tá fir, mná agus leanaí ann, tá gadaithe capall ann agus lucht méaracán, tincéirí, lucht feasa, sagart agus daoine deabhóid-eacha, lucht déirce agus lucht airgid. Preabann siad go léir chugainn as leathanaigh an leabhair, ag cuidiú le chéile, ag cáineadh a chéile, ag bascadh agus ag bearnadh a chéile ar an gcaoi is eol don saol ar fad. Tá trí ní a thugann bua ar leith don leabhar seo an Athar Peadar seachas aon cheann eile dár scríobh sé. Tá bua cainte ann, tá bua an ghrinn agus nádúracht gníomhartha na bpearsana ann. Agus tá bua eile ann. Tá de bhua ann gur scrúdaigh an t-údar *pietas* na ndaoine a línigh sé agus gur léirigh sé an creideamh atá taobh thiar dá ngníomhartha. Is beag an t-ionadh linn go ndeachaigh Gaeilgeoirí oilte na hÉireann as a meabhair le haoibhneas ar a léamh dóibh. Arsa Pádraic Mac Piarais:

> To receive *Séadna* whole and entire into our hands was a new sensation. We read it straight through, commencing it on the top of a tramcar, continuing it in a train bearing us swiftly westward, and finishing it on the slope of a Connacht mountainside, and when we had read the last line we longed for the presence of our friend of Oireachtas week (who was inclined to despond because Ireland had not yet found her Ibsen or her Tolstoy) for, laying our hand on *Séadna*, we should have said to him in triumph: 'Here, at last, is literature!'

4.

Is iomaí leabhar eile seachas *Séadna* a scríobh an tAthair Peadar Ó Laoghaire, ach más ea, níl aon bhreith ag aon cheann acu ar a chéad iarracht. Níl aon leabhar orthu, b'fhéidir, nár chuir lena cháil mar Ghaeilgeoir agus mar scríbhneoir ach níl aon cheann acu a chuaigh i bhfeidhm ar an bpobal mar a chuaigh *Séadna*. Is cúis iontais é seo le duine nó go gcuimhníonn sé ar chúrsaí, óir, an chéad leabhar a scríobhann duine is iondúil gurb é is lú éifeacht dá dhéantús ar fad. Amanna níl i gcéad leabhar an scríbhneora ach macalla leabhair eile, mar is ionann an scríbhneoir agus leanbh, agus dála an linbh caithfidh sé taca a bhaint as rud éigin nó duine éigin sula dtosaí sé ag siúl.

Feabhsaíonn an scríbhneoir de réir mar a théann sé in aois, nó lena rá ar bhealach eile, feabhsaíonn sé de réir mar dhoimhníonn a phearsantacht. Ní fhéadfadh sé sin a bheith amhlaidh i gcás an Athar Peadar. Ní fear óg ach seanfhear a bhí ann ar dhul i mbun scríobh dó. Trí scór bliain d'aois a bhí sé nuair a thosaigh air ag dúchan páipéir, agus bhí a phearsantacht chomh domhain an uair sin is ba dhual di a bheith. Rud eile, is sagart Éireannach a bhí ann agus níl aon nós scríbhneoireachta ina measc sin, gan trácht ar nós na cumraíochta. Dá bhrí sin chomh fada agus a théann *Séadna* mar phíosa cumraíochta féadfar a rá gurb é an t-úrscéal aonair é a deirtear a bheith i saol gach daonnaí.

Ach ná beireadh aon duine leis nach díol spéise gach leabhar dár scríobh an tAthair Peadar, cibé acu cumraíocht nó aistriú nó athinsint é. Is díol spéise *Niamh*, úrscéal a scríobh sé faoi aimsir na Lochlannach, dá mhístuama a dheilbh agus dá chaoile a snáithe saoil. Is díol spéise chomh maith *Sliabh na mBan bhFionn* agus *Ár nDóithin Araon*, scéalta ón mbéaloideas gan ghoimh gan ghairfean a chóirigh sé i gcaint an lae inniu. Agus tá taitneamh ar leith sna seanscéalta ar thug sé athinsint orthu. Tugann siad léargas don léitheoir ar intinn Gael na meánaoise agus ar an litríocht ab áil leis. Cinnte níl gar acu ar na seanchinn. Níl an fuinneamh ná an fáscadh iontu agus is minic an draíocht ar iarraidh. Ach nach leis sin a bheadh do shúil ? Nach é sin a d'éirigh do gach duine a d'fhéach le nua-insint a chur ar scéalta Chaucer i mBéarla ? Nach é an rud céanna a d'éirigh don Spáinneach a d'fhéach le nua-chuma a chur ar an bhfilíocht a scríobhadh ar Le Cid ?

Rinne an tAthair Peadar aistriú as teangacha coimhthíocha chomh maith le hathinsint a thabhairt ar sheanscéalta Gaeilge. D'aistrigh sé cuid de *Don Quixote* le Cervantes, oiread de is a rinne leabhar soléite, óir chonacthas dó go raibh an iomarca mionscéalta i leagan Cervantes. Mhol daoine iomráiteacha an t-aistriú agus cháin daoine eile é. É bheith fadálach in áiteanna, an locht is mó a bhí acu air. Ach is é bua an aistrithe seo go dtugann an tAthair Peadar tíriúlacht an leabhair bhunaigh leis agus is í an tíriúlacht sin a thug barr do *Don Quixote* ónar scríobhadh de scéalta leis na céadta bliain. Chuir sé culaith álainn Ghaelach ar scéalta Aesop atá chomh nádúrtha sin go sílfeá gur Mhuimhneach Aesop féin. D'aistrigh sé *Catilína* le Caius Sallustius Crispus, le maorgacht agus le dínit. Ní féidir an rud céanna a rá faoin tiontú a rinne sé ar *Lucián*, leabhar ina bhfuil déithe na Gréige ag troid agus ag bruíon ann mar a bheadh lucht meisce lá margaidh. An chaint ar bhain sé leas aisti bhain sí ó fhiúntas an leabhair. Ach níorbh amhlaidh do *Aithris ar Chríost* a d'aistrigh sé ó Laidin Thomás À Cempis. Is obair í seo a rinneadh le slacht : aithneoidh tú air gur leabhar é a bhí in aice lena chroí féin agus gur chuir sé iomlán a nirt san aistriú. Is leabhar é ar bhain na mílte an-sásamh as agus a mbaineann go fóill.

Agus chaith sé dhá bhliain ag aistriú an Bhíobla Naofa—gaisce mór ag seanfhear mar é. Níor foilsíodh de ach *Na Cheithre Soiscéil* agus *Gníomhartha na nAspal*, agus is mór an trua sin mar is cosúil gur saothar fíorthábhachtach é. Deir a chara agus a chaofach an scoláire Gaeilge, Gearóid Ó Nualláin, fear a chuidigh leis roinnt san obair seo agus a léigh go hiomlán é :

> Dhein sé aon obair amháin agus ní miste a rá ná go mbuann sé le tábhacht agus le tairbhe don Ghaeilge ar ar scríobh sé de leabhair eile, dá fheabhas iad agus dá liacht

iad. Is é obair é sin ná an Bíobla go léir idir Thiomna Sean agus Tiomna Nua d'aistriú go Gaeilge. . . . Is mór an méadú ar shaibhreas na Gaeilge é. Is deacair aistriú den saghas sin a dhéanamh, ach tá sé déanta ag an Athair Peadar ar chuma a chuirfeadh ionadh ort.

Is fiú do dhuine píosa de phrós Shallustius a chur i gcomórtas leis an aistriú a rinne an tAthair Peadar Ó Laoghaire:

> Postquam divitiae honori esse coepere, et eas gloria, imperium, potentia sequebatur, hebescere virtus, paupertas probro haberi innocentia pro malivolentia duci coepit. Igitur ex divitiis iuventutem luxuria atque avaritia, cum superbia invasere; rapere, consumere, sua parvi pendere, aliana cupere, pudorem, pudicitiam divina atque humana promiscua nihil pensi atque moderati habere.
>
> Operae praetium est, cum domos atque villas cognoveris in urbium modum exaedificatas, visere templa deorum, quae nostri majores, religiosissumi mortales, fecere. Verum illi delubra deorum pietate, domos sua gloria decorabant, neque victis quidquam praeter iniuriae licentiam eripiebant.

Seo é tiontó Uí Laoghaire ar an bpíosa céanna:

> Nuair a thosnaigh onóir ar theacht as saibhreas, agus nuair a lean clú agus smacht agus cumhacht an saibhreas, thosnaigh neart aigne ar lagú, dealús ar bheith ina asachán, agus ní raibh i macántacht ach drochaigne. Mar sin thug an saibhreas an t-aos óg chun drúise agus chun sainte agus chun uabhair. Ní raibh ach robáil agus caiteachas; droch-mheas ar chuid duine féin, dúil i gcuid an fhir thall; neamhshuim i náire, i ngeanmnaíocht, i ngach ní ar neamh agus ar talamh gan beann ar aon rud ná cosc le haon rud. Is fiú duit, nuair a fhéachfaidh tú ar na brúnna agus ar na rí-thithe, agus iad curtha suas mar a bheadh cathracha, teacht agus féachaint ar theampaill na nDéithe, teampaill a dhein ár sinsear ródhiaga. Chuiridís siúd maise cráifeachta ar na teampaill, agus chuiridís maise a nglóire féin ar a dtithe féin agus ní bhainidís den mhuintir a smachtaidís ach cumas díobhála a dhéanamh. Ní mar sin do na fir mheata seo anois againn, ní foláir leo, na coirpigh, gach saibhreas dár fhág ár sinsear cróga, buacacha, ag ár gcairde a thógaint uathu, chomh maith agus gurbh ionann éagóir a dhéanamh agus smacht a chur i bhfeidhm.

5.

Ag léamh saothar an Athar Peadar agus saothar gach scríbhneora eile Gaeilge dúinn ní mór dúinn leas a bhaint as ár gciall nádúrtha. Ní mór é a mheas mar is dual scríbhneoir a mheas. Ní ealaí dúinn nithe a lorg ina leabhair nach bhfuil le fáil iontu agus é a cháineadh dá bhíthin sin. Na tréithe is dual don Ghael is iad is cóir a bheith le fáil i saothar liteartha Gael — saol na ndaoine, creideamh na ndaoine, dóchas an chine, obair an chine, aoráid na tíre, gol agus greann agus gáire, díocas agus dobrón na ndaoine. Na hairíonna a gheobhaidh tú i ndrámaí Shakespeare ní hiad atá i ndrámaí Racine, agus is ag dul amú a bheidh tú má théann tú á lorg. Mar sin féin deir na Francaigh gurb é Racine príomhdhrámadóir an domhain. Mar an gcéanna leis an bhfilíocht. Na háilleachtaí atá i bhfilíocht Shasana ní hiad atá i bhfilíocht na Gearmáine ná i bhfilíocht na hIodáile, ná i bhfilíocht na Rúise, gan trácht ar chor ar bith ar fhilíocht na Róimhe agus na Gréige. Meastar filíocht gach tíre acu sin de réir na gcaighdeán is dual di, de réir na gcaighdeán a cheapann a muintir féin. Ní foláir an ní céanna a dhéanamh i gcás an Athar Peadar Ó Laoghaire. Ní foláir a shaothar a mheas de réir céille agus réasúin agus tuisceana Gael. Is ar an gcaoi sin a thabharfar a cheart dó. Agus is é a cheart a admháil gurbh é an scríbhneoir próis é is fearr a bhí againn sa chéad cheathrú den fhichiú aois.

6.

Tráthnóna buí Fómhair agus an talamh bán ag féitheamh siar go bun na spéire, bulláin mhéithe go glúin i bhféar agus gan feiceáil ar dhuine ná ar dhaonnaí. I gCaisleán Ó Liatháin a bhíos le hais uaigh an Athar Peadar ag léamh na scríbhinne gleoite atá os a chionn. Súil-fhéachaint dá dtugas soir chonaiceas an teach i measc na gcrann ina ndearna sé a chuid oibre go fada foighneach ar feadh fiche bliain.

Sea, a deirimse, tá sé faoi na fóide ó bhíos im stócach. Rinne sé éacht oibre ar feadh a shaoil, bhí a chuid leabhar á léamh go fada fairsing le linn m'óige ach nach bhfuil caonach liath ag teacht orthu anois ? Níl suim ná suaiméad ag aos óg na tíre iontu. An bhfuil cuimhne ar bith acu air ? Nó . . . an bhfuil cuimhne air sa phobal inar chaith sé deireadh a shaoil ?

Soir liom go socair chun na Sráide agus isteach liom i dteachín tábhairne a bhí lán de dhaoine. Bhí caint agus comhrá, sioscadh agus seanchas ann, ach laghdaíodh ar an ngeoin ar a theacht isteach don strainséir. Labhraíos le bean an tí nuair a d'íocas as mo deoch. ' Nach sa pharóiste seo a chónaigh an tAthair Peadar Ó Laoghaire lá den saol ? '

Ní raibh an focal as mo bhéal gur las súile a raibh ann. Sea, bhí aithne aici ar an Athair Peadar, aithne mhaith féin. Is aici a bhí. Nach raibh a seanathair féin thar a bheith mór leis agus ní raibh aon leabhar dár scríobh sé nár thug sé cóip de dó. Gearrchaile óg ar bheagán céille a bhí inti féin san am agus i leaba leabhair an Athar Peadar a léamh is amhlaidh a chaitheadh sí na hoícheanta i mbun úrscéalta seafóideacha Béarla.

Leis sin, chruinnigh an comhluadar go léir im thimpeall. D'áitigh seanfhear liath á rá liom go raibh aithne acu go léir air. ' Tháinig sé san áit seo fadó san am a raibh tiarnaí agus tionóintí in árach a chéile faoin talamh. An sagart a bhí anseo roimhe chuir na Perrots de dhroim tí é agus sacadh an séiplíneach isteach i bpríosún faoi óráid a thug sé. Ach is leis na tionóntaí a sheas an tAthair Peadar.'

' Cén sórt duine a bhí ann ? ' arsa mise. D'fhreagair duine eile mé.

' Sagart deas réidhchúiseach nár chuir isteach ná amach ar aoinne. Ag scríobh is mó a chaith sé a shaol. Ní sagart ró-ard a bhí ann; bhí folt fada catach air agus nuair a sheasadh sé ar an altóir thabharfá an leabhar gur fhile a bhí agat ann. Níl aon tseanmóir dar thug sé riamh nach mar seo a thosaíodh sé : " Ní beag do gach lá a chuid oilc féin." Ba mhinic ag trácht ar Sholamh na hEagna é agus is é deireadh sé : " Ba chríonna an fear é Solamh ach is ina amadán a cailleadh é ".'

' Bhí sé go maith do na boicht,' adeir fear eile, ' agus do na daoine ar leag Dia lámh orthu. Bhí duine le Dia san áit seo agus bhí cead aige a rogha rud a rá is ní chuirfeadh an tAthair Peadar ina aghaidh. Bhí sé lá ag gabháil an bóthar agus ruainne iarainn ina láimh aige nuair a casadh an sagart leis. " Cad é an rud é seo ? " ar seisean leis an sagart. D'fhéach an tAthair Peadar é. " Crú capaill, ar ndóigh," ar seisean. " Ó," arsa an ceann eile, " nach breá an rud an fhoghlaim ? Gach duine eile dár cheistíos ní raibh fhios aige cé acu crú capaill nó lárach é ".'

Lena linn seo bhí cainteoir eile ag faire agus fonn air a chleite a chur sa chomhrá. Thapaigh sé a dheis anois. ' Ba lách simplí an duine é,' adeir sé. ' Arán rósta agus uibheacha agus tae ba ghnách aige ar maidin agus sú-talún ar a chuid ime. Bhí suim mhór aige sa Ghaeilge fad a bhí sé sa phobal seo. Ba mhinic leis a dhul isteach sa scoil ag Gaeilgeoireacht leis an máistir agus na scoláirí. Sén teagasc Críostaí Gaeilge a bhí ar bun lena linn agus bhunaigh seisean ranganna Gaeilge.'

' Níl tada den tsórt sin ag imeacht san áit seo anois, Gaeilge ná ranganna, feiseanna ná céilithe. . . . Ach ba mhaith an fear é an tAthair Peadar agus ba dhílis an tÉireannach é. Scaitheamh sular éag sé bhí sé ag ligean a scíthe i mBaile Coitín agus chonaic sé saighdiúirí Shasana ag caitheamh rompu agus ina ndiaidh ar fud na háite. Bhí sé ina sheanfhear an uair sin. Mar sin féin thug sé leis a pheann agus d'fheann sé go craiceann ar an *Examiner* iad. Chonaiceas féin é an oíche sular bhásaigh sé. Bhí sé taobh amuigh dá theach ag léamh a phortúis. Cailleadh lá ar na mhárach idir dhá aifreann é. Ba é an lá céanna é ar mharaigh na seanphílears Tomás Mac Curtáin, go ndéana Dia trócaire ar an mbeirt acu.'